팔코너

Falconer
by John Cheever

이 도서의 국립중앙도서관 출판예정도서목록(CIP)은
서지정보유통지원시스템 홈페이지(http://seoji.nl.go.kr)와
국가자료공동목록시스템(http://www.nl.go.kr/kolisnet)에서 이용하실 수 있습니다.
(CIP제어번호: CIP2011000306)

세계문학전집
061

John Cheever : Falconer

팔코너

존 치버 장편소설

박영원 옮김

문학동네

페데리코 치버에게

일러두기

1. 번역 대본으로는 *Falconer*(John Cheever, Penguin Classics, 2005)를 사용했다.
2. 주석은 모두 옮긴이주이다.
3. 본문 중 고딕체는 원서에서 대문자로 표기한 부분이다.

차례

팔코너의 죄수와 면회자 그리고 직원 들이 드나들 수 있는 유일한 통로인 정문 출입구 윗부분에는 각각 자유와 정의를 상징하는 방패 모양 문장紋章들이 걸려 있었다. 그 사이에는 정부의 주권을 상징하는 문장이 있었다. 모브캡*을 쓰고 창을 든 자유의 문장, 올리브 가지를 움켜쥐고 사냥용 화살로 무장한 연방聯邦 독수리로 대표되는 정부의 문장. 그리고 의례적인 정의의 문장, 즉 사형집행인의 칼로 무장하고 있으면서도 몸매가 드러나는 옷을 걸치고 있어 은근히 관능적인 눈을 가린 여인상. 이 문장들은 한때는 얕게 돋을새김된 청동 부조였을 테지만 지금은 거무튀튀했다. 마치 무연탄이나 윤기가 가신 마노처럼. 얼마나 많

* 18~19세기에 유행한 여성용 실내 모자.

은 사람들이 이 밑으로, 마지막 문장들을 지나갔을까? 그들 중 대부분이 구속拘束이라는 미스터리를 상징의 측면에서 해석해보려는 인간의 노력을 목도했을 것이다. 그 수는 수백, 수천, 아니 수백만에 가깝다. 문장 위는 시대에 따라 어형 변화하듯 달라진 건물 이름의 자리였다. 팔코너 형무소 1871, 팔코너 교정원, 팔코너 연방 교도소, 팔코너 주립 구치소, 팔코너 교정기관, 그리고 그 마지막이 '데이브레이크 하우스'*였고, 이 이름은 좀체 입에 붙지 않았다. 여기 들어온 이상 이제 죄수들은 수감자라 부르고, 멍청이들을 교도관으로, 교도소장을 감독관이라 불러야 한다. 명성이란 불확실한 것이어서, 이는 신만이 알겠지만, 어쨌든 죄수 이천 명도 채 수용할 수 없는 팔코너는 뉴게이트 교도소만큼이나 유명했다. 물고문이나 줄무늬가 들어간 죄수복, 밀집密集 행진, 족쇄 같은 것들은 이미 오래전에 자취를 감췄고 교수대가 서 있던 자리에는 소프트볼 경기장이 들어섰지만, 지금 쓰고 있는 이 글의 배경이 되던 시절의 오번**에서는 여전히 족쇄가 사용되고 있었다. 따라서 족쇄가 내는 시끄러운 소리만 듣고도 오번의 죄수임을 알 수 있었다.

패러것(형제 살해, 10년까지 가석방 금지, 수감번호 734-508-32)은 어느 늦은 여름날, 바로 이 오래된 철창의 교도소로 끌려왔다. 그는 족쇄는 아니었지만 다른 아홉 명의 죄수들과 줄줄이 엮인 수갑을 손목에 차고 있었다. 아홉 명 모두 그보다 어렸고 그중 네 명은 흑인이었다. 죄수 호송차의 차창이 너무 높고 더러워서 그는 하늘의 색깔은 물론 이제 작별을 고하는 바깥세상의 그 어떤 빛이나 풍경도 내다볼 수 없었

* '새벽을 여는 집'. 즉 새로운 시작을 할 수 있도록 인도하는 기관이라는 의미.

** 뉴욕 주 중부의 도시.

다. 세 시간 전에 복용한 사십 밀리그램의 메타돈 탓에 이미 몽롱해진 채로 그는 햇살이 보고 싶었다. 동시에 그는 운전수가 신호등에 서고 경적을 울리고 가파른 경사에서 브레이크를 밟고 있다는 것을 알아차렸다. 그의 눈에는 오직 이것만이 그들이 바깥세상과 공유할 수 있는 유일한 사건으로 보였다. 헤아릴 수 없는 부끄러움으로 차 안의 죄수들은 모두 마비된 것 같았는데 패러것의 오른쪽 수갑과 엮여 있던 죄수만 예외였다. 그는 밝은색 머리칼에 얼굴은 종기와 여드름으로 심하게 얽어 있는 마른 체구의 사내였다. "야구팀이 있다고 들었는데 거기서 야구만 할 수 있다면 더 바랄 게 없어. 경기에서 공을 던지는 순간에는 내가 살아 있는 것 같거든." 그가 말했다. "야구만 할 수 있다면 정말 만족해. 점수 따위는 신경도 안 써. 그게 내가 공을 던지는 방식이지. 재작년에 노스 에드먼스턴에서 마지막으로 공을 던졌을 땐 노히트노런을 기록했는데 마운드에서 내려와 사람들이 외치는 소리를 듣기 전까진 모르고 있었어. 그건 그렇고 난 한 번도 여자와 공짜로 잤던 적이 없어, 단 한 번도. 어딜 가든지 오십 센트에서 많게는 오십 달러까지 무조건 돈을 냈지. 공짜로 싸지른 적은 한 번도 없었어. 그건 점수도 모르고 공만 던져대는 것과 비슷한 거야. 알아서 안기는 여자는 한 명도 없었지. 허다한 놈들이, 심지어 나보다 못생긴 놈들도 다 공짜로 한다던데, 난 아니었어, 공짜는 한 번도 없었어. 아, 한 번만 공짜로 놀아봤으면 좋겠다."

호송차가 멈췄다. 패러것의 왼쪽에 있던 키 큰 남자가 차에서 뜰로 성큼 걸어나가는 바람에 패러것은 그만 바닥에 무릎을 꿇고 말았다. 패러것은 지체 없이 일어섰다. 출입문에 걸린 문장들을 처음 본 순간 패러것은 생각했다. 저 문장들을 보는 게 이번이 처음이자 마지막일 거라고. 그랬다, 이곳은 그가 죽게 될지도 모를 곳이었다. 패러것은 푸른 하늘을 쳐다보며 이제는 그 하늘에만, 또 아내와 변호사, 주지사 그리고 주교에게 보내려고 쓰기 시작했던 네 통의 편지에만 집중하려 애썼다. 무리지어 있던 사람들이 빠르게 지나치는 죄수들을 지켜봤다. 그중 한 사람의 목소리가 패러것의 귀에 또렷하게 들려왔다. "뭐야, 아주 착하게들 보이잖아!" 순진하고 뭘 잘 모르는 사람이리라. 뒤이어 제복 차림의 남자가 대꾸하는 소리가 들렸다. "행여 등은 보이지 마. 그랬다간 저 놈들 중 누구라도 칼을 휘두를 테니." 하지만 뭘 잘 모르는 그자의 말이 옳았다. 호송차와 교도소 사이에 펼쳐진 푸른 하늘이 몇몇 죄수들에게는 그야말로 몇 개월 만에 비로소 마주한 푸른색의 향연이었다. 얼마나 특별한 하늘이었던가, 하늘을 쳐다보던 죄수들의 얼굴은 얼마나 순수해 보였던가! 아마 그들의 얼굴이 이렇게 착해 보이는 일은 다시는 없을 것이다. 유죄 선고를 받은 자들의 얼굴을 비추는 하늘의 빛은 그 본래의 용도와 순수함을 풍성하게 드러내었다. "놈들은 살인을 하고," 한 경비병이 말했다. "강간을 하고, 갓난아기들을 벽난로에 집어넣고, 껌 하나 때문에 자기 엄마의 목이라도 조를 놈들이야." 경비병은 뭘 잘 모르는 자에게서 몸을 돌리며 방금 도착한 죄수들에게 소리치기 시작했다. "알아서들 착하게 굴어야 할 거야, 착하게들 굴어, 착하게 굴으라고들, 착하게들……" 그가 뱉어내는 말은 기차의 기적 소리처럼, 개 짖는 소리처럼, 어느 늦은 밤의 쓸쓸한 노랫소리나 울음소리처럼 그렇게 울려퍼졌다.

서로 끌고 끌리며 계단을 오른 죄수들은 어느 누추한 방으로 들어섰다. 팔코너는 매우 오래된 건물로, 어디를 보거나 만져보거나 냄새를 맡아보아도 방치된 느낌이 역력했다. 사형수 수감동이 교도소 북쪽에 따로 마련되어 있긴 했지만, 그 초라함은 여기야말로 잠시나마 강요된 참회를 마지막으로 끝마쳐야 하는 곳이라는 인상을 풍겼다. 수년 전에 흰색으로 페인트칠이 되었을 쇠창살은 사람이 본능적으로 잡게 되는 가슴 높이 부분이 세월에 닳고 닳아 본연의 검은색 철이 드러나 있었다. 방에 도착하자 조금 전 착하게 굴라고 죄수들을 얼렀던 경비병이 수갑을 끌러주었고, 이에 패러것을 비롯한 모든 죄수들은 팔과 어깨를 마음대로 움직일 수 있다는 기쁨을 누렸다. 모두들 한결같이 손으로 손목을 문지르기 시작했다. "시간이 어떻게 되지?" 여드름이 물어왔다. "열시 십오분이오." 패러것이 대답했다. "아니, 오늘이 며칠이냐고. 아까 보니 달력 시계를 차고 있던데. 오늘이 몇 월 며칠인지 알아야겠어. 어디 한번 보여줘봐, 보여달라고." 패러것은 값비싼 시계를 풀어 그날 처음 보는 자에게 건네주었고, 그자는 시계를 받더니 자기 주머니에 집어넣어버렸다. "이 사람이 내 시계를 훔쳤어요." 패러것이 경비병에게 말했다. "내 시계를 훔쳤다고요." "정말인가?" 경비병이 물었다. "정말 이 놈이 네 시계를 훔쳤어?" 그러고는 도둑에게로 몸을 돌리며 물었다. "이번엔 며칠짜리 휴가를 즐기다 또 들어온 거지?" "구십삼 일이오." 도둑이 대답했다. "그게 가장 긴 휴가였나?" "아뇨, 전전번엔 일 년 반이었죠." 도둑의 말에 경비병은 이렇게 대꾸했다. "오호, 그것참 놀라운 일의 연속이로군." 하지만 이 모든 것, 즉 패러것이 보고 들은 모든 것은 아무 의미도 남기지 못하고 사그라들었다. 그에게는 오직 무력감과 공포가 느껴질 뿐이었다.

잠시 후 죄수들은 나무의자가 설치된 고물 트럭으로 옮겨 타고 건물

사잇길로 들어섰다. 길모퉁이를 돌자 여남은 마리쯤 되어 보이는 비둘기들에게 빵 부스러기를 던져주고 있는 회색 죄수복의 사내가 눈에 띄었다. 그 이미지는 패러것에게 색다른 현실감, 즉 분별력을 부여했다. 그 사내는 죄수였고, 사내와 빵과 비둘기 모두 환영받지 못할 존재였지만, 무슨 이유에서인지 패러것은 한 사내가 비둘기와 빵을 나누는 모습에서 아주 머나먼 고대를 떠올렸다. 그 풍경을 될 수 있는 한 오래 바라보기 위해 패러것은 트럭에서 계속 서 있었다. 그리고 건물 안에 들어서서는 천장 높이의 수도관에 걸려 있던 빛바랜 은색 크리스마스 화환을 보고 비슷한 감동을 받았다. 새에게 모이를 주던 사내의 모습처럼 지극히 평범하달 수 있는 그 풍경 역시 아주 미미할지라도 이성을 대표하는 것으로 여겨졌던 것이다. 죄수들은 크리스마스 화환 아래를 지나 책걸상이 비치된 어느 방으로 들어갔다. 의자 다리는 부서지고, 상판에는 니스칠 흔적은 고사하고 갖은 이니셜과 욕설이 새겨져 있어, 팔코너에 있는 다른 모든 것들과 마찬가지로 쓰레기장에서 가져다놓은 고물로밖에 보이지 않았다. 첫번째 검사 항목은 심리 테스트였다. 이전에 격리 수용되었던 마약중독 치료 전문 병원 세 곳에서도 패러것이 이미 받은 테스트였다. '당신은 문손잡이에 있는 세균을 두려워합니까?' '정글에서 호랑이를 사냥하고 싶습니까?' 아이러니한 점은 이런 절차 자체가 새에게 빵 부스러기를 주던 사내나 수도관에 걸려 있던 크리스마스 화환보다 감동이나 효과가 덜했다는 사실이다. 오백여 가지에 이르는 질문에 답하는 데 반나절이나 걸렸고, 죄수들은 테스트를 마치자마자 식사를 하기 위해 식당으로 향했다.

식당은 바로 전에 머물렀던 구치소 식당보다 훨씬 오래되어 보였으며 규모 또한 훨씬 컸다. 천장에는 'I' 자 형태의 빔이 가로지르고 창틀에는 왁스플라워*를 꽂은 양철 주전자가 놓여 있었는데 칙칙한 곳이라 그런지 꽃 색깔이 한층 강렬해 보였다. 패러것은 양철 스푼을 들고 시큼한 맛이 나는 음식을 모두 먹어치운 뒤 개수통의 더러운 물에 스푼과 식판을 떨구었다. 교도소 당국의 방침에 따라 침묵만이 허용되는 식당에서 죄수들은 알아서 무리지어 모였다. 즉 흑인들은 북쪽에, 백인들은 남쪽에 자리잡았으며 중간 자리는 스페인어를 사용하는 자들의 몫이었다. 식사가 끝난 후 신체적, 종교적, 직업적 특성을 묻는 검사가 이어졌고 그러고 나서도 한참을 기다린 끝에 패러것 혼자 어느 방으로 인도되었다. 싸구려 양복 차림의 남자 셋이 고물 책상을 앞에 두고 앉아 있었다. 책상 양끝 국기꽂이의 깃발들에는 덮개가 씌어 있었다. 고개를 돌리니 왼쪽에 나 있는 창문으로 푸른 하늘이 보였다. 햇살을 쳐다보며 패러것은 아까 그 사내가 지금도 비둘기에게 모이를 주고 있겠구나 하고 생각했다. 교도소에 도착하기 전부터 시작된 머리와 목 그리고 어깨의 통증이 책걸상에 앉을 무렵에는 너무 심해져 패러것은 자기도 모르게 몸을 잔뜩 웅크렸다. 그러자 그런 자신이 아주 작고 보잘것없게, 뻔뻔함의 위대함이라고는 결코 경험하지도, 맛보지도, 상상해보지도 못한 사람인 것처럼 느껴졌다.

"직업이 교수군요." 왼쪽에 있는 사내가 말했다. 아마도 세 명 가운데 대표 격인 듯했다. 패러것은 그의 얼굴을 보려고 부러 고개를 들지는 않았다. "당신은 교수요. 젊은이들, 아니 배움을 추구하는 모든 이들을

---

* 카멜라키움 속의 상록 관목. 원산지는 호주이며, 연분홍에서 진분홍까지 색깔이 다양하다.

가르치는 게 당신 일이지. 하지만 우리는 경험을 통해서도 뭔가를 배우지 않소? 그런데 당신은 지적, 도덕적 리더십이란 책무를 지닌 교수임에도 위험한 마약에 빠져 형제 살해라는 극악한 범죄를 저질렀소. 부끄럽지 않습니까?" "메타돈을 받을 수 있을지 확실히 하고 싶소." 패러것이 대꾸했다. "정말 파렴치하군!" 패러것의 말에 왼쪽 남자가 소리를 질렀다. "우린 돕기 위해 여기 있는 거요. 당신을 돕기 위해. 당신 스스로 부끄러움을 인정하기 전엔 문명사회로 돌아갈 수 없소." 패러것은 아무 대답도 하지 않았다. "다음." 자리에서 일어난 패러것은 뒤쪽 문으로 안내되었다. "난 타이니야." 문가에 서 있던 남자가 말했다. "서둘러, 종일 기다릴 순 없으니까."

타이니는 보는 사람이 움찔할 만큼 체구가 컸다. 그다지 크지 않은 키에 비해 몸집은 부자연스러울 정도로 커서, 별도로 제복을 맞춰야 했을 것이다. 말은 서두르라고 하면서도 막상 타이니는 빨리 걷지 못했다. 아마도 굵은 허벅지 때문이리라. 잿빛 머리는 브러시처럼 짧게 깎아 두피가 보일 정도였다. "넌 독방동인 F동이야." 타이니가 말했다. "F는 빠구리fuck, 약쟁이freak, 멍청이fools, 호모 새끼fruits, 풋내기first-timers, 나 같은 돼지 새끼fat asses, 허깨비phantom, 철면피funnies, 미친놈fanatics, 얼뜨기feebies, 장물아비fences, 등신farts의 머리글자지. 말고도 더 있는데 생각이 안 나는군. 이 이야기 지어낸 놈은 지금은 죽고 없어." 패러것과 타이니는 거리에서 잡담하듯 무리지어 떠들어대고 있는 사내들을 지나 경사진 터널을 걸어 올라갔다. "자네한테 F동은 임시인 것 같군그래." 타이니가 말했다. "말투가 웃기게 고상한 거 보니 얼마 후면 A동으로 옮겨갈지도 몰라. 거긴 부지사나 상무 장관, 그리고 백만장자들이

오는 곳이지." 타이니가 오른쪽으로 방향을 틀었고 패러것은 타이니를 따라 F동의 열려 있는 문 안으로 들어섰다. 팔코너의 다른 곳들과 마찬가지로 독방동 역시 허름하고 어수선하고 악취가 진동했지만, 그의 독방에는 창문이 하나 나 있어서 푸른 하늘과 두 개의 높은 배수탑, 교도소 담장, 다른 독방들 그리고 그가 무릎을 꿇었던 뜰의 한쪽 구석이 내다보였다. 새로운 죄수가 들어왔지만 아무도 관심을 보이지 않았다. 침대를 정돈하고 있자니 그제야 누군가가 이렇게 물어왔다. "부자야?" "아뇨." "마약은 끊었고?" "아뇨." "그럼 호모?" "아뇨." "무죄요?" 패러것은 대답하지 않았다. 이번에는 건물 뒤쪽에서 누군가 기타를 치면서 맞지 않는 음정으로 블루그래스*를 흥얼거리기 시작했다. "나는 무죄라 우울하지. 이제나저제나 난 우울하지……" 하지만 근처에 있던 라디오 소리에 묻혀 노래를 알아듣기 힘들었다. 떠들고 노래하고 연주하는 시끌벅적한 라디오 소리에 상점들이 파할 무렵 혹은 그보다 늦은 시간의 여느 거리가 떠올랐다.

이후로 누구도 패러것에게 말을 걸어오지 않았다. 다만 불이 꺼지기 직전, 목소리로 보아 아까 노래했던 사람인 듯한 죄수가 패러것의 독방 문으로 다가왔다. 가볍지만 거슬리는 목소리의 주인공은 몹시 수척한 데다 상당히 나이들어 보였다. "난 치킨 넘버 투야." 남자가 말했다. "치킨 넘버 원을 찾을 생각은 하지 마. 죽었으니까. 나에 대해선 아마 신문에서 읽었을 거야. 난 문신으로 유명하지. 몸에 그림을 그리느라 갖고 있던 돈을 다 써버린 밤손님으로 말이야. 언제든 자네를 더 잘 알게 되

* 1940년대 후반 미국 남부에서 비롯된 컨트리음악의 하나.

면 내 몸에 있는 그림을 보여주지." 치킨은 곁눈질로 패러것을 힐끗 쳐다봤다. "내가 하나 말해주고 싶은 건 모든 게 실수라는 거야, 그것도 끔찍한 실수. 그러니까 자네가 여기 있는 것도 말이지. 내일이 돼도 모를 거야. 저들이 실수를 저질렀다는 것을 깨닫기까지 일이 주일은 걸릴 테니까. 하지만 마침내 진실을 알게 되면 엄청 후회할걸. 그리고 엄청 부끄러워하겠지. 죄책감에 시달리다못해 주지사는 정신없는 크리스마스 대목의 5번가라 해도 자네 엉덩이에 키스하려 들지 몰라. 저들은 정말 후회하게 될 거야. 왜냐하면 어떤 여행이든, 심지어 바보들의 여행이라 해도 그 끝엔 황금 단지나 젊음의 샘, 이제까지 그 누구도 본 적이 없는 바다나 강, 아니면 최소한 구운 감자를 곁들인 대형 비프스테이크처럼 좋은 뭔가가 반드시 있기 때문이지. 모든 여행의 끝에는 반드시 좋은 뭔가가 있어야 하고, 그래서 모든 게 끔찍한 실수라는 걸 자네가 알았으면 하는 거야. 저들이 실수를 알아채길 자네가 기다리는 동안 자네에겐 면회객들이 찾아오겠지. 아, 거기 그렇게 앉아 있는 자네 모습만 봐도 알겠네. 아내는 당연히 있을 테고, 친구며 애인도 수두룩하겠지. 자네 아내가 자넬 보러 올 거야. 자네 아내는 자넬 보러 여기 와야만 할 거야. 자네가 서류에 서명하지 않는 한 이혼할 수 없을 테니까, 서류도 자기가 직접 가져와야 할 거고. 어쨌든 내가 무슨 말을 하려는지 이미 알아차렸겠지. 그거야, 모든 게 실수라는 것, 그것도 아주 끔찍한 실수."

패러것의 첫 방문객은 그의 아내였다. 스피커에서 734-508-32번 면회라는 호출이 나왔을 때 그는 Y구역 뜰에서 낙엽을 긁어모으던 중이었다. 패러것은 소방 장비 창고를 지나는 길을 뛰어올라가 터널로 들어섰다. 그리고 계단 네 단을 더 뛰어올라 F동에 도착했다. "면회랍니다." 패러것이 교도관 월턴에게 보고했고, 월턴은 곧 그를 독방 안으로 들여보냈다. 패러것은 면회객이 올 경우에 대비해 흰색 셔츠를 보관해둔 터였다. 셔츠에는 어느새 먼지가 쌓여 있었다. 그는 얼굴을 씻고 손으로 물을 찍어 머리를 정돈했다. 교도관이 말했다. "손수건 외에 아무것도 못 가져가." "알았습니다, 알았어요, 알았어……" 패러것은 면회실 문 앞에서 몸수색을 받았다. 면회실에 설치된 커다란 유리 너머로 면회객 마샤가 보였다.

면회실에는 쇠창살 대신 촘촘한 철망을 덧댄 유리창이 설치되어 있었고 천장과 유리창이 만나는 꼭대기 부분에만 살짝 틈이 나 있었다. 아무리 홀쭉한 고양이라도 통과하지 못할 것 같은 그 틈으로 교도소의 이런저런 소리가 미풍에 실려 자유롭게 넘나들었다. 그는 알고 있었다. 여기까지 오는 동안 아내는—철커덩, 철커덩, 철커덩 하고—쇠창살을 세 번은 통과했을 것이며 교회의 신도석 같은 긴 의자와 음료수 판매기가 있는 대기실에서 기다려야 했을 것이다. 대기실에는 죄수들이 그린 그림에 가격표를 붙여 전시중이었다. 죄수들의 그림 솜씨는 형편없었지만, 종신형을 선고받은 죄수가 그렸다고 하면 화병에 담긴 장미 그림이건 해질 무렵의 바다 그림이건 굳이 사려고 드는 정신 나간 사람들이 있기 마련이다. 반면 면회실에는 그림은커녕 오직 네 가지 문구만 붙어 있었다. "금연. 기록 금지. 물건 교환 금지. 키스는 한 번만." 같은 문구가 스페인어로도 적혀 있었는데, 유독 "금연" 글자만 누가 긁어낸 듯 지워져 있었다. 패러것이 듣기로 팔코너의 면회실은 동부에서 가장 관대했다. 자유인과 비자유인을 갈라놓는 일 미터 길이의 카운터를 빼고는 방해물이 전혀 없었다. 몸수색을 받는 동안 패러것은 다른 면회객들을 둘러보았다. 호기심 때문이라기보다는 마샤의 기분을 상하게 할 만한 것은 없는지 살펴보기 위해서였다. 한 죄수는 아기를 안고 있었다. 나이든 부인 하나는 울면서 젊은 남자에게 말을 건네는 중이었다. 마샤 바로 옆에는 멕시코계 미국인 커플이 있었다. 여자는 아름다웠고 남자는 그녀의 맨팔을 정성스레 어루만지고 있었다.

이 접경지대로 들어선 패러것은 어쩌다 우연히 면회실에 들어온 것처럼 괜히 뻣뻣하게 굴며 아무렇지 않은 척했다. "안녕, 여보." 패러것이 마샤에게 외쳤다. 마치 기차에서, 배에서, 공항에서, 자동차 진입로 입구에서 혹은 여행의 끝 무렵에 소리쳐 인사하던 것처럼. 아마 과거의 패러것이었다면 가능한 한 빨리 성적 쾌락의 정점에 도달하기 위한 일정을 짜는 데에만 급급했을 것이다.

"잘 있었어?" 마샤가 말했다. "좋아 보이네."

"고마워. 당신도 아름답군."

"굳이 필요 없을 것 같아서 온다는 연락은 미리 안 했어. 시간을 잡으려고 교도소에 전화했더니 당신이 어디 갈 일은 없을 거라고 해서."

"맞아."

"그동안 거시와 함께 자메이카에 다녀오느라 이제야 왔네."

"잘했군. 거시는 어때?"

"살쪘지. 그것도 겁나게 많이."

"이혼할 거지?"

"당장은 아냐. 지금 상황엔 변호사와 단 한 마디도 나누고 싶지 않아."

"이혼은 당신의 특권이야."

"알아." 마샤는 멕시코계 미국인 커플을 바라보았다. 남자가 여자의 겨드랑이 털이 있는 곳을 향해 손을 움직여가고 있었다. 둘 모두 눈을 감은 채였다.

"여기 사람들은 어떤지 얘기 좀 해봐." 마샤가 물었다.

"많이 만나진 못해." 패러것이 대답했다. "식사 시간에만 보는데 그때도 대화는 금지돼 있어. 알겠지만 난 F동에 있어. 뭐랄까, 일종의 잊힌 장소지. 피라네시*의 작품에서처럼 말이야. 그래서 그랬는지 지난주 목요일엔 저녁식사도 주지 않더군."

"독방은 어떻게 생겼어?"

"가로 삼 미터, 세로 이 미터 정도야." 패러것이 말했다. "그 공간에서 내게 허락된 건 미로의 그림과 데카르트의 책 그리고 당신과 피터의 사진뿐이지. 빈야드**에 집을 짓고 나서 찍었던 그 옛날 사진. 피터는 잘 지내?"

"잘 지내."

"날 보러 오긴 올까?"

"모르겠어. 정말이야. 당신 얘기는 통 묻질 않으니까. 사회복지사 말이, 그애의 안정과 행복을 위해서라도, 지금은 그 아이가 살인죄로 감옥에 가 있는 아버지를 만나지 않는 편이 낫겠대."

"사진을 가져다줄 수 있어?"

"있었다면 가져왔겠지."

"새로 한 장 찍지그래?"

"내가 사진에 소질 없다는 건 당신도 잘 알잖아."

"그래, 어쨌든 보내준 새 시계는 잘 받았어."

"뭘."

B동에 있는 누군가가 다섯 줄짜리 밴조를 퉁기며 노래하기 시작했다. '독방이라니 이렇게 우울할 수가 / 이제나저제나 난 우울하지 / 독

---

* 18세기 이탈리아의 건축가, 판화가. 전 생애를 통해 약 이천 점의 판화를 제작했으며, 1745년경의 연작 판화 〈감옥〉으로 유명하다. 이 작품은 고대 로마 또는 바로크 시대의 폐허를 신비로운 단두대와 고문 기구로 꽉 찬 환상적이고 비현실적인 지하 감옥으로 묘사했다.

** 동부 부호들의 별장이 있는 섬 '마서즈 빈야드Martha's Vineyard'. 미국 역대 대통령들이 가장 선호하는 여름 휴양지로 알려져 있고, '빈야드'로 줄여 부르기도 한다.

방이라니 이렇게 우울할 수가 / 사방이 벽이라 기어오를 수 없네……' 제법 부르는 것 같았다. 노랫소리와 밴조 연주 모두 크고 맑고 진심 어리게 들렸다. 그 소리는 이 경계 지역이 속해 있는 세계도 늦은 여름날의 오후로 접어들었음을 알게 해주었다. 창 너머로 널어놓은 속옷이며 작업복들이 보였다. 마치 본능에 따라 어딘가로 향하는 개미나 벌 혹은 거위처럼—옷가지들도 양극의 좌표각에 따라 움직이는 것처럼 미풍을 타고 흔들렸다. 그는 문득 자신이 놀랍고도 터무니없는 이 세상에서 닳고 닳은 사람처럼 느껴졌다. 마샤가 핸드백을 열더니 뭔가를 찾기 시작했다. "군대도 다녀왔으니 지내는 데 분명 도움이 될 거야." 마샤가 말했다.

"그럴 수도 있겠지."

"당신이 군대를 왜 그렇게 좋아했는지 난 도저히 이해가 안 됐어."

정문 출입구에서 외쳐대는 경비병의 목소리가 틈새로 들려왔다. "알아서들 착하게 굴어야 할 거야, 착하게들 굴어, 착하게 굴으라고들, 착하게들." 이어 들려오는 금속성 족쇄 소리에 패러것은 오번에서 사람들이 왔음을 짐작할 수 있었다.

"오, 젠장." 마샤가 언짢은 듯 얼굴을 찡그리며 말했다. "빌어먹을." 마샤는 정말 화가 치민다는 표정이었다.

"왜 그래?" 패러것이 물었다.

"클리넥스가 안 보이네." 마샤는 핸드백 안을 샅샅이 뒤지기 시작했다.

"유감이군."

"오늘은 풀리는 일이 하나도 없어." 마샤가 말했다. "정말 하나도." 그러고는 핸드백에 있던 내용물을 모조리 카운터 위에 쏟아냈다.

"부인, 부인." 마치 인명 구조원처럼 높은 의자에 앉아 있던 교도관이 말했다. "부인, 음료와 재떨이를 제외하곤 카운터에 아무것도 둘 수 없습니다."

마샤가 대꾸했다. "난 납세자예요. 여기도 내가 낸 세금으로 돌아간다고요. 아들을 좋은 학교에 보내는 것보다 여기에 남편을 맡겨두는 게 나한텐 비용이 더 들어요, 알아요?"

"부인, 부인. 제발요." 교도관이 말했다. "카운터 위의 물건들을 집어넣으세요. 안 그러면 쫓아낼 겁니다."

마샤는 휴대용 화장지를 찾아낸 후에야 핸드백의 내용물을 원래대로 집어넣었다. 마샤가 내놓았던 소지품들을 보고 불현듯 옛일이 생각난 패러것은 감상에 젖어 그녀의 손을 붙잡았다. 마샤는 곧 손을 빼냈다. 하지만 왜 그랬을까? 잠시라도 그녀를 만질 수 있게 해줬다면 그 온기와 휴식 같은 기분으로 일주일은 견딜 수 있었을 텐데. "됐어." 그 말과 함께 그녀의 평정과 미모가 되돌아온 것 같다고 패러것은 생각했다.

면회실의 불빛이 과도하게 밝았지만, 아내의 미모는 그 무자비한 불빛에도 지지 않았다. 아내는 전부터도 인정받는 미인이었다. 비록 모델이 되기에는 가슴이 다소 큰 편이었지만—그래도 젖을 먹이거나 사랑을 나눌 때는 그만이었다—아내에게 모델이 되어달라고 간청한 사진사들이 몇 있었다. "난 부끄러움을 너무 많이 타고 또 너무 게을러서요." 아내는 그렇게 대답하곤 했지만 결국 요청을 받아들였고, 그리하여 아내의 미모는 기록으로 남을 수 있었다. "아빠도 알고 있겠지만," 언젠가 아들이 말했다. "방안에 거울이 있을 땐 엄마에게 말도 못 걸어요. 거울 쳐다보느라 정신이 없다니까요." 나르키소스는 남자였고 이는 그도 바꿀 수 없는 사실이었다. 하지만 열두 번인가 열네 번인가, 아내는 침실에 놓인 전신 거울 앞에 서서 그에게 이렇게 말하곤 했다. "이 나이에 나만큼 아름다운 여자를 이 나라에서 본 적 있어?" 그때 아내는 알몸이었고 정말 황홀하게 아름다웠기에 패러것은 아내가 자신을 유혹중이라고 생각했다. 하지만 손을 내밀어 만지자 아내가 말했다. "가슴은 건드리지 마. 이대로가 아름다우니까." 정말 그랬다. 아내가 면회실을 떠나고 나면 그녀를 보았던 누구라도—가령 교도관이라든가—이렇게 말할 것이다. "저런 마누라를 두다니 자넨 정말 행운아군. 영화에서 말고 저렇게 아름다운 미인은 한 번도 못 봤네."

만약 나르키소스가 아내처럼 여자였다면 프로이트의 나머지 학설들이 가능했을까? 물론 그가 자신의 제한적인 판단력 내에서 이를 진지하게 생각해본 적은 한 번도 없었다. 언젠가 아내가 옛 룸메이트인 마리아 리핀콧 헤이스팅스 굴리엘미와 함께 3주 동안 로마에 다녀온 적이 있었다. 아내의 그 친구 이름을 들으면 세 번의 결혼, 그때마다 받은 상당한 위자료 그리고 불미스러운 성적 평판이 떠올랐다. 그때는 가정부를 두지 않고 살 때여서 패러것은 아들 피터와 함께 집안 청소를 하고 난롯불을 피우고 아내의 귀국을 축하하는 의미로 꽃도 사다 두었다. 그러고 나서 케네디 공항으로 마중을 나갔다. 그런데 비행기가 연착이었다. 아내는 자정이 훨씬 지나서야 도착했다. 패러것이 키스를 하려고 몸을 기울이자 아내는 얼굴을 돌리며 처음 보는 로마 스타일 모자의 늘어진 챙을 밑으로 잡아당겼다. 그는 짐을 받아들고 차에 올라탄 후 집을 향해 출발했다. "아주 좋은 시간을 보낸 것 같네." "내 인생에서 그렇게 행복했던 적은 한 번도 없었어." 아내가 말했다. 하지만 패러것은 성급한 결론을 자제했다. 집은 따뜻해져 있을 테고 꽃은 환하게 빛나고 있을 것이었다. 마침 도로에는 지저분해진 눈이 쌓여 있었다. "로마에도 눈이 내렸어?" "시내엔 안 왔어. 카시아 가도街道엔 눈이 조금 내렸대. 직접 보진 못했어. 신문에서 읽었어. 거기에선 뭐든 여기처럼 역겹진 않아."

패러것이 아내의 가방들을 거실로 옮겼다. 피터는 파자마 차림이었다. 아내가 피터를 끌어안고 조금 흐느꼈다. 난롯불과 꽃은 전혀 관심 밖이었다. 다시 키스를 해볼 수도 있었겠지만 그랬다가는 턱으로 한 방 날아올 게 뻔했다. "한잔 할래?" 패러것이 짐짓 목소리를 높이며 물었다. "응, 그래." 한 옥타브 낮은 목소리로 아내가 대답했다. "캄파리*로." "레몬도 넣어?" "그래, 그래." 아내가 대꾸했다. "스프리츠**처럼." 패러것은 얼음과 레몬 조각을 넣은 술을 아내에게 건넸다. "탁자 위에 놓아둬." 아내가 말했다. "그걸 마시면 잃어버린 행복이 생각날 것 같거든." 그러더니 아내는 부엌에서 물 묻힌 스펀지를 들고 나와 냉장고 문을 닦기 시작했다. "청소는 우리가 다 했어." 패러것은 정말 슬픈 기색이 역력했다. "피터와 내가 했다고. 부엌 바닥도 피터가 닦아놨고." "그래? 그런데 냉장고 문은 깜박한 것 같네?" "만약 하늘나라에 천사가 있다면," 패러것이 말했다. "또 그 천사가 여자라면 하프 같은 건 들고 있을 새도 없을 거야, 틈만 나면 싱크 건조대나 냉장고 문, 아니 광택 처리가 된 건 뭐든 닦아야 한다고 달려들 테니 말이야. 말하자면 여자들이 갖

* 이탈리아산 혼성주.

** 와인, 탄산수, 혼성주가 들어간 이탈리아의 알코올 음료.

고 있는 제2의 천성 같달까." "당신 미쳤어?" 아내가 물었다. "대체 무슨 소리를 하는 거야." 즐거운 시간을 위해 모든 준비를 끝마쳤던 그의 성기는 워털루에서 파리로, 또 파리에서 엘바로 자꾸만 후퇴했다. "내가 사랑하는 사람들은 거의가 나더러 미쳤다고 하는군." 패러것이 대답했다. "내가 말하고 싶은 건 사랑이야." "오, 그러세요?" 아내가 응수했다. "자, 봐요." 그러더니 엄지손가락을 양쪽 귀에 넣고 나머지 손가락을 흔들어대며 눈동자를 이리저리 굴리면서 입으로는 방귀 뀌는 소리를 냈다. "제발 놀리는 얼굴 좀 하지 마." 패러것이 말했다. "나야말로 당신의 그런 표정이 싫어." 아내가 대꾸했다. "뭐 다행히 당신은 자기 얼굴이 어떻게 보이는지 못 보겠지만." 피터가 듣고 있다는 것을 깨닫고 패러것은 더이상 아무 말도 하지 않았다.

아내가 예전의 모습으로 돌아오기까지 열흘 정도 시간이 흘렀다. 칵테일파티를 마치고 돌아온 어느 날, 저녁식사를 하기 전이었다. 두 사람은 잠깐 낮잠을 잤다. 아내는 그의 팔에 안긴 채였다. 그는 생각했다. 우린 하나야. 아내의 향기로운 머리카락이 그의 얼굴을 간지럽혔다. 아내는 크게 소리 내어 숨을 내쉬었다. 잠에서 깬 아내가 그의 얼굴을 어루만지며 물었다. "내가 코를 골았어?" "응, 아주 심하게." 패러것이 대답했다. "기계톱 소리처럼 시끄럽더군." "아주 푹 잔 것 같아." 아내가 말했다. "당신 팔에 안겨 자는 기분이 그만이야." 이어 둘은 사랑을 나눴다. 흡족한 오르가슴에 대한 그의 심상이 요트 대회, 르네상스, 높은 산을 거뜬히 따돌렸다. "아, 정말 좋았어." 아내가 말했다. "몇시야?" "일곱시." "저녁식사는 언제?" "여덟시." "당신은 벌써 씻었군. 나도 씻어야겠어." 그는 클리넥스로 아내의 몸을 닦아준 다음 담배에 불을 붙여 건넸다. 아내를 따라 욕실로 들어간 그는 아내가 브러시로 등을 닦는 동안 뚜껑을 닫은 변기에 앉아 있었다. "아, 깜박 잊고 얘기 안 한 게 있어. 리자가 브리 치즈 한 덩이를 보내왔더군." "그것참 반갑네," 아내가 말했다. "하지만 여보, 그거 알아? 난 브리 치즈를 먹으면 항상 설사를 심하게 해." 그는 자신의 성기를 끌어당기며 다리를 꼬고 앉아 대꾸했다. "그거 재미있군. 난 변비에 걸리는데 말이야." 그것이 당시 그들의 결혼생활이었다. 즉 계단 가장 높은 곳에 깔려 있는 포석鋪石에 대해, 이탈리아 분수의 소란함에 대해 혹은 이국적인 올리브 나무에 부는 바람에 대해 얘기하는 것이 아니라 자신의 내장이 어떤지를 놓고 토론하는 벌거벗은 한 쌍의 수컷과 암컷에 불과했던 것이다.

한번은 이런 일도 있었다. 개를 기를 때였다. 해나라는 암캐가 새끼 여덟 마리를 낳았다. 그중 일곱 마리는 집 뒤편에 있는 개집에서 길렀고 곧 죽을 것처럼 병약한 한 마리는 집안에서 키웠다. 새벽 세시쯤, 패러것이 잠결에 강아지가 토하거나 배변하는 듯한 소리를 듣고 자리에서 일어났다. 벌거벗은 채 잠들었던 그는 마샤를 깨우지 않기 위해 그대로 거실로 내려갔다. 피아노 아래쪽 바닥이 엉망이었다. 강아지는 몸을 떨고 있었다. "고도, 괜찮아." 피터가 지어준 강아지의 이름은 고든 쿠퍼*였다. 그 정도로 오래전의 일이었다. 패러것은 걸레와 양동이, 종이 타월을 가져다가 벌거벗은 채 피아노 아래로 들어가 강아지의 배설물을 치웠다. 그러는 소리에 잠이 깼는지 곧 계단을 걸어 내려오는 아내의 기척이 들려왔다. 아내는 벗은 몸이 훤히 비치는 투명한 나이트가

* 1963년 미국의 머큐리 프로젝트에 참가했던 우주인 중 한 명.

운을 입고 있었다. “미안해, 내가 깨웠군.” 패러것이 말했다. “고도가 사고를 쳤어.” “내가 도와줄게.” “그럴 필요 없어. 이제 거의 다 치웠으니까.” “하지만 돕고 싶어.” 아내가 손과 무릎으로 바닥을 짚은 채 피아노 밑에 있는 그에게 기어왔다. 얼추 마무리가 되자 일어서려던 아내는 피아노의 삐죽 튀어나와 있던 부분에 머리를 부딪고 말았다. “아.” 아내가 짧게 외쳤다. “다쳤어?” “아니, 심한 건 아니야.” 아내가 대답했다. “혹이 나거나 멍들지만 않으면 괜찮아.” “미안해, 여보.” 몸을 일으킨 그가 아내를 껴안으며 키스했고 두 사람은 곧 소파에서 사랑을 나눴다. 그는 담배에 불을 붙여 아내에게 건넨 다음 침대로 함께 돌아갔다. 하지만 얼음을 가지러 들어서던 부엌에서 샐리 미들랜드를 끌어안은 채 키스 중인 아내를 목격한 것은 그로부터 오래 지나지 않아서였다. 아내와 샐리는 일주일에 두 번 함께 뜨개질을 하는 사이였다. 그의 눈에 결코 우정의 포옹으로 보이지는 않는 장면이었다. 패러것은 샐리가 혐오스러워졌다. “아, 미안.” 그가 얼떨결에 말했다. “뭐가?” 아내가 되묻자 패러것은 대답했다. “그게, 방금 방귀를 뀌었거든.” 형편없는 변명이었고 그도 잘 알고 있었다. 그는 얼음 쟁반을 들고 식료품 저장실로 들어갔다. 아내는 저녁식사 내내 아무 말도 하지 않았고 그후로도 마찬가지였다. 다음날—토요일이었다—잠에서 깨 그가 물었다. “잘 잤어?” “젠장.” 아내의 대답이었다. 아내는 가운을 걸치고 부엌으로 사라졌고, 이어 냉장고를, 다음에는 식기세척기를 발로 차는 소리가 들려왔다. “이 빌어먹을 고장난 싸구려 기계들이 난 너무 싫어.” 아내가 외쳤다. “지저분한 구식 부엌도 정말, 정말, 정말 더럽게 싫어. 난 대리석 저택에서 살길 꿈꿨다고.*” 아내의 그런 행동은 불길한 징조였고, 이는 곧 아침식사를 기대하기 힘들거라는 의미였다. 아내는 컨디션이 조금이라도 안 좋을라치면 아침식사용 달걀을 마치 자신이 직접 낳아 부화시키기라도 하듯 행동했다. 달걀, 오 아침식사용 달걀이여! 달걀이 마치 아테네식 연극 속 무녀라도 되는 것 같았다. "아침에 달걀을 먹을 수 있을까?" 언젠가 그가 이렇게 물어본 적이 한 번 있었다. 그것도 수년 전의 일이었다. "어셔가의 집처럼 다 쓰러져가는 데서 나한테 아침을 차려달라는 거야?" "그럼 내가 직접 해 먹는 건 괜찮겠지?" "아니, 안 돼." 아내가 말했다. "이 난장판 같은 집에서 그런 난리를 쳤다간 치우는 데 몇 시간은 걸릴 테니까." 그런 아침에는 커피 한 잔만 마실 수 있어도 다행이었다. 옷을 대충 꿰어 입고 아래층으로 내려가보니 아내의 얼굴은 여전히 어두웠다. 그 모습에 그는 허기가 아니라 고통을 느꼈다. 어떻게 해야 이 사태를 수습할 수 있을까? 창밖을 바라보니 서리가 내려 있었다. 첫서리였다. 해는 이미 떠올랐지만 집과 정확히 유클리드의 삼각형을 이루는 나무 그늘에는 하얀 서리가 여전히 남아 있었다. 첫서리가 내렸으니 이제 아내가 젤리로 만들어 먹기를 좋아하는 머루를 딸 시기였다. 검은색을 띤 머루는 건포도알 정도 크기에 시큼한 냄새가 났다. 머루 한 자루면 서먹함을 풀어볼 핑계로 그만일 거라고 패러것은 생각했다. 그런데 막상 머루를 따러 갈 생각을 하니, 도구의 성적 연상작용이 신경쓰였다. 괜한 불안일 수도 있고 여름휴가차 다녀온 아일랜드 남서부 지방에서 얻은 기억 때문일 수도 있었다. 그곳 사람들은 모든 도구를 암수로 분류했다. 만약 바구니와 가위를 들고 머루를 따러 간다면 왠지 의

* 발프의 오페라 〈집시 소녀The Bohemian Girl〉의 유명한 아리아 첫 소절.

상도착증으로 보일 것 같았다. 패러것은 삼베로 만든 자루와 사냥용 나이프를 선택했다. 그러고는 집에서 0.5마일 정도 떨어져 있는 숲으로 향했다. 소나무 밀집 지역에 머루 군락이 형성되어 있었다. 정동향으로 노출된 곳은 머루알이 이미 거무스름한 자주색으로 익었고, 그늘진 데는 서리를 두르고 있었다. 그는 남자에게 어울리는 나이프로 머루를 따서는 역시 남자답게 거칠고 성긴 자루 속으로 던져넣었다. 그는 아내를 위해 머루를 따고 있지만 아내는 대체 누구인가? 샐리 미들랜드의 연인? 그래, 그래, 그래! 현실을 직시해야 했다. 그가 마주한 현실이 아주 거대한 거짓이든 아주 거대한 진실이었든 간에 여하간 이성적인 분별력이 그를 포장해주고 지탱해주었다. 아내가 샐리 미들랜드를 사랑했다면 그는 처키 드루를 사랑하지 않았던가? 그는 처키 드루와 함께 있는 게 좋았다. 하지만 샤워기 아래 나란히 서면, 엄마와 브리지 놀이를 하던 아줌마들처럼 힘없이 늘어진 처키의 팔을 바라보며 병든 닭 같다는 생각이 들었다. 그러고 보니 보이스카우트를 떠난 뒤로는 남자를 사랑한 적이 없었다. 바지에 검불을 묻힌 채, 또 그해의 마지막 날벌레들에게 이마를 뜯긴 채 그는 야생 머루가 담긴 자루를 들고 집으로 돌아왔다. 아내는 침대에 누워 얼굴을 베개에 묻고 있었다. "머루를 좀 따왔어." 그가 말했다. "어젯밤에 첫서리가 내렸더라고. 젤리 좀 만들게 머루를 따 왔지." "고마워." 베개에 얼굴을 묻은 채 아내가 말했다. "부엌에 갖다놓을게." 그러고는 그날의 나머지 시간을 겨울 채비를 하는 데 보냈다. 방충망을 걷고 방풍창을 단 다음, 미리 준비해두었던 오크 나뭇잎으로 화초가 얼지 않도록 덮어주었고, 연료 탱크에 기름이 얼마나 들어 있는지 확인한 뒤, 스케이트를 꺼내 날을 갈았다. 수많은 말벌들이 곧 다가올 빙하기를 대비해, 마치 패러것처럼, 처마를 피난처 삼아 날아드는 와중에 그는 작업을 계속했다.

"일이 이 지경이 된 데는 언젠가부터 우리가 함께하지 못한 탓도 있을 거야." 패러것이 말했다. "많은 일들을 함께했잖아. 잠도 자고, 여행도 다니고, 스키, 스케이트, 요트, 또 콘서트도 물론이고. 우리 둘 다 이 나라 맥주를 좋아하진 않지만 월드 시리즈를 보면서 맥주도 같이 마셨고. 이름이 롬버그였던가? 어쨌든 누군가 노히트노런을 눈앞에서 놓쳤던 때가 있었어. 그때 당신이 울었지. 나도 울었고. 우린 함께 울었어."

"당신은 약을 했었잖아." 마샤가 말했다. "그건 함께할 수 없는 일이었어."

"하지만 육 개월은 깨끗했어." 패러것이 말했다. "그래도 별 차이는 없더군. 치료한답시고 갑자기 끊으면서, 금단증상 때문에 거의 죽다 살아났지."

"겨우 육 개월 끊은 걸 가지고. 그건 그렇고, 그게 벌써 얼마 전 일이야?"

"무슨 말이 하고 싶은 거야?"

"요즘은 어떠냐고."

"사십 밀리그램에서 십 밀리그램으로 줄였어. 매일 아침 아홉시에 메타돈을 받아. 꼭 계집애 같은 남자가 메타돈을 나눠줘. 보니까 부분 가발을 쓰더군."

"그 사람이 수작이라도 걸었어?"

"글쎄. 오페라를 좋아하는지 물어오긴 했어."

"물론 좋아할 리가 없지."

"그래, 그렇게 말해줬어."

"잘했네. 동성애자와 결혼한 여자가 되고 싶진 않거든, 이미 약쟁이에 살인자와 결혼한 마당에."

"난 형을 죽이지 않았어."

"난로의 쇠부지깽이로 당신이 형을 때렸잖아. 그래서 당신 형이 죽었고."

"쇠부지깽이로 내가 형을 때렸지. 하지만 형은 취해 있었어. 취해서 벽난로에 머리를 부딪힌 거라고."

"전문가들이 그러는데 모든 죄수들이 결백을 주장한대."

"공자가 그랬다지……"

"당신은 그렇게 피상적이지, 패러것. 항상 진지하지 못했어."

"난 형을 죽이지 않았어."

"다른 얘기 하는 게 어때?"

"듣던 중 반갑네."

"약은 언제쯤 완전히 끊을 수 있겠어?"

"몰라. 마약을 끊은 모습을 상상하기 힘들어. 상상할 수 있다고 말하는 거야 어렵지 않지만 그럼 거짓말을 하는 셈이잖아. 마치 젊은 시절의 오후 한때로 나를 되돌릴 수 있다고 우기는 것처럼."

"그래서 당신이 진지하지 않다고 하는 거야."

"그래."

패러것은 다투고 싶지 않았다, 이런 장소에서, 또다시 아내와. 그들의 최근 결혼생활에서 싸울 때면 내뱉는 말들이 신성한 혼인 성례에 으레 따르는 말들처럼 판에 박혀 진부해져가는 걸 그는 목도해왔기 때문이다. "당신의 말도 안 되는 이야기는 더이상 듣고 싶지 않아." 마샤가 악을 썼다. 그는 아내의 히스테리 때문이 아니라 자신이 하고 싶었던 말이 오히려 그녀의 입에서 나왔다는 사실에 깜짝 놀랐다. "당신이 내 인생을 파멸시켰어. 내 인생을 망쳤다고." 그녀는 다시 한번 악을 썼다. "썩어빠진 결혼보다 더 잔인한 건 세상에 없어." 한 마디 한 마디가 그의 혀끝에서 맴돌던 말들이었다. 그런데 그때, 그녀가 계속해서 그가 하려던 말을 선수 치는 데 귀를 기울이는 사이, 슬픔에 사무쳐 한층 깊고 차분해진 그녀 목소리가 들렸고, 그가 어찌해볼 도리가 없는 변주가 시작되었다. "당신은 내가 저지른 가장 큰 실수야." 마샤가 조용히 말했다. "나는 내 삶이 오로지 좌절의 연속이라고 생각했어. 하지만 당신이 형을 죽였을 때 내가 그동안 내 문제들을 너무 과소평가했다는 걸 깨달았지."

아내는 이따금 좌절이라는 단어를 자신이 화가로서 실패했다는 의미로 사용했다. 아내가 쌓은 화가 경력이라고 해봤자 25년 전 한 대학이 주최한 미술전에서 2등상을 수상한 것이 고작이었지만. 어쨌든 패러것은 한때 깊이 사랑했던 한 여인으로부터는 '등신' 소리까지 들었고, 이후 그런 일이 언제든 일어날 수 있음을 항상 염두에 두고 살아왔다. 그녀가 패러것을 등신이라고 부른 것은 어느 근사한 호텔에서 벌거벗고 나란히 누워 있을 때였다. 여자는 그렇게 부른 다음 키스를 퍼부으며 이렇게 말했다. "서로의 몸에 위스키를 부은 다음 그걸 핥는 건 어때?" 둘은 그렇게 했고, 그는 그런 말을 하는 여자의 판단력을 전혀 의심하지 않았다. 그렇게 등신이 된 심정으로 패러것은 아내의 화가 경력을 다시 떠올렸다. 처음 만났을 때 아내는 화실에 살다시피 하면서 그림 그리는 데 푹 빠져 있었다. 결혼했을 때 아내는 〈타임스〉에 화가로 소개되기도 했으며, 공동 주택이든 개인 주택이든 그들이 살았던 집에는 항상 화실이 마련되어 있었다. 아내는 계속해서 그리고, 그리고, 또 그렸다. 저녁식사에 초대된 손님들은 영락없이 그녀의 작품들을 감상해야 했다. 아내는 그림을 사진으로 찍어 화랑에 돌리기도 했다. 공원에서, 거리에서, 심지어 벼룩시장에서도 그림을 전시했다. 5번가, 63번가, 72번가로 그림들을 실어날랐고, 그 밖에도 정부 보조금을 받는 화가 단체로부터 인정을 받거나 상을 타거나 혹은 그 단체에 가입하기 위해 꾸준히 작품을 제출했다. 그렇게 계속 그림을 그려댔지만 아내의 작품이 조금이라도 주목을 받은 적은 한 번도 없었다. 그는 스스로 등신에 불과하다고 생각했지만 그런 아내를 이해했고, 이해하려 애썼다. 신의 사랑을 의심하지 않듯 아내는 자신의 천직이 화가라고 굳게 믿었지만, 불행하기만 한 성직자의 경우처럼 아내의 기도는 헛되기만 했다. 그런 기도에는 애처로운 매력이 있었다.

독립에 대한 아내의 열정은 부부의 공동 계좌를 교묘히 조작하는 수준에까지 이르렀다. 여자의 독립은 그에게도 전혀 새로운 일이 아니었다. 특별하다고 할 것까진 없지만 패러것은 꽤 많은 사례들을 알고 있었다. 배를 타고 케이프 혼에 두 번이나 다녀온 증조모만 해도 그랬다. 선장의 아내였던 증조모는 화물 관리인이기도 했다. 하지만 그 사실이 바다에서 만나는 폭풍이나 고독, 선상 반란의 위험, 죽음 혹은 그보다 더 나쁜 일들을 막아줄 수는 없었을 것이다. 그리고 할머니는 소방관이 되고 싶어했다. 프로이트 이전 세대였지만 할머니는 이 방면으로 유머가 없지는 않아서 종종 이렇게 말했다. "난 종을 사랑해. 사다리도, 호스도, 벼락처럼 쏟아지는 물줄기도 말이야. 그런데 왜 소방서에 지원할 수 없다는 거냐?" 패러것의 모친 역시 성공하지 못한 여성 사업가로, 찻집이나 레스토랑, 옷가게를 하기도 했고 핸드백, 알록달록한 담배 상자, 도어스톱 등을 생산하는 공장을 경영하기도 했다. 그러니 독립에 대한 마샤의 강한 의지는, 같이 사는 자신 탓이 아니라 시대의 흐름 탓이라는 걸 그는 알고 있었다.

패러것은 수표책이 조작되었다는 사실을 진작부터 눈치채고 있었다. 마샤도 돈을 얼마 갖고 있긴 했지만 옷값을 다 지불할 만큼 충분치는 않았다. 그에게 의존해야 했던 마샤는 상황을 바꿀 능력이 없었기에 그 사실을 숨기기로 했다. 즉 상인들에게 수표로 지불하고 잔액을 현금으로 거슬러 받은 다음 집수리에 돈을 썼다고 주장했던 것이다. 배관공, 전기공, 목수, 도장공 들은 마샤의 꿍꿍이를 전혀 알 리가 없었지만 어쨌든 대가를 받았으므로 현금을 거슬러주는 걸 꺼릴 이유가 없었다. 아내의 이런 행동을 처음 알아챘을 때 패러것은 그 이면에 독립이라는 동기가 숨어 있음을 직감했다. 마샤 역시 패러것이 눈치챘음을 분명 알았을 것이다. 그렇게 둘 다 뻔히 알고 있는 마당에, 아내의 눈물을 굳이 봐야겠다는 심산이 아니라면—이야말로 그가 결코 원치 않는 사태였다—사실을 까발리는 게 무슨 소용이겠는가?

"그런데 집은 어때?" 패러것이 물었다. "인디언 힐 말이야." 그는 내 집이라든가 당신 집이라든가 우리집이라든가 하는 식으로 소유대명사를 쓰지 않았다. 그 집은 여전히 그의 집이고 이혼할 때까지는 그러할 것이었다. 마샤는 대답하지 않았다. 그녀는 손가락 하나하나 장갑을 당긴다거나, 머리를 매만지지도 않았고, 경멸을 표현할 때 사용하는 진부한 홈드라마식 농담도 들먹이지 않았다. 그렇게 하기에는 너무 똑똑했다. "글쎄," 마샤가 대답했다. "변기 커버가 젖는 일은 없으니 살맛나지."

패러것은 면회실에서 나와 F동으로 이어지는 계단을 올랐다. 그는 하얀 셔츠를 벗어 옷걸이에 걸어놓고 창가로 다가갔다. 그러고는 창가에서 삼십 센티미터 정도 떨어져 선 채 면회객들이 자동차나 택시 혹은 기차를 타기 위해 지나갈 보도와, 입구의 두 계단에 시선을 고정했다. 식당 문이 열리길 기다리는 아메리칸 플랜 호텔*의 웨이터처럼, 연인처럼, 또 가뭄에 타들어가는 농장에 비가 내리길 고대하는 농부처럼, 그는 면회자들이 나타나기만을 기다렸지만, 여느 보편적인 기다림의 느낌은 없었다.

패러것의 눈에 띈 면회객들은—처음에는 한 명, 그다음에는 세 명, 네 명, 두 명씩—모두 스물일곱 명이었다. 그날은 평일이었다. 멕시코계 미국인, 흑인, 백인, 그리고 그해에 유행중이던 종 모양 헤어스타일을 한 상류층인 그의 아내가 있었다. 면회를 오기 전에 마샤는 미용실에 다녀왔을 것이다. 그런데 과연 솔직하게 털어놨을까? "파티에 가는 게 아니에요, 남편을 만나러 교도소에 가는 길이에요"라고? 아내의 모습을 보며 문득 앤 엑베이턴이 커밍아웃하기 전에 머리를 젖지 않게 하려고 한결같이 평영으로만 수영하던 어느 바닷가의 여자들이 떠올랐다. 몇몇 면회객들의 손에는 종이봉투가 들려 있었다. 아마도 그 속에는 사랑하는 이에게 주려고 집에서 가져온 금지 물품이 들어 있으리라. 그들은 자유로웠다. 달릴 수도 있고, 점프할 수도 있고, 그 짓을 할 수도 있고, 술을 마실 수도 있고, 도쿄로 가는 비행기 좌석을 예약할 수도 있었다. 그들은 자유로웠다. 하지만 그렇다 해도 이러한 소중한 순

* 투숙객의 식사서비스 이용 여부에 상관없이 객실 요금에 매일 3식의 요금을 포함하여 적용하는 호텔 상품.

간들을 너무나 무심하게 흘려보내다보니 마치 자유가 낭비되는 것처럼 보였다. 그들의 움직임에서는 자유에 대한 고마움을 전혀 찾아볼 수 없었다. 한 남자는 허리를 굽혀 양말을 끌어올렸다. 한 여자는 열쇠가 있는지 확인하기 위해 핸드백을 뒤졌다. 그보다 젊은 한 여자는 구름이 잔뜩 낀 하늘을 힐끗 쳐다보고는 초록색 우산을 펴 들었다. 몹시 늙고 못생긴 한 여자는 휴지 쪼가리로 눈물을 훔쳐냈다. 사실 그런 행동들이야말로 그들이 뭔가에 구속받고 있다는 제약의 표지나 다름없었지만, 그럼에도 어떤 자연스러움과 구속상태를 전혀 신경쓰지 않는 기운이 묻어났고, 그것이야말로 쇠창살 사이로 그들을 바라보고 있던 패러것에게 잔인할 정도로 결여되어 있는 것이었다.

그때 그가 느낀 것은 고통이 아니었다. 고통만큼 단순하고 분명한 것이 또 어디 있던가. 그가 확인할 수 있었던 것은 단지 누관淚管에 들이닥친 격변, 즉 울고 싶어하는 자신의 맹목적이고 무모한 마음뿐이었다. 눈물을 흘리기는 쉬웠다. 수음을 한다면 10분이면 족했다. 그는 울고 싶었고 고함지르고 싶었다. 그는 산주검이나 다름없는 사람들 속에 있었다. 이런 슬픔, 이런 분열을 달래줄 어떤 말도, 어떤 살아 있는 말도 그곳에는 존재하지 않았다. 그는 낭만적인 사랑을 마주한 원초적인 충동의 사내 같았다. 이윽고 마지막 면회객이, 정확히 말해 마지막 면회객의 구두가 사라지자 그의 눈은 차츰 젖어들기 시작했다. 패러것은 침대에 앉아 독방에서 가장 흥미롭고, 가장 속되고, 가장 민감하고, 가장 깊은 향수를 일깨우는 자신의 그곳으로 오른손을 가져갔다. "빨리 해." 치킨 넘버 투가 말했다. "식사 시간까지 8분밖에 안 남았어."

F동은 절반만 차 있었다. 위층은 화장실과 잠금장치 들이 대부분 파

손된 채 비어 있었다. 독방의 잠금장치만 제외하면 그 무엇도 제대로 작동하지 않았으며, 패러것의 독방에 있는 변기도 물이 내려갈 때마다 매우 시끄러운 소리를 냈을 뿐 아니라 걸핏하면 제멋대로 작동했다. F동에는 노화의 기운이, 즉 감금된 채 남은 세월을 보낼 게 분명하다는 느낌이 강하게 돌았다. 이 주가 거의 지나갈 무렵, 어쩌다보니 패러것은 F동에 있는 스무 명의 죄수들 중 치킨 넘버 투, 범포, 스톤, 커콜드, 랜섬 그리고 테니스로 구성된 무리와 어울리게 되었다. 알다가도 모를 조합이었다. 부친 살해범이라고들 하는 랜섬은 키가 매우 크고 핸섬했다. 패러것은 팔코너에서는 동료의 과거에 대해 결코 물어서는 안 된다는 사실을 금세 배웠다. 그것은 같이 살아간다는 전제를 위반하는 어리석은 행위였고, 어쨌든 죄수들 사이에 진실이란 존재하지 않았다. 랜섬은 말수가 적은 사람이었다. 그는 스톤 외에는 누구에게도 거의 말을 걸지 않았다. 스톤은 그야말로 무력한 존재였다. 그에 대한 이야기는 누구에게서나 들을 수 있었다. 어떤 범죄 조직이 얼음 송곳으로 그의 고막을 찔렀다고 했다. 그런 다음 그에게 누명을 씌워 오랫동안 징역을 살게 하는 대신 200달러짜리 보청 장비를 사주었다. 보청기는 어깨에 멜 수 있도록 끈이 달린 캔버스 자루에 담겨 있었고, 살구색 플라스틱 수신기와 스톤의 오른쪽 귀에 걸친 이어후크, 배터리 네 개로 이루어져 있었다. 랜섬은 그런 스톤을 안내해 식당에 함께 다녀오거나 보청 장비를 착용하라고 다그치는가 하면, 배터리가 닳았을 때는 교체해주기도 했다. 스톤 역시 다른 사람과는 거의 말을 하지 않았다.

패러것이 들어온 지 이틀째 되던 날, 저마다 독방을 청소한 후 아침 식사를 기다리고 있을 무렵 테니스가 어렵게 말을 걸어왔다. "나는 로

이드 하버샴 주니어야." 테니스가 말했다. "귀에 익은 이름 아니야? 안 그래? 다들 나를 테니스라고 부르지. 보아하니 테니스 좀 쳐봤을 것 같아서 내 이름쯤 알겠거니 했지. 이래봬도 스파탄버그 대회 복식에서 우승했잖아, 그것도 연속으로 두 번이나. 역사상 두번째로 내가 해낸 거야. 물론 내 전용 코트에서 테니스를 배웠지. 공용 코트에서 뛴 적은 한 번도 없어. 스포츠 백과사전, 그러니까 스포츠 위인 인명사전에 내 이름이 올라 있어. 또 테니스 아카데미의 회원이기도 하고, 〈라켓〉 3월호엔 내 얘기가 커버스토리로 나가기도 했지. 테니스 장비 업계에선 알아주는 잡지야." 말을 하는 내내 테니스는 물건을 끈질기게 팔아치우는 장사꾼의 온갖 몸짓을 선보이며 손이나 어깨, 골반 등을 한시도 가만두지 않았다. "난 사무 착오 때문에 들어왔어. 은행에서 실수를 한 거지. 단기 수감자나 면회객과 다를 게 없다고. 며칠 후면 가석방 위원회가 열릴 테고 그럼 여기서 나가게 될 테니까. 9일 아침에 뮤추얼 세이빙스 은행에 만 삼천 달러를 예치했다가 예금 승인이 나기 전에 이백 달러 수표 석 장을 썼지. 그런데 어쩌다보니 룸메이트의 수표책을 사용해버린 거야. 스파탄버그 복식에서 2위를 했던 친구인데 결국 내 승리를 결코 용서하지 않은 셈이지. 한 사람이 감옥살이를 하는 데 필요한 게 뭔지 아나? 바로 약간의 질투심과 사무 착오라는 불운이야. 하지만 일이 주 안에 다 해결될 거야. 뭐 내 말은 환영 인사라기보다 작별 인사지만 어쨌든 환영하네." 대부분의 죄수들처럼 테니스도 잠꼬대를 했고, 패러것은 그가 이렇게 말하는 걸 우연히 듣게 되었다. "주문 마치셨나요? 주문 마치셨어요?" 범포가 패러것에게 보충 설명을 해주었다. 테니스의 운동선수 경력은 삼십 년 전 얘기인데, 식료품 가게에서 일할 때 수표 위조로 체포되었다는 것이다. 범포는 테니스 이야기는 해주면서도 정작 자신에 대해서는 아무 말도 하지 않았다. F동에서는 이미 유명 인사이며 비행기 납치범의 공범으로 소문나 있었는데도 말이다. 그는 비행기 조종사를 협박해 미니애폴리스에서 쿠바로 항로를 바꿨고 그 납치의 대가로 징역 18년을 언도받았다. 하지만 범포는 그 일에 대해서나 자신에 대해서나 일절 말을 아꼈다. 다만 손가락에 끼고 있는 커다란 반지, 다이아몬드인지 유리인지가 박힌 반지에 대해 이야기할 때만 예외였다. "이만 달러는 나가지." 그가 말하는 가격은 매일 바뀌었다. "그리고 언제든 팔 용의가 있어. 누구든 이걸로 한 생명을 구할 수 있다는 보장만 해준다면 당장 내일이라도 팔 수 있지. 늙고 외롭고 배고픈 사람을 구할 수 있다면 얼마든지. 물론 모든 게 확실한지 서류를 확인해야겠지만. 만약 속절없이 외로운 천애고아 소녀가 있는데 이 세상 그 누구도 그 무엇도 그애 인생을 구할 수 없다면 이 보석을 넘겨주겠어. 하지만 그전에 관련 서류들을 봐야 해. 진술서나 사진, 출생증명서 같은 것들 말이야. 하지만 꼭 그게 아니라도 오직 내 보석반지로만 여자애를 구할 수 있다는 사실이 증명된다면 그 아이는 당장이라도 이걸 갖게 될 거야."

치킨 넘버 투는 뉴욕과 시카고, 로스앤젤레스에서 보석 강도로 활약한 자신의 화려한 경력에 대해 덩달아 떠들었다. 그는 다른 죄수들보다 특히 더 잠꼬대가 심했는데, 일종의 후렴구 같은 게 있었다. "그 여자한테 깎아달라고 하지 마." 잠결에 이렇게 소리지르곤 했다. 매번 격렬하게 잔뜩 성이 나 있는 목소리였다. "말했잖아, 그 여자한테 깎아달라고 하지 말라고. 그 값엔 결코 안 줄 테니 부탁하지 말라고!" 과거를 이야기할 때 치킨은 자신의 성공에 대해서는 자세히 설명하지 않았다. 대부분 자신의 매력에 대해서만 말했다. "내가 그렇게 잘나간 건 다 이 몸의 매력 때문이지. 다들 나만 보면 훅 갔다니까. 그러면서 모두들 이 몸의 품격을 알아보았지. 나는 뭐든 알아서 하는 사람이었거든. 난 항상 자발적인 사람이라는 인상을 줬어. 뭐가 됐든 나한테 부탁하는 사람에게는 노력한다는 인상을 심어줬지. '나이아가라 폭포를 가져와요.' '엠파이어스테이트 빌딩을 대령해.' '알겠습니다.' 내 대답은 항상 그거야. '네, 노력하겠습니다.' 난 품격 있는 사람이니까."

커콜드*는 테니스처럼 다가가기 힘든 인상이었다. 사실 패러것은 수감 후 일주일쯤 지나 커콜드가 찾아오면서부터 비로소 그 집단의 일원이 되기 시작했다. 뚱뚱한 커콜드는 분홍색 얼굴에 머리숱이 적었고 보는 사람을 불편하게 할 정도로 과장된 미소를 짓곤 했다. 커콜드의 가장 흥미로운 점은 그가 교도소에서 사업 수완을 발휘한다는 것이었다. 수감자들이 식당에서 들고 오는 스푼을 커콜드는 멘톨 담배 한 갑당 두 개씩 사들였다. 그리고 자신의 작업장에서 팔찌로 만들어 상급 교도관 월턴에게 넘겼다. 그러면 월턴은 속옷에 팔찌를 숨겨 밖으로 빼낸 후 사형수가 만든 제품이라고 홍보하면서 가까운 도시의 선물 가게에 팔아넘겼다. 팔찌의 가격은 개당 25달러였다. 이렇게 만들어낸 이윤으로 커콜드는 통조림 햄, 치킨, 정어리, 땅콩버터, 크래커, 파스타 등을 독방에 재어두고 자기 아내 이야기를 들어줄 동료들을 낚는 미끼로 사

* '아내가 공공연히 바람을 피우는데 아무것도 못하고 참고 지내는 멍청한 남편'을 뜻하는 단어. 과거 유럽 왕실에서 귀족 부인들을 첩으로 삼고 그 남편들에게 작위를 주는 관습이 있었는데, 이들이 대표적인 커콜드의 사례.

용했다. "자네가 좋아할 만한 맛있는 햄 조각이 하나 있는데, 어떤가." 커콜드가 패러것에게 말했다. "앉아, 앉아. 맛있는 햄 조각을 맛보라고. 하지만 내가 어쩌다 여기에 오게 됐는지 그 얘기부터 들어줘야 해. 실수로 아내를 죽였거든. 아내가 세 아이 모두 내 자식이 아니라고 털어놓던 밤에 말이지. 심지어 내가 돈을 댔던 두 번의 낙태와 언젠가의 유산도 내 자식이 아니었다고 하더군. 그래서 죽였어. 뭐 사이가 좋았을 때도 그리 믿을 만한 여자가 아니긴 했지. 일이 주 내내 그 짓을 하던 때도 말이야. 그때 난 세일즈맨이었는데 마침 비수기여서 종일 집에 틀어박혀 그 짓을 하면서 먹고 마셨지. 그런데 어느 날 아내가 말하더군. 우리에게 필요한 건 섹스를 잠시 그만두는 거라고. 난 무슨 뜻인지 알겠더라고. 난 정말 아내를 사랑하고 있었지. 아내는 일이 주 떨어져 있는 게 그리 대수냐고, 그렇게 떨어져 있다가 다시 합치는 것도 근사하지 않겠느냐고 하더군. 왜 아니겠어. 아내의 말이 무슨 뜻인지 알 것 같아서 몇 주 동안 집을 나가 있었는데, 어느 날 사우스다코타에서 술에 취해 그만 낯선 여자와 잠을 자버렸네. 죄책감이 들더군. 그러고는 집에 돌아가 바지를 벗는데, 내가 더러운 놈이었다고 고백해야겠다는 생각이 드는 거야. 그래서 정말 그렇게 했지. 그랬더니 아내는 나한테 키스하면서 문제될 게 없다고 하더군. 자기도 고백할 일이 있었는데 내가 먼저 말해줘 오히려 기쁘다면서. 그러고는 털어놓기 시작하는데, 내가 떠나던 날 택시를 타고 동네 반대편에 사는 동생네로 가는 길에 택시 운전사의 검은 눈이 너무나 눈부셔서 마음에 꽂히더라는 거야. 그래서 그 운전사가 근무를 끝내고 나오는 밤 열시에 만나 같이 잤다더군. 다음날에는 고양이 사료를 사러 멜처 씨 가게에 가다가 자동차 연쇄 충돌 사고를 목격했대. 그런데 목격자인 아내에게 질문하던 잘생긴 경찰이 집으로 가서 계속 질문해도 되겠느냐고 묻기에 그러라고 했고, 집에 와서 그 경찰과 또 그 짓을 했다는 거야. 그리고 그날 밤, 바로 그날 밤, 옛 고등학교 동창 놈이 집에 찾아와서 그 짓을 또 했대. 그리고 다음날 아침, 바로 그다음날 아침, 해리 주유소에 기름을 넣으러 갔다가 새로 들어온 주유원에게 한눈에 빠져버렸대. 결국 그 자식이 점심시간에 집으로 왔다더군. 그쯤 듣다가 난 다시 바지를 입고 집에서 나와 길모퉁이 술집으로 향했지. 거기서 두 시간 정도 머물다가 다시 집으로 돌아와 아내와 한침대에 들었네." "나한테 햄 한 조각을 준다고 하지 않았어?" 패러것이 물었다. "아, 그랬지." 커콜드가 대답했다. 하지만 그는 구두쇠인데다 욕심도 많았다. 결국 패러것은 아주 작은 햄 조각 하나밖에 얻지 못했다. 치킨의 경우에는 커콜드와 먼저 흥정을 했고 일정량 이상을 약속받지 않으면 커콜드의 독방에 결코 가지 않았다.

그날 밤 패러것은 저녁식사를 위해 범포, 테니스와 나란히 줄을 섰다. 메뉴는 쌀밥, 소시지, 빵, 올레오마가린 그리고 통조림 복숭아 반조각을 먹었다. 패러것은 고양이에게 줄 빵 세 조각을 슬쩍 집어들고 F동을 향해 뛰었다. 달릴 때는 자유롭다는 환상에 빠질 수 있었다. 타이니가 건물 한쪽 끝에 있는 책상에 앉아 외부에서 반입한 음식으로 저녁을 먹는 중이었다. 식판 하나에는 질 좋은 런던 브로일*과 구운 감자, 통조림 완두콩이 담겨 있었고 다른 식판에는 멀쩡한 가게에서 파는 멀쩡한 케이크가 담겨 있었다. 풍겨오는 고기 냄새에 패러것은 크게 한숨

* 소의 옆구리 살로 요리한 스테이크.

을 내쉬었다. 음식과 관련해 그는 최근 들어 새로운 진실을 발견했다. 교회의 성찬례에 쓰이는 음식이라도 그 양만 충분하다면 필요한 영양분을 섭취하기에 부족함이 없을 거라는 추론이었다. 실제로 간혹 갓 구워 따뜻하고 향기롭게 바삭거리는 빵을 성찬례에 내놓는 교회들도 있었다. "너희는 나를 기억하며 이 빵을 먹으라." 음식은 신자이자 한 인간으로서의 시작과 밀접한 관련이 있었다. 패러것은 모유 수유를 갑자기 중단할 경우 아기에게 트라우마를 남길 수 있다는 글을 어디선가 읽은 적이 있었는데, 그 글을 읽고 어쩌면 자기 어머니도 브리지 게임에 늦지 않기 위해 그에게 먹이던 젖을 서둘러 떼지 않았을까 생각했다. 하지만 이런 생각은 자기 연민에 가까웠다. 패러것은 자신이 느끼는 여러 감정들 가운데 최대한 이를 걸러내고자 노력했다. 음식은 음식이었고 배고픔은 배고픔이었다. 반 정도 차다 만 위장과 향기로운 고기 냄새는 악마가 아니면 도저히 둘로 나눌 수 없는 강력한 유대관계를 형성해버렸다. "맛있게 드십시오." 패러것이 타이니에게 인사를 건넸다. 근처에 있는 방에서 전화벨 소리가 들렸다. 텔레비전도 켜져 있었는데 아마 다수결로 정해 게임쇼를 시청하는 모양이었다. 어떤 형태의 삶과 죽음에도 아랑곳없이 무차별적으로 방송되는 텔레비전의 아이러니는 피상성과 우연성에 있었다.

그렇다보니 누운 채 죽어가고 있거나 아니면 쇠창살이 달린 창문으로 빈 뜰을 쳐다보고 있을 때에도 별수없이 이렇게 괴상한 사람의 목소리를, 학창 시절이나 대학에 다닐 때는 한 번도 말을 섞어본 적이 없는 그런 사람의 목소리를, 형편없는 솜씨의 이발사와 재단사 그리고 분장사의 희생양이 되어버린 누군가의 외침을 들어야만 하는 것이다. "기쁜 마음으로 275번가의 11235명 가운데 뽑히신 찰스 알콘 부인에게 4문형 대형 냉장고를 선물로 드립니다. 냉장고 안에는 최상품 쇠고기 200파운드와 6인 가족이 두 달간 먹을 수 있는 기초 식료품이 들어 있죠. 울지 마세요, 알콘 부인. 오, 이런. 울지 말아요, 울지 말아요. 다른 응모자들에겐 스폰서의 제품이 담긴 선물 세트를 드릴 예정입니다." 진부한 아이러니의 시대, 보이스 오버*의 시대는 이미 오래전에 지나가버렸다고 패러것은 생각했다. 아름다운 음악을, 깊고 깊은 강을, 변하지 않을 심오한 향수와 사랑과 죽음을 내게 달라고! 때마침 타이니가 고함을 지르기 시작했다. 평소에는 이성적인 타이니였는데, 무슨 일인지 귀청이 떨어져나갈 만큼 큰 소리로 미친듯이 고함을 질러댔다. "이런 씹할, 얼어죽을, 비열하고 구린내 나는 짐승 새끼들아!"

상스러운 욕지거리를 듣고 있자니 패러것은 오래전에 참전했던 독일 그리고 일본과의 전쟁이 떠올랐다. "이런 씹할 총기 회사", 누군가 그렇게 내뱉으면 "이런 씹할 불량 M-1 소총, 이런 씹할 카빈 소총, 이런 씹할 03 소총, 이런 씹할 구닥다리 경기관총, 이런 씹할 목표물, 이런 씹할 60밀리 박격포." 같은 욕지거리가 여기저기서 속사포처럼 이어졌다. 어찌 보면 욕지거리는 강장제와 같아서 말하는 사람의 이야기에 힘을 더해주거나 그 뜻을 분명히 해준다. 그렇게 세월이 흘렀는데도 패러것에게 '씹할'이라는 단어는 과거를 떠오르게 하는 희미한 힘을 발휘했다. 즉 패러것에게 '씹할'이란 M-1 소총과 육십 파운드짜리 군용 상자, 방공망과 악취 나는 태평양의 섬들을 의미했다. 섬에서는 늘 도

* 화면에 나타나지 않는 해설자의 말, 또는 인물의 심중을 표현하는 말.

쿄 로즈*의 목소리가 라디오를 타고 흘러나왔다. 그렇다보니 타이니의 욕설에도 패러것은 문득 과거를 떠올렸다. 감미로움 따위 있을 리 없기 때문에 생생한 기억이라고는 할 수 없지만, 단단하게 기억 속에 틀어박힌 사 년의 세월을. 잠시 후 패러것은 지나가는 커콜드를 붙잡고 물었다. "타이니한테 무슨 일이라도 있었어?" "오, 모르고 있었군." 커콜드가 대답했다. "타이니가 막 저녁을 먹으려는데 작업 계획서를 확인하라는 부소장의 전화가 외부에서 걸려왔대. 그런데 전화를 받고 돌아와보니 커다란 고양이 두 마리가 그새 스테이크와 감자를 먹어치우고 식판에 똥까지 싸놓았다지 뭐야. 케이크도 절반이 날아갔고. 화가 난 타이니가 한 놈을 잡아 머리통을 낚아챘다는군. 다른 한 놈은 도망갔고 말이지. 그런데 머리통을 잡아채인 고양이가 발악을 하면서 타이니를 심하게 깨문 모양이야. 피가 줄줄 나더라니까. 아마 지금쯤 의무실에 있을걸?"

만약 감옥이 어떤 살아 있는 생물의 행복을 위해 지어졌다면 그것은 바로 고양이였다. 이런 관찰 결과를 금언처럼 옮기려니 패러것은 입맛이 쓰긴 했지만. 제도판과 벽돌과 회반죽과 돌을 다루는 데 익숙했던 사람들은 원래 자신과 같은 종인 인간의 자유를 상당 부분 구속하기 위해 감옥을 만들었는데, 그로 인해 가장 큰 이득을 본 것이 고양이였다. 육십 파운드쯤 족히 나가는 뚱뚱한 고양이들도 창살 사이를 가뿐히 드나들 수 있었다. 더구나 교도소에는 집쥐나 생쥐 같은 사냥감은 물론, 틈만 나면 다정하게 쓰다듬어주는 외로운 인간들에다 소시지나 미트볼, 오래된 빵, 올레오마가린 같은 먹잇감이 넘쳐났던 것이다.

---

* 2차 대전 당시 연합군을 상대로 라디오 선전 방송을 했던 일본인의 별칭.

룩소르나 카이로나 로마에서도 비슷한 고양이들을 보았던 패러것이지만, 이제는 누구나 세계여행을 다니며 여행담을 카드에 써서 보내고 심지어 책까지 쏟아져나오는 마당에, 교도소를 어슬렁거리는 길고양이들을 고대 도시의 고양이들에 견주어 말하는 것이 무슨 의미가 있겠는가. 개를 키우던 패러것은 고양이를 그다지 좋아하지 않았지만 교도소에서는 그도 달라져 있었다. 팔코너에는 죄수보다 고양이가 더 많았다. 죄수가 약 이천 명이었다면 고양이는 사천 마리 정도였다. 고양이 냄새가 어디에서든 진동했지만 덕분에 쥐의 개체 수가 조절되는 효과도 있었다. 패러것에게는 아끼는 고양이가 한 마리 있었다. 다른 이들도 마찬가지였는데, 개중에는 대여섯 마리씩 돌보는 이들도 있었다. 몇몇 죄수의 아내들은 키튼차우 같은 고양이 사료를 가져오기도 했다. 외로움은 무디고 무뚝뚝한 죄수들에게 고양이를 사랑하도록 가르쳤다. 외로움은 지구상의 어떤 것도 바꿔놓을 수 있었다. 고양이는 따뜻했다. 고양이는 털이 많았다. 고양이는 살아 있었다. 고양이가 순간 던지는 시선에는 솔직함과 총명함 그리고 독특함이 있었고, 심지어 우아함과 아름다움까지 담겨 있었다. 패러것은 자신이 돌보는 고양이를 '산적'이라고 불렀는데 검은색과 흰색 털이 섞인 외모가 흡사 역마차 강도나 미국너구리를 연상시켰기 때문이다. "안녕, 잘 있었니?" 패러것이 고양이에게 인사하며 빵 세 조각을 바닥에 떨어뜨렸다. 산적은 처음에는 빵에 묻은 마가린을 핥다가 고양이다운 능숙한 동작으로 빵 껍질을 먹기 시작하더니 변기의 물을 조금 핥은 다음 빵 껍질 안쪽의 부드러운 부분까지 마저 먹어치우고는 패러것의 무릎 위로 올라왔다. 고양이의 발톱이 장미 가시처럼 작업복 위를 헤집고 다녔다. "그래, 그래. 착하기도

하지. 그런데 산적, 그거 알아? 아내가, 하나뿐인 내 아내가 오늘 나를 보러 왔어. 아내의 면회라니 도대체 무슨 생각을 해야 할지 모르겠네. 면회실을 떠나가던 아내의 모습이 아직도 눈에 선해. 젠장, 내가 아내를 사랑하고 있다니." 패러것이 엄지와 중지로 고양이의 귀 뒤쪽을 어루만졌다. 산적은 크게 한번 그르렁거리고는 곧 눈을 감았다. 그는 여지껏 고양이의 성별을 알아내지 못했다. 문득 면회실에서 보았던 멕시코계 미국인 커플이 떠올랐다. "산적, 그나마 너는 나를 흥분시키지 않아 다행이야. 시도 때도 없이 고개를 쳐드는 이 녀석 때문에 골치 아플 때가 한두 번이 아니었거든. 한번은 아브루치*에 있는 산에 올라갔어. 해발 천팔백 미터가 넘는 곳이지. 사람들 말로는 그 숲에 곰이 우글우글하다는 거야. 내가 그 산에 올라간 것도 바로 그 때문이었어. 곰을 보려고 말이야. 다행히 어두워지기 전에 산 정상에 있는 대피소에 도착했지. 우선 불을 지핀 뒤 가져갔던 샌드위치에 와인 몇 잔을 마시고 침낭에서 잠을 청했지. 그런데 내 아랫도리는 아무래도 잠들 생각이 없었나 봐. 불끈거리며 흥분하기 시작하더니 왜 안 하느냐, 아무것도 재미 볼 게 없는데 뭐하러 힘들게 여기까지 올라온 거냐, 네 목적이 뭐냐 하면서 못살게 굴지 뭐야. 그때 누군가, 아니 웬 짐승이 대피소 문을 확 긁어대는 소리가 들렸지. 분명 늑대 아니면 곰이었을 거야. 왜냐하면 그날 밤 산에 나 말곤 사람이 없었거든. 그래서 아랫도리를 보며 이렇게 말했지. 만약 문을 긁은 짐승이 암컷 늑대나 암컷 곰이라면 곧 즐겁게 해줄 테니 기다리라고. 그랬더니 그때만은 깊은 생각에 잠긴 듯 조용해

---

* 이탈리아 중부에 위치한 주(州).

지더군. 그래서 난 잠을……"

그때 마침 비상벨이 울렸다. 패러것은 처음 듣는 소리라 그 정확한 의미를 몰랐다. 하지만 화재나 폭동, 모종의 사건 혹은 파국을 의미하는 큰 소동이 벌어진 것이 분명했다. 벨은 긴급 사태에 대한 경고, 경계, 경보라는 소임을 다한 다음에도 한참을 더 울어댔다. 광기에 가까운 울부짖음이었다. 소리는 통제를 벗어났다가 곧 통제되는가싶다가 잠잠해졌다. 누군가 스위치를 잡아당겼고 이어 아주 짧은 순간, 고통이 멎는 순간 찾아오는 잠깐의 달콤함 같은 것이 감돌았다. 고양이들은 대부분 어딘가로 재빨리 숨었고, 그중 더 현명한 녀석들은 아예 먼 곳으로 달아났다. 산적은 변기 뒤로 숨었다. 그리고 곧 덜컹 소리와 함께 철문이 열리더니 타이니를 선두로 교도관들이 들어왔다. 모두들 소방 훈련 때 착용하는 노란 방수복을 입고 손에는 몽둥이를 들고 있었다.

"독방에 고양이가 있으면 한 마리도 빠짐없이 밖으로 던져." 타이니가 말했다. 그러자 건물 한쪽 끝으로 물러나 있던 고양이 두 마리가 타이니를 향해 다가왔다. 눈치 없게도 타이니가 음식을 가져왔다고 착각한 것 같았다. 한 마리는 크고 한 마리는 작았다. 타이니의 방망이가 허공에서 커다란 활 모양을 그리더니 마침내 그중 한 마리의 몸을 갈랐다. 동시에 다른 교도관은 큰 고양이의 머리를 내리쳤다. 피와 뇌수, 내장 조각들이 노란 방수복에 튀었고 패러것은 그 살육의 광경을 보는 순간 이를 덜덜 떨었다. 치관齒冠과 금니와 보철물이 일제히 아파오기 시작했다. 불현듯 고개를 들어 산적을 살폈다. 그의 고양이는 닫힌 문을 향해 달려가고 있었다. 패러것은 산적의 똑똑한 행동이 기특했다. 산적의 영리한 대처로 패러것은 타이니와 치킨 넘버 투 사이에 벌어진 것과 같은 소동을 용케 피할 수 있었다. "그 고양이 이리 내놔." "내 고양이는 못 죽여." "육 일 감금이야." "어쨌든 내 고양이는 못 죽여." 치킨의 완강한 거부에 타이니가 말했다. "감금 팔 일." 치킨은 아무 말 없이 고양이만 꽉 끌어안고 있었다. "그럼 지하 감옥을 원하나보지? 한 달 정도 처박아줄까?" 타이니의 말에 다른 교도관이 말했다. "내가 나중에 와서 잡아버릴게."

경우는 반반이었다. 절반은 살육의 몽둥이를 피해 닫힌 문 쪽으로 재빨리 달아났다. 나머지 절반은 어쩔 줄 몰라 근처를 배회하다가 동족의 피냄새를 킁킁대며 맡거나 가끔은 그 피를 핥기도 했다. 교도관 두 명이 구토를 했고 고양이 대여섯 마리가 그 토사물을 먹다가 죽임을 당했다. 밖으로 나가보려고 문 쪽에서 서성거리던 고양이들은 너무 쉽게 체포되었다. 세번째 교도관이 또 구토를 시작하자 타이니가 그제야 말했다. "좋아, 좋아. 오늘밤은 이 정도로 하지. 그렇다고 내 런던 브로일이 돌아오진 않지만. 이봐, 소방 담당 교도관들을 불러 청소 좀 하라고 해." 타이니가 문을 열어주라는 신호를 보냈고, 문이 열리자 여섯 마리에서 열 마리가량 되는 고양이들이 잽싸게 탈출했다. 패러것은 불굴이라는 단어를 떠올렸다.

잠시 후 소방 담당 교도관들이 쓰레기통과 삽 그리고 두 개의 긴 호스를 가지고 나타나 건물 내부를 세찬 물줄기로 씻어낸 다음 죽은 고양이들의 사체를 삽으로 떠 내갔다. 독방 내부까지 물청소를 하는 바람에 패러것은 할 수 없이 침대 위로 올라갔고 이내 무릎을 꿇고는 이렇게 중얼거렸다. "온유한 자에게 복이 있나니." 하지만 다음에 이어지는 성경 구절은 잘 기억나지 않았다.

패러것은 마약중독자였다. 그는 중독을 결코 경험하지 못한 사람들의 의식보다 마약복용자의 의식이 훨씬 광범위하며 인간의 조건을 보다 잘 대변한다고 생각했다. 그가 필요로 했던 마약은 흙과 공기 그리고 물과 불의 정수였다. 그는 언젠가는 죽을 수밖에 없는 인간이었고, 중독은 그런 유한성의 한계를 보여주는 아름다운 실례實例였다. 패러것이 마약을 처음 접한 것은 전쟁중의 어느 섬에서였다. 날씨는 푹푹 쪄대고 털이 난 부위는 열대 피부병으로 썩어가는 와중에 살인마인 적들과 대치하고 있을 때였다. 의료 부대에서는 끈적이는 노란색 기침약을 몇 갤런씩 들여와 병사들에게 매일 아침 한 잔씩 마시게 한 후 전투에 내보냈다. 그러고 나면 질식할 것 같은 날씨도, 곪은 상처의 아픔도, 무서운 적들도 약기운에 쉽게 견딜 수 있었다. 그 약은 이후 벤제드린으로 바뀌었고, 매일 배급받는 맥주와 벤제드린 덕분에 그는 전쟁에서 살아남아 조국으로, 아내가 있는 고향으로 돌아올 수 있었다. 그리고 그는 아무 거리낌 없이 벤제드린에서 헤로인으로 갈아탔다. 약에 취해 들었던 거의 모든 환청이 그를 더욱 부추겼다. 어제가 근심의 나날이요 서툰 나날이었다면, 오늘 이 마약의 나날은 신비롭고 모험에 가득찬, 완전히 그의 날이었다. 그의 세대는 중독의 세대였다. 중고등학교에 다닐 때도, 대학에 다닐 때도, 전투를 위해 깃발을 흔들며 행진할 때도 모든 신문과 잡지 그리고 방송 프로그램에 마약중독이라는 말이 오르내렸다. 중독은 선지자의 율법과도 같았다. 대학에서 학생들을 가르치기 시작했을 때, 패러것과 그의 학과장은 중요한 강의를 앞두고 항상 마약을 하곤 했다. 세상이 그들에게 기대하는 바를 이루려면 꽃의 추출물의 힘을 빌려야만 했다. 그것은 일종의 도전과 응전이었다. 대학에 새로이 들어선 건물들은 인간의 척도와 인간의 상상력과 인간의 가장 열광적인 꿈을 능가할 만큼 압도적이었다. 그가 대학으로 가기 위해 건너야 했던 다리는 공학 컴퓨터로 만든 건축물의 정수이자 일종의 기계화된 성령聖靈이었다. 그를 한 대학에서 다른 대학으로 실어날랐던 비행기는 사람이 그대로 소멸해버릴 만큼 높은 고도를 향해 우아한 곡선을 그리며 날아올랐다. 영문학과와 철학과 사무실 창에서 내다보이는 고층 건물에서 가르치던 과학의 파괴성 외에는 뭔가를 이룩해낼 만한 철학적 봉합선은 존재하지 않았다. 물론 그런 극악한 모순들에 대응하지 않거나 지각과 식별을 결여한 채 살아가는 매우 어리석은 사람들도 있긴 했다. 마약이 없는 삶이라고 할 때 패러것의 머리에 떠오르는 것은 금발에 반쯤 벗은 플란넬 셔츠 차림으로 어두운 바다와 당당한 화강암들 사이의 백사장을 거니는 어린 시절의 자신이었다. 그런 기억을 좇으려는 것은 더없이 한심한 일이었다. 마약이 없는 삶은 실제로나 심정적으로나 그의 과거 속에 멀리 떨어져 있는 하찮은 한 지점 같았다—오래전 가버린 여름날, 아무 의미도 없는 인물 하나를 알아보기 위해 달아놓은 망원경 위의 쌍안경, 렌즈 위의 렌즈처럼.

하지만 마약을 통해 체험한 광대한 의식 속에서 그가 알게 된 것은—비록 모래 한 알 정도의 깨달음이긴 했지만—만약 이 지구상의 마약으로 인한 그의 탁월한 체험이 중단되는 사태라도 닥친다면 곧 잔혹하고 기이한 죽음에 직면하게 될지도 모른다는 점이었다. 가끔 상하원 의원들이 교도소를 찾는 일이 있었다. 메타돈 배급 줄에 의원들이 나타나는 경우는 거의 없었지만, 우연히 그 광경을 목격하고는 납세자들의 땀이 마약중독 범죄자 부양에 낭비되어서는 안 된다는 의견을 피력한 적이 두어 번 있었다. 그들의 주장은 별다른 반응을 끌어내지 못했다. 그럼에도 패러것은 교도소를 방문한 의원들에게 살의에 찬 증오를 느꼈다. 까딱하면 의원이라는 작자들이 그를 죽일 수도 있었기 때문이다. 죽음에 대한 공포는 도처에서 우리 모두 경험하고 있지만, 마약에 중독된 이 위대한 지성에게 죽음이란 마약 중단이라는 단어 하나로 훌륭히 요약될 수 있었다. 마약에 취해 행복한 기분을 느낄 수 있다면 그 상태로 굶어죽든 불에 타 죽든 물에 빠져 죽든 아무 상관이 없었다. 마약은 가장 고귀한 경험 중 하나라고 패러것은 생각했다. 마약은 교회와 흡사했다. "나를 기억하여 이것을 받아먹으라. 그리고 감사하라." 사제는 신의 말을 대언하여 전하며 무릎 꿇은 신자의 혀에 마치 암페타민과 같은 성체聖體를 올려놓는다. 약에 중독된 자만이 죽음의 고통을 진정으로 이해할 수 있다. 어느 날 아침, 메타돈 배급을 맡은 의무보조원의 재채기 소리에 패러것은 불길한 두려움을 느꼈다. 의무보조원이 감기에라도 걸려 쉬게 된다면 교도소 관료 체계 속성상 메타돈 배급 허가권을 가진 이가 그 말고 더는 없을지도 몰랐다. 그의 재채기 소리는 패러것에게 죽음을 의미했다.

목요일에 불법소지품 검사가 있더니 저녁식사 시간 이후까지 독방 출입이 금지됐다. 그리고 밤 여덟시경 불순분자가 호명됐다. 커콜드와 패러것이었다. 둘은 호출을 받고 부소장의 방으로 내려갔다. 패러것의 변기 속에 숨겨두었던 스푼 두 개가 발견된 것이다. 그는 육 일간의 감금형을 받았다. 패러것은 처음으로 감금의 고통에 대해 생각하면서 자신이 받은 벌을 담담히 받아들였다. 그리고 침착하게 견뎌낼 수 있을 거라고 스스로를 안심시켰다. 그즈음 그는 교도소에서 수석 타자수로 일하고 있었는데 그의 지적인 능력과 빠른 타자 솜씨를 인정받은 덕분이었다. 하지만 감금형으로 그가 부재한 동안 새로운 타자수가 그의 자리를 꿰차고 그의 지위, 일, 자존심을 갉아먹을지도 모를 일이었다. 어쩌면 그보다 두 배나 빠른 타자 솜씨를 발휘해 그의 사무실, 의자, 책상, 램프를 찬탈할 누군가가 바로 그날 오후 호송차에서 내릴지도 모를 일이었다. 감금이라는 속박 상태, 그리고 자존심에 대한 위협에 우려를 느낀 패러것은 타이니에게 돌아가 자신의 참회를 전하며 이렇게 물었다. "약은 어떻게 타나요?"

"확인해보지." 타이니가 말했다. "의무실에서 가져다줄지도 몰라. 어쨌든 내일 아침까지는 배급이 없을 테니 그리 알아." 아직 절실히 필요한 상태는 아니었지만 메타돈이 없는 아침을 맞을 생각에 패러것은 밤 시간이 편치 않았다. 그는 옷을 벗고 침대에 누워 텔레비전 뉴스를 시청했다. 최근 이 주간 뉴스란 뉴스는 온통 한 여성 살인범에 관한 소식으로 도배되었다. 그녀는 일상에서 흔히 만날 수 있는 평범한 인물이었다. 그녀는 남편과 함께 상류층 거주 지역의 값비싼 집에서 살고 있었다. 흰색으로 칠을 한 집에, 정원에는 값나가는 전나무와 잔디가 심겨 있었고 산울타리 역시 보기 좋게 정리되어 있었다. 그녀는 이웃의 평판도 좋은 사람이었다. 주일학교 교사에 걸스카우트 지도자 활동 경력도 있었다. 그녀가 만든 커피케이크는 트리니티 교회 자선 바자회의 인기 품목이었고, 학교 사친회에서는 지성을 갖춘 매력적인 품성을 발산하곤 했다. "아주 친절한 여자였어요." 한 이웃이 말했다. "정말 단정하고 상냥했죠. 남편을 정말 사랑하는 것 같았는데 설마 그런 일을 벌일 줄은 전혀 상상도……" 그들이 상상하지 못했던 것은 그녀가 남편을 살해했다는 것, 살해한 남편의 피를 주도면밀하게 뽑아 변기에 내려버렸다는 것, 그리고 남편의 시체를 깨끗이 세척한 다음 자신의 마음에 드는 체형으로 교정하기 시작했다는 것이었다. 우선 그녀는 시체의 목을 자른 뒤 거기에 두번째 희생자의 머리를 갖다 끼웠다. 이어 세번째 희생자의 성기로 남편의 성기를 교체했고 네번째 희생자의 다리로 남편의 다리를 대신했다. 그러던 어느 날 그녀의 집에 초대된 한 이웃이 이 완벽한 남자를 목격하게 되었고 이내 의혹이 고개를 들기 시작했다. 그리고 여자는 종적을 감췄다. 시체의 남은 부분들을 가지고 돈벌이에 이용하자는 제안들도 고려됐지만, 합의에 이른 것은 없었다. 밤이면 밤마다 텔레비전에서 쏟아내는 사건의 조각들은 적막에 싸인 하얀 집과 진귀한 식물들 그리고 벨벳처럼 부드러운 잔디를 먼 거리에서 잡은 화면과 함께 마무리되었다.

침대에 눕자 패러것의 근심은 눈덩이처럼 불어나기 시작했다. 아침이 되어도 약을 받지 못한다면. 그럼 그는 죽고 말 것이다. 살해당하는 것이다. 그러자 패러것은 생명에 위협을 느끼곤 하던 언젠가의 일들이 떠올랐다. 우선 성기로 패러것의 이름을 쓴 장본인인 아버지부터가 패러것의 이름을 지우려 했다. 어느 날 아버지가 의사를 대동하고 등장했던 저녁식사에 대해 어머니는 자주 이야기했다. 식사 도중에 그 의사라는 자가 실은 낙태 시술자라는 것과 어머니 뱃속의 패러것을 떼기 위해 저녁 자리에 초대되었다는 사실이 밝혀졌다. 물론 패러것은 기억할 수 없는 일이었다. 그러나 형과 함께 해변을 걷다 겪은 일은 또렷이 기억할 수 있었다. 대서양의 어느 섬에서였다. 섬의 한쪽 끝에는 '칠튼 것'이라 불리는 해협이 있었다. "수영할까?" 형이 물었다. 형 에벤은 수영을 좋아하지 않았지만, 패러것이 물이라면 가리지 않고 옷을 벗어던지며 뛰어든다는 건 누구나 아는 사실이었다. 패러것이 옷을 벗고 바닷물에 막 발을 담갔을 때였다. 어부로 보이는 낯선 사람이 해변으로 달려오며 소리쳤다. "잠깐, 거기 서! 지금 뭘 하려는 거야?" "물에 들어가려고요." 패러것이 대답했다. "지금 제정신이야?" 낯선 이가 말했다. "조수가 바뀌고 있다고! 게다가 파도가 아니라도 상어밥이 되고 말 거야. 여기선 수영하면 안 돼. 표지판이라도 세워놔야 하는 건데. 파도가 밀려들기 시작하면 일 분도 버티기 힘들어. 여기서 수영하면 큰일난다고. 교통 표지판이나 과속 금지, 양보나 멈춤 표지판 같은 데는 세금을 잘도 쓰면서 여기처럼 까딱하면 목숨을 잃을 수 있는 곳엔 신경들도 안 쓴단 말이지." 패러것은 낯선 이에게 감사를 표한 뒤 다시 옷을 챙겨 입었다. 형은 이미 해변 아래쪽으로 걸어가고 있었다. 그새 상당히 멀리 간 것으로 보아 종종걸음을 쳤거나 달려간 것이 분명했다. 곧 형을 따라잡은 패러것이 처음으로 꺼낸 말은 이랬다. "루이자 고모는 덴버에서 언제 도착한대? 형이 말해준 것 같긴 한데 잊어버렸어." "목요일." 에벤이 대답했다. "루스의 결혼식을 치를 동안 여기 머문대." 둘은 그렇게 루이자 고모의 방문에 대해 이야기하며 집으로 돌아갔다. 패러것은 자신이 살아 있음에 감사했던 기억이 떠올랐다. 그날 하늘은 아주 푸르렀다.

마약중독을 치료하기 위해 들어갔던 콜로라도의 한 재활센터에서 패러것은 헤로인 때문에 심장이 상했다는 검진 결과를 들었다. 치료는 삼십팔 일간 이어졌으며 온갖 지시와 주의사항을 들은 뒤에야 퇴원할 수 있었다. 통원 치료를 약속하고 퇴원한 것이었다. 계단을 오르거나 운전을 하는 등 심장에 무리를 주는 활동은 육 주 정도 삼가야 했다. 급격한 체온 변화도 피해야 했으며 무엇보다 흥분해서는 안 되었다. 어떤 종류의 흥분이든 흥분했다가는 죽을 수도 있다고 했다. 의사는 눈을 치우다가 따뜻한 실내에 들어가 아내와 말다툼하는 상황과 같은 고전적인 예를 들었다. 그랬다가는 머리에 총을 맞은 것과 다름없이 즉시 큰 일을 치르게 될 거라고 했다. 패러것은 비행기를 타고 동쪽으로 날아왔고 비행하는 동안에는 아무 일도 일어나지 않았다. 택시를 타고 아파트에 도착하자 마샤가 그를 맞았다. "나 왔어." 패러것은 인사를 건네며 키스하려 했지만 마샤는 얼굴을 돌려 외면했다. "통원 치료 하기로 했어." 패러것이 말했다. "무염식無鹽食을 하라더군. 음식에 간을 아예 하지 말라는 게 아니라 따로 더 소금을 쳐서 먹거나 하지 말래. 계단을 오르거나 차를 모는 일도 피하고 흥분하지도 말라더군. 어려울 것도 없는 일이지 뭐. 아마 해변 산책 정도는 같이 가도 될 거야."

마샤는 긴 복도를 걸어서 침실로 되돌아가 쾅 하고 문을 닫았다. 그 소리가 충분히 폭발적이었으나 혹시 그가 못 들었을까싶었는지 그녀는 문을 다시 열었다가 쾅 닫았다. 그의 심장에 끼친 영향은 즉각적이었다. 그는 어질어질 시야가 흐려지며 숨이 차올랐다. 자기도 모르게 거실 소파로 비틀거리며 걸어가 누웠다. 참기 힘든 고통이 밀려왔고, 마약중독자의 귀가란 결코 낭만적일 수 없음을 실감하며 두려움에 떨었다. 그는 곧 잠이 들었다. 해가 뉘엿뉘엿 기울어갈 즈음에야 어렴풋이 잠에서 깨어날 수 있었다. 하지만 심장은 여전히 쿵쾅거렸고 시야는 흐릿했으며 몸에는 힘이 하나도 없었다. 그리고 두려웠다. 이윽고 문 열리는 소리가 나더니 마샤가 복도를 걸어와 물었다. "내가 해줬으면 하는 거 있어?" 목소리에는 살의가 깃들어 있었다.

"약간의 친절," 패러것이 대답했다. 그는 무력했다. "약간의 친절만 베풀어줘."

"친절?" 마샤가 되물었다. "이런 형편에 나한테 친절을 기대하는 거야? 친절한 대접을 받을 만한 일이라도 하고 그러는 거야? 당신이 나한테 해준 게 뭐지? 하나같이 쓸데없고 힘든 일들, 껍데기 같은 의미 없는 인생, 먼지, 거미줄, 잘 굴러가지도 않는 자동차랑 켜지지도 않는 라이터, 욕조에 낀 물때, 변기 물은 툭하면 내리지도 않고, 세상 사람들이 다 아는 오입질, 치료가 필요한 알코올중독에 마약중독, 부러진 팔과 다리, 뇌진탕 그리고 이제는 심각한 심장기능장애까지. 이게 바로 당신이 내 인생에 안겨준 것들이야. 그런데 뭐? 친절이라고?" 심장이 더욱 거세게 방망이질을 해대면서 눈앞이 흐려지더니 그는 다시 잠에 빠져들었다. 하지만 깨어나보니 마샤는 부엌에서 무언가 먹을 걸 만드는 중이었고 그는 여전히 살아 있었다.

여기서 에벤이 다시 등장한다. 뉴욕의 어느 브라운스톤 저택에서 열린 파티에서였다. 몇몇 손님들이 자리를 떴고, 패러것은 열려 있는 창가에 서서 그들을 향해 큰 소리로 인사하고 있었다. 아주 큰 창문이었고, 그는 창턱에 올라서 있었다. 창 아래쪽에는 옆 건물과의 통로가 쇠울타리로 나뉘어 있었는데, 언뜻 보면 작살처럼 보일 만큼 울타리 끝부분이 날카로웠다. 그렇게 창가에 서 있는데 갑자기 누군가 그를 확 밀었다. 창문 밖으로 점프를 했는지 그냥 떨어졌는지 어쨌든 패러것은 쇠울타리를 간신히 피해 무릎으로 바닥에 착지했다. 떠나가던 손님 중 한 명이 되돌아와 패러것을 일으켜주었는데 패러것은 방금 전의 대화를 이어가듯 언제 다시 만날 수 있을지에 대해서만 그 손님에게 물었다. 누가 밀었는지 뒤돌아보지 않기 위해서였다. 누구인지 알고 싶지 않았다. 비록 발목을 접질리고 무릎에는 타박상을 입었지만 패러것은 웬만해선 그 사건을 다시 떠올리지 않으려 애썼다. 수년 뒤의 어느 날, 숲속을 함께 걷던 에벤이 갑자기 물어왔다. "세라네 파티 기억나? 그때 잔뜩 취해 있던 너를 누군가 창밖으로 밀었잖아." "그랬지." 패러것이 대답하자 에벤이 말했다. "누가 밀었는지 내가 말을 안 해줬구나. 바로 시카고에서 온 남자였어." 패러것은 형 에벤이 자신의 죄를 고백하고 있다고 생각했지만, 에벤은 이미 면죄를 받았다는 듯한 태도였다. 에벤은 양쪽 어깨에 잔뜩 힘을 준 채 고개를 들어 해를 한번 쳐다보고는 길 위의 낙엽을 힘차게 걷어차기 시작했다.

불이 꺼졌고 텔레비전도 꺼졌다. 테니스가 잠결에 묻기 시작했다. "주문 마치셨나요? 주문마치셨어요?" 패러것은 간이침대에 누운 채 다가올 아침과 그에게 닥칠지도 모를 죽음을 떠올리면서, 갇힌 자에 비하면 죽은 자에게 이점이 더 많을지도 모르겠다고 생각했다. 죽은 자에게는 최소한 파노라마처럼 펼쳐지는 추억과 후회가 있을 것이다. 반면 지금처럼 갇혀 있는 그에게는 풀냄새나 구두 가죽 냄새 혹은 샤워기 파이프에서 나오는 물냄새를 맡을 때에만 간헐적으로 옛 기억이 떠오를 뿐, 밝게 빛나는 저세상에 대한 추억은 산산조각 나고 말았다. 추억이라고 할 만한 일들을 간직하고 있었지만 갈수록 희미해지면서 잘 떠오르지 않았다. 아침을 맞을 때마다 현실을 버티게 해줄 한마디 말이나 상징, 촉감 또는 냄새를 기대하며 필사적으로 찾아 헤맸으나 그때마다 메타돈 아니면 통제되지 않는 자신의 몸만 발견할 뿐이었다. 감옥에 있는 그는 마치 여행자처럼 보였는데, 실제로 그는 극심한 소외감이 그리 낯설지 않을 만큼 과거에 이미 낯선 나라들을 충분히 돌아다닌 터였다. 낯설음이란 새벽녘 여행지에서 잠을 깰 때마다, 방금 꿨던 꿈부터 시작해 모든 것들이 생경하게 느껴지는 감각이었다. 그곳에서는 낯선 언어로 꿈을 꿨고 낯선 침대보의 촉감과 냄새를 느끼며 눈을 떴다. 창문으로는 낯선 연료의 낯선 냄새가 기어들어왔다. 녹물로 하는 목욕은 낯설었고, 거칠고 낯선 화장지로 항문을 닦았으며, 낯선 계단을 걸어 내려오면 낯설고 역겨운 아침식사가 그를 기다렸다. 그게 여행이었다. 감옥에서도 다르지 않았다. 그가 보고 만지고 냄새 맡고 또 꿈꾸었던 모든 것들이 잔인할 정도로 낯설었다. 그러나 그가 남은 생애를 전부 보내게 될지도 모를 이 대륙 혹은 이 나라에는 그 어떤 국기도, 국가國歌도, 군

주도, 대통령도, 세금도, 경계선도, 무덤도 존재하지 않았다.

잠을 설치다 눈을 뜬 패러것은 자신이 한없이 초췌해져 있음을 느꼈다. 치킨 넘버 투가 오트밀 죽과 커피를 가져다주었지만 그의 심장은 시계를 쫓고 있었다. 만약 메타돈이 아홉시까지 도착하지 않는다면 그는 죽어가기 시작할 것이다. 전기의자나 올가미를 향해 걸어가는 것과 다르지 않은 일이었다. 아홉시 오분 전, 패러것이 타이니를 향해 소리치기 시작했다. "내 약을 줘, 약 먹을 시간이란 말이야. 의무실로 내려가서 약을 받게 해줘!" "담당자는 현장에 줄 선 사람들 먼저 봐줘야지. 가정 배달은 그 뒤에나 올 거야." 타이니가 말했다. "배달 같은 건 안 해주면 어쩌려고." 패러것이 대꾸했다. 그는 간이침대에 앉아 눈을 감고 억지로 무의식 상태에 들려고 노력했다. 몇 분이 흘렀다. 패러것이 다시 소리를 지르기 시작했다. "약을 달라고! 빌어먹을!" 타이니는 작업 계획표를 계속 확인해나갔고 그런 그의 모습이 패러것의 눈에는 거의 들어오지 않았다. 일을 나가지 않은 나머지 사람들이 패러것을 주시하기 시작했다. 커콜드만 빼고 모두 독방에서 나와 있었다. 잠시 후 교도소 부소장 치솜이 빌어먹을 부하 두 명을 거느리고 나타났다. "금단증상 쇼가 곧 펼쳐진다고 들었는데?" "네." 타이니가 대답했다. "하지만 제 생각은 아닙니다." 타이니는 작업 계획표만 쳐다볼 뿐 고개도 들지 않았다. "다들 자리에 앉아. 이제 곧 쇼가 시작될 테니."

패러것의 겨드랑이와 가랑이 그리고 이마에서 땀이 흐르기 시작했다. 땀은 아래로 흘러 갈비뼈를 지나 바지를 적셨다. 눈이 불타는 듯했다. 패러것은 아직까지는 확률을 계산할 수 있었다. 그는 곧 시력의 오십 퍼센트를 잃게 될 것이다. 온몸에 땀이 비오듯 흐르고 나자 패러것은 몸을 떨기 시작했다. 떨림은 손부터 시작됐다. 손을 깔고 앉자 이번에는 머리가 흔들렸다. 패러것은 자리에서 일어났다. 온몸이 떨렸다. 오른손이 허공으로 솟구쳤다. 그는 얼른 오른팔을 잡아내렸다. 다음에는 왼쪽 무릎이 갑자기 경련을 일으키며 튀어올랐다. 밑으로 당기려 했지만 무릎은 저절로 튀어 올라 피스톤처럼 오르락내리락하기 시작했다. 패러것은 바닥으로 쓰러져 머리를 박아댔다. 차라리 통증으로 이성을 되찾아보려는 움직임이었다. 아픔을 느낄 수 있다면 평화가 찾아올 것이다. 하지만 그 방법으로도 통증이 느껴지지 않자 악전고투에 나섰다. 목을 맬 생각이었다. 열다섯 번인지 백만 번인지 시도한 끝에 간신히 한 손으로 허리띠 버클을 쥘 수 있었다. 하지만 손이 이내 날아가버렸고 다시 기나긴 투쟁 끝에야 허리띠를 붙잡아 풀 수 있었다. 그때까지도 바닥에 머리를 처박고 있던 패러것은 무릎으로 바닥을 딛고 앉아 허리띠를 홱 잡아 뺐다. 땀은 어느새 멈춰 있었다. 이번에는 갑작스러운 한기 경련이 일기 시작했다. 패러것은 더이상 무릎으로도 버티지 못하고 마치 수영을 하듯 바닥을 허우적대다가 마침내 의자를 붙잡았다. 그러고는 올가미처럼 허리띠를 둥글게 말아 의자에 박혀 있던 못에 고정시켰다. 패러것이 가까스로 자신의 목을 조르려 할 때에야 치숌이 입을 열었다. "바보짓 그만 시키고 약 갖다줘." 타이니가 독방 문을 열었다. 앞을 거의 볼 수 없는 상태였지만 패러것은 문이 열리는 걸 알 수 있었다. 문이 열리자마자 벌떡 일어나다 타이니와 부딪쳤고 의무실로 달려가기 위해 독방을 반쯤 빠져나온 순간 치숌이 의자로 패러것의 머리를 내리쳤다. 잠시 후 패러것은 왼쪽 다리에 깁스를 하고 머리의 절반에 붕대를 감은 채 의무실에 앉아 있었다. 사복으로 갈아입은 타이니도 그곳에 있었다. "패러것, 패러것." 타이니가 물었다. "어쩌다 중독자가 된 거지?"

패러것은 대답하지 않았다. 타이니가 패러것의 머리를 토닥이며 말했다. "내일 신선한 토마토를 가져올게. 아내가 토마토 소스 단지를 쉰 개나 장만했거든. 덕분에 아침부터 점심, 저녁까지 토마토만 실컷 먹고 있어. 그런데도 아직 좀 남았더군. 내일 가져다주지. 더 필요한 건 없나?"

"됐습니다." 패러것이 말했다. "토마토면 됐어요."

"어쩌다 마약중독자가 된 거야?" 타이니는 그렇게 묻고는 가버렸다.

타이니의 질문이 당혹스럽진 않았지만 은근히 약이 올랐다. 그가 중독자가 된 것은 어찌 보면 당연한 결과였다. 그는 밀수품을 거래하던 사람들 손에 자랐다. 그 밀수품이란 마약류는 아니었지만 정신이나 지능, 성욕을 자극하는 흥분제였고, 물론 정식 허가를 얻지 못한 물건이었다. 그는, 가령 리히텐슈타인처럼, 여러 국가와 경계를 맞대고 있는 공국公國의 시민이었다. 광활한 자연 경관을 자랑하는 나라에서 자라지는 못했으나 그의 여권에는 비자들이 빼곡했다. 패러것 역시 향정신성 약물을 거래했고 미숙하나마 4개 국어를 구사할 수 있었으며 4개국 국가의 가사를 알았다. 한번은 키츠뷔헬*의 한 카페에서 에벤과 함께 밴드의 연주를 들으며 앉아 있었는데, 에벤이 갑자기 자리에서 일어나 티롤 모자를 홱 벗더니 가슴에 갖다 대는 것이었다. "왜 그래?" 패러것이 묻자 에벤이 대답했다. "국가를 연주하려고 하잖아." 사실 밴드가 연주

---

* 오스트리아 서부 티롤 주에 있는 도시.

하려 했던 곳은 〈언덕 위의 집〉이었다. 패러것은 그날 일을 그의 가족이 모든 수준의 정치체제와 정신세계와 성욕에 적응하려 노력해왔음을 보여주는 사례로 기억하고 있다. 그가 마약중독자가 된 사정을 설명해줄 만한 이유라면 그런 기억 정도였다.

패러것은 수많은 진주로 장식된 산호색 드레스를 입고 〈토스카〉를 보러 가기 위해 나선형 계단을 걸어 내려오던 그의 어머니를 기억했다. 더불어 어머니가 운영하던 주유소도 기억했다. 주유소는 케이프코드로 이어지는 간선도로에 위치했는데, 키 작은 소나무 숲으로 풍경이 이어지면서 창백한 하늘과 소금기 머금은 공기를 통해 대서양이 가까이 자리하고 있음을 금방 알 수 있는 목 좋은 곳이었다. 어머니는 테니스화 대신 건강화를 신었고 앞이 깊게 파이고 뒤가 무척 긴 드레스를 입었다. 패러것은 또 트렌처 집안 사람들을 저녁식사에 초대했던 일을 두고두고 후회하던 어머니를 기억했다. 당시 트렌처가는 일주일 사이에 파이프오르간과 요트를 동시에 구입한 일로 유명했다. 백만장자이자 야심가였던 트렌처가는 집사를 한 명 두고 있었다. 그때는 패러것가도 집사를 몇 명씩—마리오, 펜더, 채드윅—부리고 있었다. 지금이야 직접 식사를 차리는 재미로 산다는 옹색한 변명을 하는 처지이지만, 한때 빅토리아 양식으로 지은 대저택에 살던 패러것가는 결국 가산을 모두 잃고 본가의 옛터로 돌아와야 했다. 비록 허름하기는 해도 그곳에는 당당한 외관을 자랑하는 18세기식 주택이 있었고, 할머니의 그 유명한 장미 정원이 자리했던 주택 앞쪽에는 프랜차이즈 계약을 한 소코니 사의 주유기 두 대가 설치돼 있었다. 패러것 가문이 전 재산을 잃고 호구지책으로 주유소를 운영할 것이라는 소문이 퍼지자 루이자 고모가 집에 들이닥쳤다. 그녀는 현관에 서서 이렇게 외쳤다. "주유소라니 말도 안 돼!" "왜 안 되죠?" 패러것의 어머니가 물었다. 루이자 고모의 운전기사가 집안으로 들어오더니 바닥에 토마토 한 상자를 내려놓았다. "왜냐하면" 루이자 고모가 말했다. "친구들을 모두 잃게 될 테니까요." "제 생각은 달라요." 패러것의 어머니가 말했다. "진정한 친구가 누구인지 분명하게 알 수 있는 기회가 되겠죠."

프로이트 이후 세대의 상류층은 중독자들이었다. 나머지는 정신과 치료를 받아 개조된 사람들로, 칵테일파티의 인기 없는 구석 자리에서 주로 그들을 볼 수 있었다. 겉으로 보기에는 멀쩡한 것 같아도 부적절한 장소에서 부적절한 때에 건드리면 카드 속임수라도 부리듯 바닥에 엎어져버리고 말았다. 마약중독에는 징후가 있다. 아편쟁이들은 안다. 패러것의 친구 중 폴리라는 아편쟁이가 있었는데 그녀의 어머니는 간간이 레코드를 취입하거나 클럽에서 노래를 부르던 가수였다. 그녀의 이름은 코린. 코린이 한창 슬럼프에 빠져 재기하기 위해 아등바등할 즈음에, 패러것은 코린에게 돌파구가 될 중요한 공연을 보기 위해 폴리를 데리고 라스베이거스로 향했다. 공연은 매우 성공적이어서 코린은 잊힌 가수에서 세계적으로 세 손가락 안에 드는 음반 스타로 발돋움했다. 이것도 물론 중요한 사건이기는 하지만 패러것의 기억에 남는 일은 따로 있었다. 콘서트의 성패를 좌우할 첫번째 셋리스트가 진행되는 동안 안 그래도 뚱뚱해서 고생하던 폴리가 테이블에 있던 버터 바른 빵을 모조리 먹어치웠던 것이다. 첫 리스트가 끝나자 사람들이 모두 일어나 박수를 쳤고 폴리도 패러것의 팔을 잡고 이렇게 말했다. "저 사람이 우리 엄마예요. 사랑하는 우리 엄마라고." 다이아몬드 같은 블루스로 뜨거워질 대로 뜨거워진 무대 한가운데에는 폴리의 엄마 코린이 세상을 매료시키는 미소를 지으며 서 있었다. 아편에 취하지 않고서야, 젖을 먹이며 자장가를 불러주던 사람과 지금 이 상황을 어떻게 연결할 수 있겠는가? 패러것에게 '엄마'라는 단어는, 펌프로 주유를 하고, 교회 집회에서는 얌전히 절을 하고, 성서대를 망치로 쾅쾅 두드리는 이미지를 떠오르게 했다. 이런 연상은 패러것을 혼란스럽게 했고 그는 이를 드가의 그림 탓으로 돌렸다. 드가의 그림 중 국화 화병을 들고 있는 여인을 그린 작품이 있는데, 패러것은 '엄마'라고 불리는 여인이라면 응당 그런 거대한 고요를 품고 있어야 한다고 생각했다. 유명한 방화범에 속물적이기까지 하고 주유기를 펌프질하며 사격을 좋아하는 그의 엄마와, 쌉쌀한 향기가 나는 가을꽃을 들고 있는 낯선 여인. 세상은 패러것에게 두 여인을 계속해서 비교해보도록 종용했다. 세상은 왜 그에게 이런 차이를 보게 했을까? 왜 패러것을 그토록 큰 슬픔에 빠뜨렸을까? 그라고 황새가 어느 별에선가 물어다가 이 세상에 떨어뜨려놓은 존재도 아닌데 어째서 그뿐만 아니라 하나같이 다들 자신을 엄마 없는 존재인 것처럼 느끼는 걸까? 폴리 이 아편쟁이는 그보다는 현명했다. 코린의 성공적인 복귀가 있고 나서 이를 축하하는 큰 파티가 열렸다. 패러것과 폴리가 파티에 등장하자 폴리의 사랑하는 엄마 코린이 유일한 혈육이자 하나뿐인 딸을 향해 즉시 달려왔다. "폴리," 코린이 말했다. "하마터면 널 죽일 뻔했다. 넌 바로 내 앞에 앉아서, 바로 코앞에 앉아서, 내가 이 중요한 복귀 공연의 첫 곡을 부를 동안 롤빵 한 바구니를 다 먹어치우더구나. 여덟 개 전부를 말이야. 내가 세어봤지. 아이스크림 한 스쿱만 한 버터도 다 먹어치우고. 네가 롤빵을 몇 개까지 먹어치우는지 세면서 내가 어떻게 공연에 집중할 수 있었겠니? 하마터면 널 죽여버릴 뻔했어." 순식간에 별에서 뚝 떨어진 폴리는 당연히 울기 시작했고 패러것은 그런 폴리를 데리고 호텔로 돌아와 함께 콜롬비아산 코카인을 코에서 피가 날 정도로 빨아댔다. 달리 할 수 있는 일이 뭐가 있겠는가? 폴리는 삼십 파운드나 과체중이었고 패러것은 그렇게 뚱뚱한 여자를 결코 좋아하지 않았다. 패러것은 또 검은 눈에 금발 여자가 아니면, 영어 외에 최소한 한 가지 더 다른 언어를 구사하지 못하면, 자신만의 소득이 없으면, 걸스카우트 맹세를 외우지 못하면 어떤 여자도 좋아하지 않았다.

패러것의 아버지, 말 그대로 패러것의 친부는 패러것이 어머니의 자궁에서 살기 시작했을 때부터 그의 생명이 꺼져버리길 원했다. 그러니 흙에서 지혜를 끌어모으는 이 꽃의 도움 없이 패러것이 어떻게 행복하게 살아갈 수 있었겠는가? 아버지는 패러것을 황무지로 데려가 낚시를 하거나 높은 산을 오르는 방법을 가르치기도 했다. 그러나 그러한 의무들을 다 치른 뒤에는 아들을 방치한 채 트래버틴 항구에서 작은 배를 타고 돌아다니며 대부분의 시간을 보냈다. 과거에 자신이 폭풍을 어떻게 이겨냈는지 자랑하곤 했지만—특히 팰머스에서의 폭풍을 즐겨 이야기했다—패러것이 태어난 뒤로는 안전한 항구를 더 선호했다. 패러것의 아버지는 조타수와 아딧줄을 능숙히 다룰 줄 아는 구세대 양키였다. 그는 줄에 관해서라면—연줄이든, 송어 낚싯줄이든, 닻줄이든 가릴 것 없이—모르는 게 없었으므로, 그저 평범한 정원 호스도 아버지가 능숙한 솜씨로 감아놓으면 패러것의 눈에는 그렇게 대단해 보일 수가 없었다. 춤에 대해서라면—예쁜 여자와 함께 추는 독일 왈츠를 제외하고는—질색을 하는 노인네였지만 배 위에서는 얘기가 달랐다. 아버지가 배 위에서 움직이는 모습은 춤이란 단어 외에 달리 묘사할 방법이 없었다. 일단 배를 띄우고 나면 아버지는 그 어떤 파반*보다 격식 있고 우아하고 기품 있는 공연을 선보였다. 그럴 때면 폭풍이든 순풍이든 천둥이든 번개든 그 무엇도 아버지의 리듬을 깨뜨리지 못했다.

오, 헤로인. 지금 내게 헤로인이 있다면 얼마나 좋을까! 스물한 살에 패러것은 '나누엣 코티용'이라는 무도회를 이끌기 시작했다. 이 무도회는 1672년에 신대륙에 소개됐다. 당시 탐험대의 리더는 피터 웬트워스였다. 형 에벤이 집을 떠나 있던 동안 패러것은 괴팍한 술꾼 아버지의 뒤를 이어 웬트워스의 주요 남성 후계자가 되었고, 그러다 무도회 모임을 이끌기 시작했다. 바보 같은 해리에게 주유소 일을 떠맡기고 아버지의 연미복을 입으면 기분이 좋았다. 그것은 공국에서 살던 시절의 스릴을 다시 만끽하는 행위였는데, 동시에 아편을 복용하기 시작한 계기가 되기도 했다. 아버지의 연미복은 그의 몸에 꼭 맞았다. 검정색 능직 원단으로 지은 연미복은 오버코트만큼이나 무거웠는데 패러것은 연미복 차림의 자신이 아주 멋지다고 생각했다. 그리하여 굴러가기만 하면 아무 자동차나 몰고 시내로 가서는, 재산이나 인맥을 고려한 무도회 모임의 선택으로 사교계에 데뷔하는 여자와 춤을 춘 다음, 주요 인사들이 앉아 있는 좌석으로 내려가 인사를 건넸다. 그러고는 밤새도록 춤을 추다가 아침이 되어서야 주유소로 되돌아왔다.

패러것가는 말로는 전통을 중시한다고 주장하지만 사실 일관성이라

---

* 16세기에서 17세기 사이에 유럽에서 유행한 우아한 궁중 춤곡.

곤 없이 그때그때 내키는 대로 사는 즉흥적인 사람들이었다. 대저택에 살던 시절에는 목요일과 일요일이면 컨트리클럽에 가서 저녁식사를 하곤 했다. 패러것은 그때의 어느 밤을 기억했다. 그의 어머니가 포르트 코셰르* 아래 차를 댔다. '조던 블루보이'라 불리던 그 자동차는 아버지가 복권에 당첨돼 얻은 상품이었다. 그날 아버지는 보이지 않았는데 아마도 보트를 타러 갔었을 것이다. 패러것은 블루보이에 올라탔지만 형 에벤은 망설였다. 에벤의 잘생긴 얼굴이 그날 밤만은 하얗게 질려 있었다. "클럽에 가지 않을 거예요." 에벤이 어머니에게 말했다. "만약 엄마가 그 웨이터에게 정중하게 대하지 않는다면 말이에요." "그 웨이터 이름이," 어머니가 말했다. "호턴이지?" "아뇨, 미스터 호턴이요." "잘 알았다." 그제야 에벤은 차에 올라탔다. 일부러 그러지는 않았겠지만 어머니는 시력이 좋지 않은 편이어서 운전대를 잡으면 그녀의 차가 누군가에겐 죽음의 사신이 될 수도 있었다. 실제로 이미 에어데일테리어 한 마리와 고양이 세 마리가 희생됐다. 에벤과 패러것은 클럽 도로의 자갈 위로 자동차가 굴러가는 소리가 들릴 때까지 아예 눈을 감고 있었다. 세 사람이 테이블에 자리를 잡자 문제의 웨이터가 환영 인사를 건네며 다가왔고 어머니는 이렇게 물었다. "오늘밤은 어떤 음식으로 우릴 즐겁게 해줄 거지, 호턴?" "먼저 실례할게요." 에벤은 그렇게 말한 뒤 자리에서 일어나 집까지 걸어갔다. 패러것이 집에 돌아와보니—이미 다 큰 어른이었던—형이 방에서 흐느끼고 있었다. 하지만 패러것의 유일한 형제였던 에벤도 일관성이 없긴 마찬가지였다. 몇 년 후 둘은 뉴

* 유럽의 저택에서 현관 앞의 차 대는 곳, 혹은 기둥이 없는 대형 차양.

욕의 한 술집에서 만나 술을 마시곤 했는데, 에벤이 거기서는 손뼉을 쳐서 웨이터를 부르곤 했다. 한번은 수석 웨이터가 두 사람에게 나가달라고 부탁하는 말을 듣고, 패러것이 에벤에게 웨이터를 부르는 더 간단하고 더 무난한 방법들이 있다고 설명하려 했지만 에벤의 대답은 이랬다. "이해가 안 되네, 정말 이해가 안 돼. 난 그저 술을 마시고 싶었을 뿐이라고."

아편 덕분에 패러것은, 아버지가 처음으로 자살을 하겠다며 위협했을 때 자신은 채 열여섯 살도 되지 않았었다는 사실을 차분히 회상할 수 있었다. 그가 자신의 나이를 확신하는 이유는 당시 패러것에게 운전면허증이 없었기 때문이다. 주유소 일을 마치고 집에 돌아와보니 저녁식사가 두 사람 몫만 준비되어 있었다. "아버지는요?" 패러것이 물었다. 사실 충동적인 질문이었다. 패러것가에서 과묵함이란 의식처럼 따라야 하는 전통으로 자리잡아 그런 질문은 좀처럼 드물었던 것이다. 어머니가 한숨을 내쉬며 수란을 곁들인 레드 플란넬 해시*를 내놓았다. 이미 금기를 깬 김에 패러것이 다시 한번 물었다. "아버지는 어디 있어요?" "나도 모른다." 어머니가 말했다. "저녁을 준비하려고 아래층에 내려왔더니 내가 여자로서 아내로서 그리고 엄마로서 어떻게 실패한 사람인지 기록한 긴 고소장을 주더구나. 무려 스물두 가지 이유가 적혀 있었어. 다 읽지도 않았다. 그냥 불에 던져버렸어. 그러자 엄청 분개했지. 그러면서 나가사킷에 가서 물에 빠져 죽겠다고 하지 뭐니. 아마 차를 얻어 타느라 사정사정했겠지. 차는 안 가져갔으니까." "실례할게요."

* 뉴잉글랜드 지역의 요리로 콘드비프, 사탕무, 감자, 양파 등으로 만든다.

패러것이 말했다. 그야말로 진지한 표정으로. 비꼬려는 의도는 전혀 없었다. 가족들 중 누군가는 임종 자리에서도 이렇게 말했을 것이다. 패러것은 차를 타고 해변으로 향했다. 바로 이 부분 때문에 패러것은 자신이 아직 열여섯 살이 되기 전일 거라고 기억했다. 당시 헵워스 마을엔 갓 부임한 경찰이 있었는데, 패러것에게 차를 세우고 면허증을 내놓으라고 할 사람은 그밖에 없었기 때문이다. 무슨 이유에서인지 그는 패러것 가족에게 일종의 앙심 같은 게 있었다. 패러것은 해변을 따라 늘어서 있는 마을들의 다른 경찰들을 모두 알고 있었다.

나가사킷에 도착한 패러것은 해변으로 달려갔다. 여름도 끝무렵에 날도 거의 저물 때여서, 수영하는 사람이나 인명 구조원은 하나도 보이지 않았다. 그저 이미 오염된 바다에서 피곤에 지친 파도만이 밀려올 뿐이었다. 저 바다에 아버지가 누워 있다 한들, 그 아버지의 눈에 진주알이 박혀 있다 한들 그걸 어떻게 알 수 있단 말인가? 패러것은 초승달 모양 해변을 따라 걸었다. 놀이공원이 아직 열려 있었다. 그곳에서 음악 소리가 흘러나왔는데 하나같이 경박하기 이를 데 없고 그조차 한물간 노래들뿐이었다. 패러것은 울음을 참으려고 모래를 샅샅이 헤집고 다녔다. 그해에는 일본풍 샌들과 무기로 무장한 장난감 기사가 대유행이었다. 이미 지나간 여름의 흔적을 보여주기라도 하듯 팔다리가 잘려나간 장난감 기사들과 한 짝만 남은 샌들들이 해변 자갈 사이에 어지러이 나뒹굴었다. 그가 동경하는 바다에서는 숨소리가 들려오는 듯했다. 놀이공원의 롤러코스터는 여전히 달리고 있었다. 객차가 레일 이음매에 부딪는 굉음과 함께 사람들의 커다란 웃음소리가 들려왔다—어쩐지 놀이공원의 풍경과 어울리지 않는 소리였다. 패러것은 해변을 떠났다. 그는 길을 건너 놀이공원의 출입구로 갔다. 공원 외관에는 이탈리아 이민 역사의 흔적이 역력했다. 이탈리아에서 건너온 노동자들은 회반죽과 시멘트로 벽을 쌓고 로마를 상징하는 사프란 색으로 페인트칠을 한 뒤 인어와 가리비 껍데기로 마지막을 장식했다. 아치 위에는 삼지창을 든 포세이돈이 서 있었다. 벽 너머에서는 회전목마가 돌아가고 있었는데, 타고 있는 사람은 없었다. 커다란 웃음소리는 롤러코스터를 지켜보고 있던 사람들에게서 흘러나오고 있었다. 패러것의 아버지가 빈병을 들고 술 마시는 시늉을 하면서 롤러코스터가 솟구칠 때마다 자살하려고 뛰어내리는 듯한 동작을 보여주고 있었던 것이다. 광대 짓은 성공적이었다. 관객들은 환호하느라 정신이 없었다. 패러것은 롤러코스터를 조종하는 직원에게 다가가 말했다. "저분이 제 아버지입니다. 내려주실 수 있겠습니까?" 직원은 패러것에게 그야말로 연민에 가득찬 미소를 지어 보였다. 마침내 아버지를 태운 롤러코스터가 플랫폼에 들어왔을 때 아버지는 그의 아들을, 그의 막내아들을, 처음부터 원하지 않았던 아들을, 그의 흥을 깨버린 범인을 쳐다봤다. 하지만 놀이기구에서 내려 패러것에게 다가갈 수밖에 별도리가 없었다. "오, 아버지." 패러것이 말했다. "제가 어른이 되려면 아직 멀었는데 이러시면 안 돼요." 오, 패러것, 어쩌다 중독자가 된 거지?

아침이 되자 타이니는 약속대로 커다란 토마토 네 개를 가지고 와서 패러것을 감동시켰다. 가슴 아프게도 토마토의 맛은 여름과 자유를 연상시켰다. "고소할 생각입니다." 패러것이 말했다. "길버트 형법 책을 구해줄 수 있어요?" "구해보지." 타이니가 말했다. "미시킨이 한 권 갖고 있을 거야. 하지만 빌려주는 대가로 한 달에 담배 네 보루를 요구할 텐데 가능하겠어?" "아내더러 올 때 갖다달라고 하면 돼요." 패러것이 계속 말했다. "고소할 거예요. 타이니 당신은 아니에요. 치솜과 그 빌어먹을 두 부하 녀석이 사 년 동안 스푼으로 소시지와 콩만 먹게 해주겠어요. 아마 할 수 있을 겁니다. 증언해줄 수 있나요?" "아, 물론이지." 타이니가 대답했다. "증언이 필요하면 해줄게. 금단 증세로 괴로워하는 모습을 보고 재밌어하는 치솜이 이해가 안 돼. 내가 할 수 있는 일이 있다면 해주지." "내가 볼 때 이 사건은 아주 간단해요." 패러것이 말했다. "난 주와 국가에 의해 징역형을 언도받았어요. 그리고 교도소에 있는 동안 약을 복용할 수 있도록 처방받았고요. 존경할 만한 의사 세 명이 결정한 사항이죠. 그런데 그 약을 부소장이 주지 않았습니다. 나의 참회를 감독하라고 국민의 손에 고용된 자가 말입니다. 그자는 죽음처럼 극심한 고통이 예상되는데도 그것을 오락거리로만 여겼어요. 아주 간단한 문제예요."

"그래, 한번 해봐." 타이니가 말했다. "십 년 전인가 십오 년 전인가 흠씬 두들겨맞은 녀석 하나도 고소를 한 적이 있는데 결국 피부 이식을 받을 수 있었지. 프레디라는 놈도 두드려맞고 이빨이 나간 후에 고소를 해서 새로운 틀니 두 개를 얻었어. 뭐 칠면조를 먹을 때 말고는 끼지 않았지만. 프레디는 아주 잘나가는 농구 선수였는데 그것도 아주 오래전 일이지. 덕분에 이십오 년 전인가 이십사 년 전인가 우린 무적의 농구팀을 만들 수 있었어. 내일은 비번이니 모레나 보겠군. 오, 패러것. 어쩌다 중독자가 된 거지?"

머리에 감았던 붕대를 풀자 짐작대로 머리카락은 깎여 있었다. 하지만 의무실 주변에 거울이 없어, 정확히 어떤 상태인지는 알 도리가 없었다. 몇 바늘이나 꿰맸는지 손가락으로 더듬어보아도 역시 정확히 알기는 힘들었다. 그는 의무보조원에게 몇 바늘이나 꿰맸는지 세어달라고 부탁했다. "아, 그래, 그러지." 잠시 후 의무보조원이 입을 열었다. "스물두 바늘이야. 내가 F동으로 자네를 데리러 갔지. 바닥에 엎어져 있더군. 토니와 내가 들것을 가져다가 수술실로 옮겼네." 그 말이 사실이라면, 부소장 치솜을 감옥에 보내기란 그리 어렵지 않은, 패러것 자신의 손에 달린 문제였다. 감옥에 들어가 스푼으로 소시지와 쌀밥을 먹고 있을 부소장의 모습이 그야말로 선명히 그려졌다. 치솜에 대한 복수는 단지 시간문제에 불과했다. 패러것의 다리에는 깁스가 되어 있었다. 무릎 연골이 찢어졌다고 했다. 과거 스키를 타다 연골이 찢어지는 사고가 두 번 있었지만 앞으로 그런 일쯤은 전혀 기억도 나지 않을 것이다. 어쩌면 그의 남은 생애 동안 다리를 절뚝이며 지내야 할지도 모른다. 그러나 앞으로 벌어질 일을 생각하면 죽음과도 같은 자신의 고통을 한낱 오락거리로 여기고 그리하여 끝내 불구로 만들어버린 부소장이 오히려 고마울 지경이었다.

"다시 말해봐요." 패러것이 부탁했다. "몇 바늘이나 꿰맸다고 했죠?" "스물둘, 스물두 바늘." 의무보조원이 대답했다. "아까 말했잖아. 자넨 돼지처럼 피를 흘렸다니까. 내가 돼지를 죽여봐서 잘 알지. 토니와 내가 감방으로 들어가보니 사방이 온통 피였어. 자넨 바닥에 엎어져 있었고 말이야." "거기 또 누가 있었죠?" "당연히 타이니가 있었고, 부소장 치솜, 교위 서트핀이랑 틸릿슨. 한 놈이 더 있었는데 이름은 모르겠어." "방금 한 얘기 변호사한테도 해줄 수 있나요?" "그럼, 그럼. 내가 직접 본 일인 걸. 난 진실만을 말하는 사람이야. 그렇게 하겠네." "변호사를 접견할 수 있을까요?" "물론이지. 일주일에 한두 번은 와. '수감자의 법적 보호를 위한 위원회'가 있거든. 다음에 변호사가 오면 자네 일을 말해둘게."

며칠 후 변호사가 패러것의 병상으로 찾아왔다. 머리와 수염이 얼마나 덥수룩한지, 비록 턱수염에 흰 털은 없었지만, 패러것은 변호사의 나이나 외모를 짐작하기 힘들었다. 목소리는 가벼웠고 갈색 양복은 낡을 대로 낡아 있었으며 오른쪽 구두에는 진흙이, 두 손가락의 손톱 밑에는 때가 보였다. 모르긴 해도, 그가 변호사가 되기 위해 투자한 돈은 전혀 회수되지 않았을 것 같았다. "안녕하시오." 변호사가 말했다. "어디 보자. 일처리가 늦어서 죄송합니다. 그저께에야 변호사를 만나고 싶어하신다고 전해 들었지 뭡니까." 그는 서류가 두툼하게 끼워진 클립보드를 손에 들고 있었다. "여기 사실관계가 적혀 있군요." 변호사가 말했다. "필요한 사항은 여기 다 적혀 있죠. 무장 강도에 10년간 가석방 없는 재범이라…… 맞아요?" "아니요." 패러것이 대답했다. "그럼 주거침입?" 변호사가 물었다. "범죄를 목적으로 무단 침입했나요?" "아니요." 패러것이 대답했다. "아, 그렇다면 틀림없이 2급 살인이겠군요. 형제 살해라. 거기에 18일엔 탈옥을 시도했고 그래서 징계를 받았다고요. 여기 포기 각서에 서명만 하면 어떤 혐의도 묻지 않겠습니다." "혐의라뇨?" "탈옥 시도 말이오." 변호사가 계속 말했다. "그 죄만 해도 칠 년 형은 충분하지만 여기 포기 각서에 서명만 하면 아무 일도 없었던 걸로 해드리리다." 변호사가 패러것에게 클립보드와 펜을 내밀었다. 패러것은 펜을 쥔 채 클립보드를 무릎 위에 내려놓았다. "난 탈옥을 시도하지 않았어요." 패러것이 말했다. "증인도 있어요. F동 아래층에 있는 독방에서 엄중한 감시와 함께 육 일간 감금 명령을 받았죠. 방을 나가려 하긴 했지만 그건 내게 처방된 약이 필요해서였소. 엄중한 감시를 받으며 독방에 갇혀 있던 사람이 방에서 잠시 나가려 한 걸 가지고 탈옥이라 하다니, 교도소가 종이로 지어진 집이라도 된답니까?"

"오, 이런." 변호사가 말했다. "아예 교정국을 개혁하시지그래요?"

"교정국은," 패러것이 말했다. "그저 사법부의 하부 기관이잖아요. 내게 교도소로 가라고 명한 것은 교도소장이나 그 빌어먹을 부하 녀석들이 아니라 바로 사법부란 말이오."

"아, 하하." 변호사가 말했다. "등이 너무 아프군요." 상체를 곧추세워 앞으로 내밀더니 오른손으로 등을 두드리며 변호사가 말했다. "치즈버거를 먹었더니 등이 아프지 뭡니까. 치즈버거 먹다 걸린 요통에 잘 듣는 집안 비법 같은 건 없습니까? 자, 여기 서명만 해요, 그럼 당신과 당신 지론에 대해 아무 말도 않고 떠나주겠소. 세상 사람들이 소위 그 지론에 대해 뭐라고 하는지 압니까?"

"알죠." 패러것이 말했다. "똥구멍 같은 거라고. 다들 하나씩 가지고 있지만 죄 구린내만 난다고."

"아, 하하." 변호사의 목소리는 지나치게 팔팔하고 경박했다. 패러것은 변호사의 펜을 시트 밑에 숨겼다. "찰리란 사람을 아시오?" 변호사가 제법 부드러운 어조로 물었다. "식사할 때 본 적이 있소." 패러것이 대답했다. "누군지 알아요. 아무도 그에게 말을 걸지 않죠."

"찰리는 아주 괜찮은 녀석이죠." 변호사가 말했다. "유명한 포주 페니그리노 밑에서 일한 적이 있는데 거기서 아가씨들을 혼쭐내주곤 했다지." 변호사가 아주 나지막하게 말을 이었다. "만약 엉뚱한 생각을 하는 아가씨가 있으면 다리를 부러뜨려버렸다 이 말이오. 어디 그런 찰리와 한번 놀아보시겠소, 아니면 여기 각서에 서명을 하시겠소?"

패러것은 혹시라도 가능성이 있을지 모를 혐의들을 속으로 재빨리 헤아려보다가 변호사를 향해 클립보드를 내던졌다. "아, 등이야." 변호사가 말했다. "등이 너무 아프군." 그러더니 자리에서 일어나 클립보드를 집어들고 오른손은 주머니에 쑤셔넣었다. 펜이 없어진 사실은 눈치채지 못한 듯했다. 변호사는 의무보조원이나 교도관에게 한마디도 건네지 않은 채 곧바로 병실에서 나갔다. 패러것은 재빨리 펜을 항문 속으로 밀어넣기 시작했다. 그가 알기로—그가 이제까지 보아온 항문들과 비교해보건대—그의 항문은 유별나게 좁고 수용력이 없을뿐더러 경직되어 있었다. 클립 길이만큼 펜을 밀어넣었을 뿐인데 고통스럽기 그지없었다. 하지만 어쨌든 펜을 감추는 데는 성공했다. 병실 밖으로 불려 나갔다가 돌아온 의무보조원이 패러것에게 곧장 다가와 혹시 변호사의 펜을 갖고 있느냐고 물었다. "클립보드를 던지긴 했죠." 패러것이 대답했다. "정말 미안하게 생각해요, 화를 참지 못하는 바람에. 그 양반 다치진 않았겠죠."

"변호사가 그러는데 펜을 여기 놓고 갔다는군." 그렇게 말하며 의무보조원은 침대 아래쪽과 캐비닛 서랍, 베개 밑, 창턱 그리고 매트리스 아래를 두루 살폈다. 잠시 후에는 교도관까지 합세해 침대를 샅샅이 뒤지더니 패러것에게 옷을 벗어보라고까지 했다. 두 사람은 패러것의 성기 크기를 운운하며 킬킬거리기도 했지만—패러것 생각에는 아마도 그들의 친절함 때문에—펜 가까이에는 얼씬도 못했다. "못 찾겠는걸." 의무보조원이 말했다. "하지만 찾아야 해." 교도관이 말했다. "반드시 찾아야 한다고 했어." "그럼 자기가 와서 찾으라고 해." 교도관이 밖으로 나갔다. 패러것은 그 덥수룩한 변호사가 다시 들어오지 않을까 걱정했지만 교도관 혼자 돌아와 의무보조원에게 뭐라고 말을 전했다. "이거 신분이 상승하셨군." 의무보조원이 패러것을 향해 짐짓 슬픈 목소리로 말했다. "별실로 옮기래."

의무보조원이 패러것에게 목발을 건네고 방 옮기는 걸 도왔다. 패러것은 항문에 펜을 끼운 채 목발에 의지해 어색한 걸음으로 교도관을 따라갔고, 생석회 냄새가 코를 찌르는 복도로 내려가 빗장과 맹꽁이자물쇠로 잠긴 방 앞에 이르렀다. 교도관은 열쇠 때문에 약간 애를 먹었다. 문이 열리자 손바닥만 한 병실이 눈에 들어왔다. 창문은 너무 높이 달려 있어 도저히 밖을 내다볼 수 없게 생겼고, 화장실, 성경책 한 권, 개어진 시트와 담요 한 장, 그리고 매트리스가 구비되어 있었다. "얼마나 있어야 하죠?" "변호사 말이 자네를 위해 한 달간 예약해놨대." 교도관이 말했다. "타이니가 자네에게 토마토를 가져다주는 걸 봤는데. 만약 그가 자네 친구라면 일주일 안에 나올 수도 있겠지." 교도관이 문을 닫은 다음 다시 문을 잠갔다.

패러것은 펜을 꺼냈다. 펜은 치숌을 기소하는 데 없어서는 안 될 소중한 도구였다. 회색 죄수복을 입고 구부러진 주석 숟가락으로 소시지와 쌀밥을 퍼먹으며 삼 년쯤 썩어지낼 치숌의 모습이 눈에 선했다. 하지만 종이가 필요했다. 화장실 휴지는 없었다. 종이를 달라고 요구한다 해도 행운이 따르지 않는 한 하루에 한 장도 얻기 힘들 거라는 건 패러것도 알고 있었다. 그는 성경책을 집어들었다. 하지만 너무 작은 크기에 붉은색 가죽 장정, 앞뒤 면지들은 사제복 같은 검정색이었다. 나머지 본문 역시 활자들이 빼곡히 들어차 있어 그 위에 글을 쓰기란 불가능했다. 그는 당장이라도 치솜에 대한 고소문을 쓰고 싶었다. 변호사가 필사적으로 펜을 되찾아가려 했다는 사실이 고소장에 대한 그의 마음을 더욱 부추겼는지도 모른다. 유일한 대안은 치솜에 대한 고소 내용을 상세히 구상한 다음 종이에 옮겨 적을 수 있는 상황이 될 때까지 기억하고 있는 것이었다. 하지만 과연 잘해낼 수 있을지 자신이 없었다. 펜은 있었지만 글을 쓸 수 있는 공간이라고는 병실 벽이 유일해 보였다. 고소 내용을 벽에 적어나가며 부지런히 외울 수도 있겠지만, 그가 받고 자라온 가정교육의 영향인지 패러것은 벽에 무언가를 쓰는 게 꺼려졌다. 그는 어른이었고, 최소한의 품위를 유지하는 사람이었다. 아무리 특수한 상황이라 해도 혹시 마지막이 될지 모를 그의 의견을 벽에 적어야 한다는 사실도 영 마뜩지 않았다. 그에게는 엄정함에 대한 존중이 여전히 남아 있었다. 깁스와 환자복 그리고 시트에도 무언가를 쓸 수는 있었다. 하지만 깁스는 제일 먼저 제외됐다. 깁스의 절반 정도까지만 손이 닿았고 그마저 곡면이라서 공간이 절대적으로 부족했기 때문이다. 그는 옷자락에 몇 글자 적어보았다. 하지만 펜이 닿자마자 잉크는 이 복잡할 것 없는 환자복이 지니고 있는 날줄과 씨줄의 복잡한 구조를 그대로 드러냈다. 그렇게 환자복도 제외됐다. 벽에 대한 편견은 여전히 강고해서 패러것은 결국 시트에 글을 써보기로 했다. 고맙게도 교도소에서는 세탁물에 풀을 많이 먹이는 편이어서 적당하게 빳빳한 시트 표면이 종이만큼이나 유용했다. 이 시트로 최소한 일주일은 버텨야 했다. 시트 위에 글을 적고 그것을 명확히 다듬은 다음 외우기에 시간은 충분했다. F동으로 돌아가 사무실 일을 하게 되면 기억해둔 글을 타자로 쳐서 주지사와 주교 그리고 그의 연인에게 보낼 생각이었다.

'존경하는 주지사님께.' 패러것은 편지를 써나가기 시작했다. '선거로 선출되신 주지사님께 선거권을 가진 선거구민의 입장에서 이 편지를 씁니다. 귀하는 다수결의 원칙에 따라 근소한 차이로 주지사에 당선됐습니다. 그에 반해 저는 훨씬 역사가 깊고 고귀하며 또 누구도 이의를 제기하지 않는 힘, 즉 정의의 힘에 의해 734-508-32라는 수감번호를 받고 이 교도소의 F동에 입감했습니다. 말하자면 제게는 반대자들이 존재하지 않습니다. 동시에 저는 당연히 한 사람의 시민이기도 합니다. 저는 상위 오십 프로에 속하는 세율 계층으로, 지금 저를 가두고 있는 이 벽들을 짓고 유지하는 데 실질적으로 공헌한 납세자입니다. 제가 입고 있는 옷과 제가 먹고 있는 음식에 대한 값을 이미 지불한 셈입니다. 저는 귀하보다 훨씬 더 큰 대표성을 띠고 사회로부터 임명받은 사람입니다. 귀하의 경력에서는 사리 추구와 탈세, 부패, 즉흥적인 공약 등 광범위한 불의의 흔적이 보이지만 저의 선출 관직은 순수합니다.

물론 귀하와 저는 그 위상에 차이가 있습니다. 만약 이 나라에 지적, 사회적 유산을 존중하는 풍토가 있었다면 제가 이렇게 편지를 쓸 일도 없었을 것입니다. 하지만 우리는 지금 민주주의에 관한 이야기를 하고 있습니다. 귀하의 환대를 받은 적은 한 번도 없지만 저는 고등교육 분야 전문가 자격으로 두 번에 걸쳐 백악관의 초대를 받았습니다. 백악관은 대궐 같더군요. 제 누추한 거처는 가로 삼 미터에 세로 이 미터의 공간으로, 그나마도 하나 있는 변기가 대부분을 차지하고서 하루에도 열 번에서 마흔 번씩 제멋대로 물이 내려가기 일쑤입니다. 물 쏟아지는 소리쯤 참고 견디는 것은 제게 어렵지 않습니다. 과거 옐로스톤 국립공원에서 뿜어져나오는 간헐천 소리나 로마와 뉴욕, 특히 인디애나폴리스의 분수 소리도 들어본 경험이 있으니까요.

십이 년 전 4월의 어느 날, 저는 레무엘 브라운 박사, 로드니 코번 박사 그리고 헨리 밀스 박사로부터 만성 마약중독이라는 진단을 받았습니다. 방금 언급한 사람들은 각각 코넬 대학, 올버니 의과대학 그리고 하버드 대학을 졸업한 자들입니다. 그들은 주와 연방 정부 그리고 소속 협회로부터 의사 자격을 인증받았습니다. 그러니 그들이 밝힌 의학적 소견은 당연히 국가의 의견으로 간주해도 좋을 것입니다. 그런데 지난 목요일, 즉 7월 18일, 바로 이 의학 전문가들의 부인할 수 없는 의견이 교도소 부소장 치숌에 의해 침범당했습니다. 저는 치숌의 이력을 좀 알아보았습니다. 그는 고등학교 2학년 때 학교를 중퇴했고, 교정직 공무원 시험의 답안지를 십이 달러에 매수해 교도관이 되어 저의 헌법적 권리 위에 제왕적으로 군림하는 현재의 직위까지 오른 자였습니다. 18일 오전 아홉시, 치숌은 주와 연방 정부의 법 그리고 분명 한 사회의 중추에 속하는 의학 전문가들의 의견을 제멋대로 내팽개쳤습니다. 즉 치숌은 사회가 저의 권리로 인정한 치료약 공급을 거부하기로 결정했습니다. 공교육도 제대로 받지 않은 한 사람의 변덕 때문에 헌법의 명령이 뒤집힌다면 이것이 바로 헌법에 대한 전복이요 반역이요 극악한 배반이 아니고 무엇이겠습니까? 이것이야말로 사형 혹은 일부 주에서는 종신형에 처하기도 하는 범법 행위가 아니고 무엇이겠습니까? 그 파괴적인 영향력을 따져볼 때 실패한 암살 기도보다 못할 것이 무엇이겠습니까? 또 어렵게 성취한 유서 깊은 정부 철학의 심장부를 흉악하게 강타했다는 점에서 폭행이나 살인보다 못할 것이 무엇이겠습니까?

의사가 내린 진단의 당위성이 이미 증명됐음은 더 말할 것도 없습니다. 이 땅의 최고 권위자가 승인한 약을 강제로 중단함에 따라 저는 죽음과 다름없는 고통을 겪었습니다. 부소장 치숌은 약을 받으러 의무실에 가기 위해 독방을 나서던 저를 의자로 내리쳐 죽이려 했습니다. 그 결과 저는 머리를 스물두 바늘이나 꿰매야 했으며 남은 평생 불구의 몸으로 살아야 할 처지에 놓였습니다. 혹시 형법 기관과 교정국 그리고 재활 기관은 이 땅과 이 행성에서 삶을 계속 영위하기 위해 정당하고 또 반드시 필요하다고 인류가 생각하는 법으로부터 동떨어져 있지는 않습니까? 제가 감옥에서 무얼 하며 지내는지 궁금하시겠지요. 그에 대해 알려드릴 수 있다면 무척 기쁘겠습니다만, 그에 앞서 귀하가 속한 행정조직을 심장부에서부터 좀먹고 있는 악독한 범죄행위를 고발하는 것부터가 저의 의무라고 생각합니다.'

패러것은 주지사에게 보내는 편지를 마치자마자 주교에게 보내는 편지를 쓰기 시작했다. '주교님께, 제 이름은 에제키엘 패러것이며 생후 6개월 때 성당에서 세례를 받았습니다. 만약 증빙이 필요하시다면 제 아내가 저의 세례 사진을 보내드릴 수 있습니다. 세례를 받은 그날은 아니지만 불과 며칠 뒤에 찍은 사진이죠. 사진 속의 저는 오래된 사연이 있었을 게 분명한 긴 레이스 가운을 입고 있습니다. 물론 갓난아기인지라 머리털이 거의 없고 얼굴은 동그래서 마치 달걀처럼 보이지만, 그래도 웃고 있죠. 열한 살 때는 세례를 받았던 바로 그 성당에서 에반스턴 주교님에게 견진성사도 받았습니다. 또 성당이 없는 곳에 가 있게 되는 경우를 제외하고 일요일마다 빠짐없이 영성체를 했습니다. 유럽의 도시나 마을에 있을 때도 그곳 성당에서 미사를 드렸습니다. 크

루아양*—될 수 있는 한 영어를 사용하는 편입니다만 이 단어의 경우에는 더 나은 것을 찾을 수 없군요—으로서 저는 숭고한 신앙적 경험을 교회 조직 밖에서 고백한다는 것은 스스로를 추방하는 행위나 다름없다는 것을 잘 알고 있습니다. 만약 그리한다면 사랑과 자비를 간구하던 모든 이들로부터 잔인한 비웃음만 듣게 될 게 분명합니다. 불과 얼음에 내던져지는 것과 같은 큰 고통을, 또 심장에 말뚝이 박힌 채 대로에 묻히는 것과 같은 비참을 겪게 될 것입니다. 저는 진실로 한 분이신 전지전능하신 주님을 믿습니다만, 성소가 아닌 그 어떤 곳에서—세상 어느 곳이든 간에—외쳐 고백한다면 제가 함께 살아가고 싶어하는 모든 이들로부터 결코 마음을 얻지 못하리라는 걸 잘 알고 있습니다. 제가 드리고 싶은 말씀은—주교님도 제 견해에 동의하시리라고 확신합니다—우리는 초월적인 경험을 얼마든지 할 수 있지만, 오직 정해진 적절한 시간과 정해진 적절한 장소에서만 그러한 경험을 표현해야 한다는 것입니다. 이에 대한 지식이 없다면 저는 살아갈 수 없을 겁니다. 나아가 갑작스레 신앙적 회의에 빠질 오싹한 가능성 역시 존재하지 않는다면 저는 살아갈 수 없을 겁니다.

저는 죄수입니다. 제 인생은 성인들의 전통적인 삶을 따랐지만, 이제 저는 신앙심 깊고 축복받은 모든 사람들로부터 잊힌 듯합니다. 저 역시 왕과 대통령, 주교 들을 위해 기도한 적은 있지만 감옥에 있는 자들을 위해 기도한 적은 없었으며 감옥을 언급하는 찬송가도 들어본 적이 없습니다. 우리의 죄로 고통받는 것은, 다른 누구도 아닌 우리 죄수들입

* Croyant. '신자'라는뜻의프랑스어.

니다. 우리는 사회의 죄로 인해 고통받아왔습니다. 우리에게 익숙한 비통함 때문에라도, 우리 사례가 사람들의 마음을 깨끗하게 해주어야 할 것입니다. 사실 우리 죄수들은 육신을 입은 하느님의 말씀이기 때문입니다. 하지만 지금 저는 주교님이 거대한 불경에 주목해주시길 간절히 기원하는 마음으로 이 편지를 쓰고 있습니다.

주교님도 잘 아시다시피 인류의 가장 보편적인 이미지는 사랑이나 죽음이 아닙니다. 그것은 바로 심판의 날입니다. 우리는 이것을 도르도뉴*에 있는 동굴벽화에서, 이집트 무덤에서, 아시아와 비잔티움의 사원에서, 르네상스 시대의 유럽과 영국, 러시아 그리고 골든 혼**에서 확인할 수 있습니다. 그 내용을 살펴보면, 신은 인간의 영혼을 엄밀히 검증하여 진실로 순수한 자에게는 끝없는 평온을 선사하는 한편 죄인들에게는 불과 얼음 혹은 오줌과 똥의 형벌을 내리는 것으로 묘사됩니다. 이러한 비전이 있는 곳에서는 사회적 관습도 힘을 발휘하지 못하며, 실제로 그런 사례는 도처에서 찾아볼 수 있습니다. 심지어 과거 이집트에서는 살아생전 사고팔던 노예들까지도 사후 영생을 얻을 수 있는 후보자 명단에 포함됐던 것입니다. 신은 바로 이런 비전의 핵심인 심판의 불꽃이라 하겠습니다. 그런 신성함에 다가가고자 줄을 선 자들이 있었으니 바로 항상 오른편에 있는 자들입니다. 이러한 비전이 어느 나라, 어느 연령대, 어느 시대에 있어왔느냐는 중요하지 않습니다. 반면 왼편에 있는 자들은 응징과 보상을 보았습니다. 심지어 신의 심판이라는 비

---

* 프랑스 남서부 지역에 있는 구석기시대 후기의 유물과 유적의 보고로, 라스코동굴벽화가 유명하다.

** 터키를 가리킴.

전이 아주 오래전에 제시된 곳에서조차 영구한 평화보다는 박탈과 고문에 관한 그림이 훨씬 더 많이 남아 있습니다. 즉 목말라 죽게 하고 불태우고 성고문을 자행하는 일에 하프나 오르간을 연주할 때보다 더 큰 힘과 열정을 쏟았던 것입니다. 신의 존재는 이 세상을 하나로 묶어왔습니다. 신의 힘, 신의 정수가 바로 심판에 있기 때문입니다.

성사聖事의 유일한 상징이 빵과 물이라는 건 누구나 알고 있습니다. 면사포와 황금 반지는 최근에야 등장한 상징들입니다. 사실 사랑이라는 비전이 현실로 구체화된 모습이라고 여겨지는 성가정 개념은 비전이라는 게 생각과 말과 행위로 대표될 수 있다는 주장과 관련된, 몹쓸 결론 중 하나에 불과합니다. 그런데 지금 여기, 제가 갇혀 있는 교도소에서, 우리가 동굴과 왕의 무덤과 전 세계에 퍼져 있는 사원과 또 교회에서 목격했던 현상이 벌어지고 있습니다. 다만 다른 점이 있다면 그것이 인간들에 의해, 그것도 지난 세기에 태어났을 법한 인간들에 의해 저질러지고 있다는 점입니다. 우둔하고 바보 같고 멍청하기 이를 데 없는 이들—이쪽에는 이런 지옥 같은 동굴들을 지어놓고, 그보단 떨떠름한 열정으로 벽 너머에는 천국의 들판을 지어놓은 게 이들입니다. 참으로 개탄스러운 일입니다. 말할 수 없이 개탄스러운 일입니다. 그와 같은 어리석은 심판 연극으로 인해 이 교도소에는 아무런 이유도 없이 서로를 살육하려는 인간들의 악취가, 공기나 가스보다 더 빽빽하게 꽉 차고 말았습니다. 그러니 주교님, 이 중대한 불경을 비난하셔야 마땅합니다. 지금 앉아 계신 자리를 박차고 일어나 꾸짖으셔야 마땅합니다.'

'사랑하는 그대에게,' 패러것은 잠시도 쉬지 않고 또다른 편지를 쓰기 시작했다. 마샤가 모든 걸 내팽개치고 카멀*로 떠나버렸을 때 두 달간 같이 살았던 여자에게였다. '어젯밤 텔레비전에서 코미디를 봤소. 한 여자가 한 남자를 다정하게—어깨를 아주 부드럽게—어루만지는 장면이 나오더군. 침대에 누워 그 장면을 보다 난 그만 울어버렸소. 물론 그런 나를 본 사람은 아무도 없었지. 죄수들이야 어차피 정체성의 상실로 고통받기 마련이지만, 그럼에도 그 가벼운 손길을 보는 순간, 새삼 내 소외감이 얼마나 깊은지 몸서리칠 만큼 꿰뚫어 보았다오. 여기엔 나 자신을 제외하곤 소리 내 이야기를 나눌 사람이 정말이지 아무도 없소. 나 자신을 제외하곤 내게 어떤 식으로든 반응을 보이는 따뜻하고 인간적인 그 어떤 존재도 찾아볼 수 없소. 내 이성이 아무리 강하고 재치 있고 쓸모 있다 해도 따뜻한 감정을 동반하지 않으면 완전히 절름발이요. 외설스러운 그 무엇도 지금은 내 관심 밖이오. 이곳에서 나는 사랑하지도, 사랑받지도 않고 있소. 그저 사랑이라는 열정적인 감정을 희미하게만, 오직 희미하게만 기억할 수 있을 뿐이오. 눈을 감고 기도하려 들면 고독이라는 무력감에 빠져들 게 분명하니 나는 열심히 기억을 더듬어보려 하오.

당신과 함께했던 날들을 떠올리면서 특정한 날의 섹스나 장소, 옷차림, 상호이해의 기술 같은 건 생각지 않으려 하오. 해변에서 마주치는 사람마다 우리 둘에게 달려들어 호객을 하는 통에 굉장한 하루를 보낸 후 리도 섬**의 호텔 다니엘리로 돌아왔지. 마침 형편없는, 말 그대로 형편없는 악단이 그에 걸맞게 형편없는 탱고로 밤의 아름다움을 연주하기 시작할 무렵이었소. 손수 옷을 지어 입은 소년 소녀들도 하나둘 거

---

* 캘리포니아 주에 위치한 도시.

** 이탈리아 베네치아에 위치한 섬.

리에 나타나기 시작했지. 이 모두 나의 의지와 상관없이 생각나오. 그때를 생각할 때마다 내 머릿속에 떠오르는 풍경은 재미없게도 우리가 축하 카드에서 흔히 볼 수 있는—눈에 뒤덮인 농가 그림 같은 것이오—하지만 난 그런 별 의미 없는 것들에도 만족하는 편이라오. 늦은 오후였소. 그날 우린 해변에서 시간을 보냈지. 그건 분명하오. 왜냐하면 우리 둘 다 볕에 그을렸고 내 신발엔 모래가 들어 있었으니까. 제복을 입은 택시 기사가 외진 곳의 어느 작은 기차역에 내려줬소. 기차역은 잠겨 있었고 주변에는 길 잃은 개 한 마리 말고는 마을도 농장도, 살아 있는 생물의 흔적이라곤 보이지 않았소. 벽에 붙어 있는 기차 시간표를 보며, 비록 그곳이 어디인지 정확히는 몰라도 우리가 이탈리아에 왔음을 실감할 수 있었소. 이건 내가 택한 기억이라오, 특별한 점이 거의 없는 장면이기 때문이지. 우린 그때 기차를 놓쳤던 것 같기도 하고, 아니면 기차가 아예 없었거나 연착했던 것 같기도 하오. 기억이 잘 안 나는구려. 그뿐 아니라 영어라곤 전혀 통하지 않는 시골 마을의 텅 빈 기차역 벤치에서 우리가 웃음을 터뜨렸는지, 키스를 했는지, 내가 당신의 어깨를 팔로 감쌌는지도 기억나지 않소. 참, 해가 지고 있었지. 자주 그러듯 팡파르와 함께. 어쨌든 분명히 기억나는 건 당신이 나와 함께 있었고 당신을 어루만지며 만족스러웠단 거요.

낭만적이고 에로틱한 것부터 말하고 있는 것 같겠지만 내가 말하고 싶은 건 그 이상이라고 생각하오. 오늘밤 이 독방에서 기억나는 건 당신이 옷을 다 입고 나올 때까지 어느 거실에서 기다리던 순간이오. 침실에 있는 당신이 서랍을 닫는 소리가 들리오. 이어 마룻바닥과 카펫, 욕실의 타일을 차례로 거쳐 변기의 물을 내리기 위해 화장실로 들어가는 당신의 하이힐 소리. 아, 당신의 발소리가 또 들리는군. 이번엔 좀더 빠른 발소리야. 다른 서랍을 여닫은 다음 내가 기다리는 거실로 다가오는 소리지. 곧이어 둘이 함께 보낸 저녁과 밤과 일상의 기쁨도 생각나는구려. 당신이 저녁 테이블 준비를 끝낼 무렵이면, 나는 주방이 아닌 위층 침실에서 저녁을 함께했으면 하고 바랐던 기억도 나오. 그러고 보니 당신 손에서 덜그럭거리던 도자기 그릇과 단지 소리도 들리는 듯하오. 이것이 내 기억이오.

우리가 처음 만났을 때를 기억하오. 나는 오늘, 아니 영원히 남자의 통찰력에 대해 놀라게 될 것 같소. 어떻게 한번 힐끗 보는 것만으로 여자의 추억이 지닌 범위와 아름다움, 색깔과 음식과 기후와 언어에 대한 취향, 내장과 두개골과 생식기관의 정확한 임상적 치수 그리고 치아, 머리카락, 피부, 발톱, 시력, 기관지의 상태를 그렇게 짧은 순간에 그려볼 수 있는지, 남자는 사랑이라는 진단에 달아올라 그녀가 운명의 상대라는 걸, 또는 서로가 서로에게 운명의 상대라는 걸 포착할 수 있다오. 물론 힐끗 보는 한순간에 대해 말하고 있으니 그때의 이미지야 덧없는 것처럼 보일 수도 있지만, 이는 낭만적이라기보다 실제적인 얘기라오. 왜냐하면 나는 지금 낯선 이에게 관찰당하는 낯선 사람을 떠올리고 있거든. 계단 아니면 모퉁이, 트랩, 승강기, 항구, 공항…… 아마 어떤 곳과 어떤 곳을 이어주는 장소였을 거요. 바로 그곳에서 난 파란 옷을 입은 당신을 목격했소. 당신은 여권인지 담배인지 어쨌든 뭔가를 찾고 있었지. 바로 그 순간부터 당신을 쫓아 길을 건너고, 국경을 건너고, 세계 각지를 유랑했소. 우리 둘은 서로의 품에 안겨야 할 사이임을 추호도 의심할 수 없었지, 물론 우린 실제로도 그랬고.

내가 알고 지낸 여자들 중 당신이 가장 아름다웠던 건 아니오. 그런데 내가 알고 지낸 미인들 중 네 명은 스스로 목숨을 끊었지. 물론 미모가 뛰어난 여자들이 모두 자살한다는 의미는 아니지만 넷이라면 결코 무시할 수 없는 숫자 아니겠소. 어쨌든 내가 하고 싶은 말은, 당신의 미모가 그렇게 뛰어나진 않아도 아주 실용적이라는 거요. 당신에겐 노스탤지어가 전혀 없소. 노스탤지어야말로 여성의 전형적인 특징이라고들 하는데 당신에겐 그런 점이 전혀 없소. 게다가 감상적인 심오함 역시 현저히 결여되어 있소. 대신에 당신은 내가 결코 본 적이 없는 쾌활함과 가벼움을 가지고 있지. 누구나 그것을 알고 있고, 누구나 볼 수 있고, 누구나 동의할 것이오. 당신만의 빛을 잃은 당신 모습은 상상이 안 되는구려. 운동 경기를 할 때 당신이 보여주는 운동신경은 사람 기죽일 만큼 대단했지. 아마 테니스 경기라면 당신이 일부러 져주어야 할 테고 말굽 던지기로도 나를 가뿐히 이길 거요. 하지만 내 기억에 당신은 공격적으로 나온 적이 결코 없었소. 그러고 보니 아일랜드로 낚시 갔을 때가 생각나는구려. 당신도 기억하오? 그때 우린 세계 각지에서 온 사람들과 함께 어느 아름다운 장원에 머물렀지. 그중엔 외알박이 안경을 쓴 독일인 남작들도 몇 명 있었소. 머릿수건을 쓴 하녀들이 차를 내오기도 했고. 기억하오? 나를 담당하는 낚시 안내인이 그날 몸이 아파 나오지 못하는 바람에 우리 둘이 알아서 내를—딜롱이라는 이름이었소—따라 올라갔는데 굽은 시냇가를 돌아가보니 연어를 하루에 한 마리 이상 잡으면 안 된다고 쓰인 작은 표지판이 보였지. 그 굽은 시냇가 바로 위에 언덕이 펼쳐져 있었고 언덕 위에는 폐허가 된 성이 하나 있었는데 성의 가장 높은 탑에서 커다란 나무가 자라나오고 있었지. 아무도 돌보지 않는 그 성 안에서는 하얀 꽃이 핀 덩굴에 벌들이 떼를 지어 달려들어 꿀을 빨고 있었소. 우린 혹시 벌에 쏘일까봐 안으로는 들어가지 않았지. 하지만 성에서 멀찍이 떨어져 걷는데도 하얀 꽃이 내뿜는 강한 향기와 벌들이 내는 엄청나게 요란한 소리가 들려왔소. 마치 가죽 벨트가 돌아가는 구식 엔진이 윙윙대는 소리 같았지. 언덕 아래로 내려가 시냇가에 도착할 때까지 그 소리가 내내 나를 따라왔소. 아, 지금도 생생해. 그 푸른 언덕, 당신의 밝은 웃음, 낭만적으로 보이던 성의 풍경. 벌들이 윙윙대는 소리를 들으면서 그리고 낚시 목줄을 묶으면서 난 이런 일을 더 어렸을 때 겪지 않게 해주신 신에게 감사드렸다오. 왜냐하면 모든 게 끝나버렸을 테니까. 난 아마 멍한 표정으로 카페에 앉아 먼 곳이나 쳐다보는 바보가 되어 있었겠지. 이미 천체의 음악을 들었으니까. 어쨌든 벌을 피한 나는 시냇물에 낚싯줄을 던졌소. 모르긴 몰라도 당신이 도와주면 더 좋은 곳에 낚싯줄을 던질 수 있을 텐데 하고 계속 생각하며 말이오. 당신은 무릎 위에 손을 가지런히 모은 채 시냇가 둔덕에 가만히 앉아 있었지. 이럴 줄 알았다면 자수라도 가져올걸 하는 표정이었지만 당신은, 내가 알기론, 아마 단추 하나도 제대로 달지 못할 거요. 아무튼 내가 커다란 연어 한 마리를 낚는 데 성공하긴 했지만 갑자기 천둥 번개가 치면서 비가 쏟아지는 바람에 우린 흠뻑 젖어버렸지. 그래서 옷을 벗고 비보다 따뜻한 시냇물에서 수영을 했소. 그날 밤 장원의 요리사들은 우리가 잡은 연어의 입에 레몬을 물려 요리로 내놓았고. 내가 말하고 싶은 건 당신이 한 번도 공격적이지 않았다는 사실이오. 그리고 내가 기억하는 한 우린 말다툼을 한 적도 없소. 어느 날 어느 호텔방에 앉아 있는 당신을 바라보면서 이렇게 생각하기도 했지.

만약 내가 저 여자를 틀림없이 사랑한다면 서로 싸우기도 해야 하는 게 아닐까. 내가 감히 싸울 생각을 못하는 건 사랑할 용기가 없어서일까. 하지만 난 진정 당신을 사랑했고, 또 우린 싸움도 하지 않았소. 우리가 싸웠던 기억은 정말이지 전혀, 전혀 없소. 심지어 내가 머리끝까지 화가 나 한바탕 퍼부으려 했을 때도 당신은 내게 진하게 키스하던 혀를 뒤로 물리며 이렇게 말했지. 핀햄의 생일 파티 때 긴 드레스를 입어야 할지 아니면 짧은 드레스를 입어야 할지 내가 아직 얘기해주지 않았다고. 우린 싸운 적이 없소, 결코.

어느 겨울날, 휴가를 맞아 산에 갔던 기억도 나는구려. 수천 명이 스키를 타러 모여들었고 그보다 더 많은 사람들이 연착된 비행기와 기차로 도착할 예정이었소. 스키장, 난방을 지나치게 해 덥기만 했던 방, 사람들이 버려놓고 간 책들, 그리고 짜릿했던 활강. 우리가 잠자리에 들고 난 뒤 한밤중이었는데도 갑자기 기온이 오르기 시작했소. 녹은 눈이 빗방울 소리를 내며 지붕에서 떨어져내렸지. 여관 주인에겐 그 소리가 고문이나 다름없었고 다른 사람들에게도 흥을 깨는 소음이 아닐 수 없었소. 아침이 되자 어느 나라에서 사용하는 기준이나 척도를 들이대도 분명할 만큼 날씨는 포근했소. 눈에는 적당히 뭉쳐질 만큼 물기가 생겨서 난 눈뭉치 하나를 만들어 나무를 향해 던졌다오. 나무를 맞혔는지 아니면 빗나갔는지는 기억이 안 나오. 하지만 나무 너머로 보이던 그 따뜻한 파란 하늘은 분명히 기억하오. 사방에서 눈이 녹아내렸소. 우린 하얀 눈으로 뒤덮인 산 정상과 슬로프 부근은 아직 차가울 거라 생각하고 케이블카를 타고 올라갔지만 거기도 따뜻하기는 마찬가지였소. 기분도 그렇고, 여행경비를 생각해도 참 짜증나는 날이었지. 우린 갇혀

버린 죄수 같았소. 아마 가진 돈이 충분했다면 아직 눈이 녹지 않은 다른 땅으로 날아갔을 거요. 산 정상에 있던 눈도 물기가 생겨 질척거렸지. 마치 봄날 같았소. 난 옷을 거의 걸치지 않은 채 스키를 탔는데 군데군데 녹은 코스는 위험했소. 그늘진 곳에서는 속도가 빨라졌고 해가 비치는 곳에선 질척거렸다오. 더구나 낮은 지대엔 코스마다 물이 어느 정도 차 있는 상태였소. 그러다 열한시가 되자 바람이 차가워져서 난 속옷과 셔츠 등 갖고 있던 모든 옷들을 다시 걸쳐야 했지. 코스는 이내 얼음으로 변하더군. 순찰대원들이 7개 국어로 적은 '폐쇄'라는 표지판을 코스 입구에 세우기 시작했소. 그리고 소문이 퍼지기 시작했어. 이탈리아 수상이 마지막으로 글로켄슈스 아래로 스키를 타고 내려가다가 사망했다고. 그러자 아무도 더이상 스키를 타려 하지 않았지. 사람들은 하산하기 위해 길게 줄을 섰소. 비록 저지대 코스는 아직 얼어붙지 않아 스키가 어느 정도 가능하긴 했지만 이미 휴가는, 일 년 중 가장 즐거워야 할 그날은 엉망으로 끝나고 말았던 거요. 하지만 태양이 정확히 하늘 정점에 이르자 눈이 내리기 시작했소. 눈송이가 아주 크고 아름다운 눈이. 마치 중력이 시각화된 것처럼 쏟아져 내리던 그 눈은 산의 모습을 지금까지 이 행성에서는 볼 수 없었던 풍경으로 바꾸어놓았소. 우린 오두막에서 커피와 화주를 마셨지. 한 이십 분에서 삼십 분 정도 기다렸던 것 같아. 그사이 저지대 코스에 흠 없는 하얀 이불이 생겨나더니 한 시간이 지나자 사방이 온통 하얀색 이불로 덮여버렸소. 거품처럼 흩어진 눈은 십여 센티미터나 쌓였고, 우린 뛰어난 재능이나 통찰력 그리고 설명할 수 없는 이유로 스키 실력이 갑자기 향상된 사람들처럼 눈 쌓인 슬로프와 내리는 눈 사이를 마구 헤치고 다녔소. 우린 지칠 줄 모르고 위로 올라갔다가 내려오고 또 위로 올라갔다가 내려오기를 반복했고, 우리의 회전은 자연스러우면서도 뛰어났소. 만약 그런 우리의 모습을 정신과 의사가 봤다면 아마 이 세상에 태어나던 순간을 그리워하며 그때로 회귀하고 싶은 마음에 그렇게 열심히 스키를 탔을 거라고 분석했을지도 모르오. 반대로 선의를 가진 상식 있는 사람이라면 우리의 시작과 끝의 위대함을 조금이라도 이해하기 위한 몸부림으로 사방팔방 스키를 타고 돌아다닌 거라고 주장하겠지. 생각해보면 당신은 그날 스키를 탔을 때처럼 언제나 그렇게 열정적으로 해변을 걷고, 수영을 하고, 항해를 하고, 불 켜진 집의 계단으로 식료품을 옮기고, 전혀 어울리지도 않고 적당하지도 않은 곳에서 바지를 내리고, 또 장미에 키스했던 것 같소. 산 정상에 있는 사무실로 리프트 작동을 중지한다는 전화가 걸려올 때까지 우린 그렇게 불 꺼진 슬로프를 질주했고, 그런 다음 긴 항해를 마친 사람이 그러하듯이 하키 경기를 마친 선수들이 그러하듯이, 또 줄타기 공연을 끝낸 곡예사가 반드시 그러하듯이 다시 현실로 돌아와 평정심을 되찾고는 의기양양하게 술집으로 향했소. 술잔은 물론 모든 것이 넘쳐나던 그 술집으로 말이오. 나는 이 모든 것을 기억하며, 우리가 함께했던 요트 경주 역시 기억할 수 있소. 하지만 이제 너무 어두워지는구려. 더이상 글을 쓰기 힘들 만큼 많이 어두워졌소.'

패러것은 여전히 다리를 절뚝거렸지만, 공고문 작성을 지시받았을 무렵에는 머리카락이 다시 자라기 시작했다. 공고문의 내용은 이러했다. 피더서리 금융 대학에서는 일정한 자격을 갖춘 수감자들을 대상으로 '금융의 정수'라는 강좌를 개설할 예정임. 더 자세한 내용은 독방동 담당 교도관에게 문의할 것. 그날 밤 패러것은 타이니에게 자세한 내용을 물었다. 타이니는 수강생 정원이 서른여섯 명이며 강의는 화요일과 목요일에 있을 예정이라고 했다. 그리고 누구나 지원할 수야 있지만 피더서리 대학이 시행하는 지능검사를 통과해야 한다고 덧붙였다. 타이니가 아는 내용은 그게 다였다. 톨레도가 공고문을 등사해 다른 공지 사항과 함께 교도소 독방동에 부착했다. 원래 이천 부만 등사해야 했는데 다시 이천 부를 더 찍었는지, 공고 전단이 사방에 넘쳐났다. 대체 그 많은 게 어디서 나오는지 패러것은 알 수 없었지만 어쨌든 바람이 한바탕 불기라도 하면 피더서리 대학의 공고 전단이 허공에서 원을 그리며 팔랑거렸는데 수십 장이 아니라 수백 장은 족히 되어 보였다. 공고문이 배포되고 며칠 후 패러것은 이번에는 다음과 같은 공고문을 작성해야 했다. 피더서리 대학의 공고문을 화장실 휴지로 사용하는 자는 독방에 삼 일간 감금될 것임. 화장실 배관이 막힘. 종이는 항상 부족했던 반면에 공고 전단은 넘쳐났다. 공고 전단은 손수건으로, 종이비행기로, 메모지로 사용됐다. 교도소 출입 변호사들은 교황, 대통령, 주지사, 국회의원 그리고 리걸 에이드 소사이어티*에 보낼 청원서 초안을 작성하는 데 공고 전단을 이용했다. 누군가는 시나 기도를 적기도 하고, 대화중에 그림까지 그려가며 상대방을 귀찮게 조를 때 쓰기도 했다. 온실 노무자들이 못을 박은 막대로 찍어서 수거해 들이긴 했지만, 공고 전단이 어떻게 그렇게 끊임없이 나돌 수 있었는지 한동안 수수께끼로 남아 있었다.

때는 가을이었고, 피더서리 대학의 공고 전단들에 섞여 낙엽도 함께 뒹굴었다. 교도소 담장 안에 있는 붉은 단풍 세 그루가 빨갛게 변한 잎을 일제히 바닥에 떨구었다. 담장 밖에도 나무들이 많아서 너도밤나무, 떡갈나무, 튤립나무, 물푸레나무, 호두나무, 그리고 갖가지 단풍나무 잎들이 공고 전단과 함께 패러것의 눈앞에서 흩날렸다. 그렇게 흩날리는 나뭇잎들이 무슨 조화를 부렸는지, 메타돈을 복용하고 한 시간쯤 지난 뒤이긴 했지만, 패러것은 과거 자유인이었을 때 주변 환경에서 얻던 막대하고도 터무니없는 기쁨이 떠올랐다. 패러것은 땅을 밟으며 걷기를

* 법률 상담 단체.

좋아했고, 바다에서 수영하거나 산에 오르기를 좋아했으며, 가을이 되면 낙엽 떨어지는 모습을 보는 걸 좋아했다. 빛이라는 간단하기 그지없는 현상—공중에서 펼쳐지는 광휘—은 그에게 초월적인 느낌을 선사하는 한 조각의 복음과도 같았다. 낙엽들이 바닥을 향해 빙글빙글 돌아 떨어질 때면 환상적인 빛을 만들어냈고 패러것은 그것을 볼 수 있어 행운이라고 생각했다. 교도소에 구금되기 전 패러것은 수백만 달러의 예산을 다루던 어느 이사회에 참석한 적이 있었다. 회의는 어느 신축 빌딩의 저층부 사무실에서 열렸는데 빌딩 주위로는 은행나무 몇 그루가 심겨 있었다. 때는 10월이어서 은행나무 잎은 눈부실 만큼 순수한 노란색으로 변해 있었다. 회의중 그 잎들이 공중에 휘날리는 모습을 보는 순간 패러것은 강한 활력과 더불어 머릿속이 매우 맑아짐을 느꼈고, 순전히 그 밝은 낙엽들 덕에 회의에 상당한 기여를 할 수도 있었다.

낙엽과 공고문 외에 담장 너머에는 새들도 있었다. 패러것은 새는 조금 멀리했는데, 잔인하게 감금된 몸으로 하늘의 새를 사랑한 사람들의 이야기가 그를 전혀 감동시키지 못했기 때문이다. 패러것은 새에 관해 되도록 실용적이고 전문적인 자세를 견지하려 했지만 사실 새에 대해서는 아는 게 거의 없었다. 감옥에 있는 동안 패러것은 붉은깃찌르레기에 관심을 갖게 됐다. 그가 알기로는 습지에 서식하는 새였다. 팔코너 부근 어딘가에 습지가 있는 게 분명했다. 해질 무렵이면 새들은 원래 서식하던 습지가 아닌 괴어 있는 물로 몰려와 먹이를 사냥했다. 밤이면 밤마다, 또 여름이 지나 가을이 깊어질 때까지 패러것은 교도소 지붕 위 푸른 하늘을 가로질러 날아가는 새들을 창문 너머로 지켜봤다. 처음에는 한두 마리에 불과했는데, 분명 무리를 이끄는 우두머리 새들로 보였지만 비행 동작에서 모험적인 요소라고는 전혀 찾아볼 수 없었다. 하나같이 새장에 갇힌 새처럼 일관성 없이 그저 날아다니기만 했다. 우두머리들에 이어 이번에는 이삼백 마리가 무리지어 나타났다. 비행 동작은 하나같이 어색했지만, 그 수만으로도 어떤 힘—지구 자기장의 감각이 마치 강한 바람에 휩쓸리는 깜부기불처럼 공중으로 끌어당기는 듯했다. 첫 무리 이후 앞서보다 더 느릿하게 움직이거나 더 모험적으로 비행하는 새들이 점점 많아지더니 두 번째로 수백, 수천 마리 무리가 등장하고 이어 세번째가 이어졌다. 새들은 어둠이 깔린 뒤에야 습지의 서식지로 돌아가 패러것이 그 장면은 볼 수 없었다. 패러것은 새들이 이동하는 소리를 들어보려고 창가에 서서 기다리곤 했지만 그런 일은 일어나지 않았다. 가을 내내 패러것은 공기가 움직일 때마다 마치 먼지나 꽃가루, 화산재 또는 대적할 수 없는 자연의 힘을 보여주는 어떤 징조처럼 움직여대는 새와 낙엽 그리고 피더서리 대학의 공고전단 들을 가만히 바라보았다.

금융 강좌에 지원한 F동 수감자는 다섯 명뿐이었다. 아무도 진지하게 관심을 보이지 않았다. 수감자들은 피더서리 대학이 신생 대학이거나 혹은 재정 상태가 아주 좋지 않아서 팔코너를 홍보에 이용하려는 것 같다고 추측했다. 불운한 죄수들에게 너그러이 교육 기회를 제공하는 행위는 항상 좋은 기삿거리가 되었기 때문이다. 강좌 시작 날짜가 다가오자 패러것과 다른 지원자들은 지능검사를 받기 위해 가석방 심의실로 내려갔다. 패러것은 결과가 신통찮을 것임을 잘 알고 있었다. 지금까지 119점을 넘어본 적이 없었고 101점까지 내려간 적도 있었다. 하지만 그 덕에 군 시절에는 지휘관 보직에서 제외되었고 그 덕에 목숨을 부지할 수 있었다. 블록의 수를 세거나 이등변삼각형의 빗변에 대해 고민하면서 그는 다른 스물네 명의 수감자들과 함께 지능검사에 참여했다. 검사 결과는 기밀이었지만 타이니가 담배 한 갑을 받는 대가로 112점이라고 알려주었다. 조디는 140점을 받고도 그렇게 나쁜 결과는 처음이라며 투덜거렸다.

조디는 패러것의 가장 친한 친구였다. 둘은 샤워장에서 처음 만났다. 한창 샤워중이던 어느 날 패러것은 검은 머리의 한 젊은이가 미소 띤 얼굴로 자신을 바라보고 있는 걸 눈치챘다. 그의 목에는 단순하면서도 우아한 황금 십자가가 걸려 있었다. 샤워장에서는 대화가 금지되어 있었으므로 젊은이는 왼쪽 어깨에 비누칠을 하면서 패러것에게 손바닥을 펼쳐 보였고 손바닥에는 지울 수 있는 잉크로 이렇게 쓰여 있었다. "나중에 좀 봐요." 둘은 옷을 입은 다음 문가에서 만났다. "교수시죠?" 젊은이가 물었다. "난 734-508-32번이오." 패러것이 대답했다. 그는 그 정도로 아무것도 모르는 초짜였다. "난 조디라고 해요." 젊은이가 밝게 웃으며 말했다. "당신 이름이 패러것이라는 건 알고 있지만 호모가 아닌 한 이름 따위엔 신경 안 씁니다. 따라와요. 내 아지트를 보여줄게요." 패러것은 조디를 따라 운동장을 가로질러 방치된 배수탑으로 갔다. 녹슨 사다리를 올라가보니 매트리스와 재떨이 캔 그리고 오래된 잡지들이 놓여 있는 나무로 만든 작은 공간이 나타났다. "누구든 아지트가 필요하죠." 조디가 말했다. "여긴 내 아지트예요. 밖으로 내다보이는 경치만큼은 백만 달러짜리죠. 사형수 감방동을 제외하면 아마 여기 경치가 최고일걸요." 낡은 독방동의 지붕과 담장 너머를 쳐다보니 서쪽 해안에 면한 절벽과 산을 배경으로 삼 킬로미터 정도에 걸쳐 뻗어 있는 강이 보였다. 예전에 교도소 거리 초입에서 얼핏 보았던 곳이었지만 담장 밖으로 보이는 풍경 중에서는 가장 전망이 좋았다. 패러것은 깊이 감동했다.

"앉아요, 앉아." 조디가 말했다. "앉으면 제 과거를 들려드리죠. 난 자기 얘기를 전혀 안 하는 놈들은 별로예요. '매드 독 킬러'로 불리는 프레디가 여섯 명이나 죽였다는 건 누구나 알고 있죠. 하지만 한번 직접 물어봐요. 아마 공원에서 꽃을 훔치다 잡혀왔다고 할걸요? 농담으로 하는 말도 아니에요. 진짜라고 열을 낸다니까요. 뭐 정말 그렇게 믿고 있는지도 모르죠. 하지만 난 내 얘기를 듣고 싶어하는 친구가 있으면 사실대로 다 말해줘요. 난 말이 좀 많은 편이긴 하지만 또 들어줄 때도 많아요. 말을 아주 잘 들어준다고 할까요. 그런데 내가 해줄 수 있는 얘기는 정말 과거밖에 없어요. 이제 미래 따윈 전혀 없으니까. 아마 앞으로 십이 년 동안 가석방 심의실에 들어갈 일은 없을 거예요. 이 아지트에서 특별히 무슨 일을 한다거나 뭐 그런 건 아니에요. 그냥 독방에 있기 싫어서죠. 뇌 손상에 대한 의학적 증거는 없지만 자기 머리를 열네 번이나 박으면 바보 꼴은 되죠. 한번은 나도 내 머리를 일곱 번 연달아 박은 적이 있어요. 더 나올 만한 것도 없는데 계속해서 머리를 찧어댔죠. 멈출 수가 없었어요. 미쳤던 거죠. 그건 건강한 게 아니에요. 어쨌든, 난 쉰세 가지 죄목으로 기소당했어요. 여기 들어오기 전엔 레비타운이란 곳에서 살았는데 사만 오천 달러짜리 집에다 멋진 아내, 귀여운 두 아들 놈까지 있었어요. 이름은 마이클과 데일이에요. 하지만 그럼 뭐해요, 이렇게 갇혀 있는데. 아마 당신 같은 부류의 사람들은 전혀 이해 못 할 거예요. 난 고등학교도 못 나왔지만 그래도 해밀턴 신탁의 대출 담당 부서에서 일했죠. 그런데 실적이 나지 않았어요. 그런데다 결국 학력이 약점으로 작용해서 사람들이 마구 해고될 때 나도 회사에서 나와야 했죠. 우리 네 식구를 먹여 살릴 만한 돈을 벌지 못해서 집을 팔아 돈 좀 마련할까 했는데 글쎄 빌어먹을, 동네의 다른 집들도 모두 한꺼번에 매물로 나온 거예요. 난 늘 돈을 생각했어요. 돈에 관한 꿈까지 꿀 정도로 말이죠. 길을 걸어 다닐 땐 두리번거리면서 십 센트짜리, 오 센트짜리, 일 센트짜리 동전을 줍곤 했어요. 돈에 환장했던 거죠. 하위란 친구가 있었는데 그놈이 좋은 방법을 생각해냈어요. 녀석이 쇼핑센터에서 문구점을 한다는 매스터맨이란 늙은이 얘길 하더군요. 그 노인이 칠천 달러짜리 패리뮤추얼* 티켓을 두 장이나 갖고 있다는 거예요. 노인은 그 티켓을 침대 옆에 있는 서랍에 보관했죠. 그럼 하위는 그 사실을 어떻게 알게 됐느냐 하면 평소 오 달러씩 받으면서 노인에게 빨라고 대주고 있었거든요. 하위한테도 아내와 자식이 있고 나무를 때는 벽난로가 있었지만 돈은 전혀 없었죠. 그래서 우린 결국 그 티켓을 손에 넣기로 했어요. 당시엔 티켓에 꼭 서명하지 않아도 됐거든요. 만 사천 달러짜리 티켓이지만 현금이나 마찬가지니 추적당할 염려가 없었죠. 그래서 며칠 동안 노인의 행동을 살폈어요. 아주 쉬웠죠. 노인은 여덟시가 되면 가게 문을 닫고 차를 몰아 귀가한 다음 술을 마시고 요기를 한 다음 텔레비전을 보는 게 전부였어요. 어느 날 노인이 가게문을 닫고 차에 타는 순간 우리도 그 차에 같이 올라탔죠. 내가 장전된 총을 노인의 머리에 대자 노인은 아주 고분고분하게 굴었어요. 사실 내 총이

---

* 승리한 경주마에 돈을 건 사람들에게 수수료를 제하고 건 돈 전부를 나누어주는 경마 베팅 방식

아니라 하위의 총이긴 했지만. 노인이 차를 몰았고 집에 도착해서는 노인과 바짝 붙어 현관까지 걸어갔죠. 총을 노인의 살에 찔러댄 채로 말이죠. 그렇게 노인을 데리고 곧장 부엌으로 들어가 겁나게 커다란 냉장고에다가 수갑을 채워 묶어두었어요. 정말 엄청나게 커다란 최신형이었죠. 티켓이 어디 있느냐고 물으니까 금고에 넣어뒀다더군요. 노인이 증언한 대로 그 노인네를 권총으로 갈겼다 해도 내가 그런 게 아니에요. 하위가 그랬을 거예요. 직접 보진 못했지만요. 노인은 계속 티켓 두 장 다 은행 금고에 있다고 말했죠. 집을 샅샅이 뒤져봤지만 노인의 말은 사실이었어요. 할 수 없이 우린 포기하기로 하고 이웃에게 들키지 않도록 텔레비전을 켜놓은 다음 십 톤이나 되는 무거운 냉장고에 노인을 묶어둔 채 차를 몰고 빠져나왔어요. 그런데 처음으로 마주친 차가 바로 경찰차인 거예요. 우연이었지만 우린 겁이 났어요. 우린 근처의 세차장으로 들어갔어요. 물이 뿌려지는 틈을 타 차에서 내릴 생각으로요. 그렇게 세차장에 차를 버려두고 도망쳤죠. 그다음엔 맨해튼행 버스를 타고 하위와는 맨해튼 터미널에서 헤어졌어요.

그런데 그 미친 노인네가 어쨌는 줄 알아요? 작은 체구에 힘도 없어 보이던 양반이 글쎄 그 큰 냉장고를 부엌 바닥에서 조금씩 움직여 간 거예요. 정말이에요, 정말 겁나게 커다란 냉장고였는데. 그 노인네 집도 아주 근사했는데 안에 있던 가구나 카펫도 다 고급이었어요. 그러니 그 카펫이 냉장고 밑에서 우글쭈글 주름 잡히는 걸 보고 얼마나 환장했을까요. 어쨌든 그 매스터맨 개자식은 부엌을 빠져나가 복도로, 또 거실로 기어갔겠죠. 거기에 전화기가 있었으니까요. 도착한 경찰이 그 집에서 어떤 장면을 봤을지 충분히 상상이 가요. 사방의 벽마다 그림들이 걸려 있는 거실 한가운데 냉장고에 묶인 노인이 널브러져 있었던 거죠. 그날이 목요일이었고 난 그다음 주 화요일에 결국 붙잡혔어요. 알고 보니 하위도 벌써 잡혀왔더군요. 난 몰랐는데 하위한테는 전과가 있었어요. 난 형편을 탓하지 않아요. 아무도 탓하지 않아요. 우린 나쁜 짓이란 나쁜 짓은 죄다 했으니까요. 강도짓은 물론이고 권총으로 휘갈기기도 했고 납치까지 했어요. 납치는 정말 해선 안 될 짓이죠. 지금의 나야 죽은 몸이나 다름없지만 아내와 아이들은 아직 살아 있어요. 아내는 집을 아주 싼값에 팔아치우고 구호금에 의지해 살아가고 있죠. 여기엔 어쩌다 한 번 들러요. 아이들은 어떤 줄 아세요? 편지를 써도 된다는 허락이 떨어지자 마이클이 편지를 보내왔는데 읽어보니 일요일 세 시에 배를 타고 강에 와서 손을 흔들 거라는 거예요. 그래서 일요일 세 시에 강이 있는 울타리로 가보니까 정말로 그 아이가 나왔더라고요. 두 아들 녀석은 멀찍이 배에 타고 있었죠. 교도소 근처까지는 올 수 없으니까요. 난 아들들을 볼 수 있었고 느낄 수 있었어요. 아들들은 손을 흔들었고 나도 손을 흔들어줬죠. 그때가 가을이었는데 배를 대여해주는 곳이 문을 닫은 뒤로는 더이상 올 수 없었죠. 하지만 봄이 되자 다시 날 보러 오더군요. 멀리서 봐도 많이 컸더라고요. 그러다 문득 내가 여기 갇혀 있는 동안 아이들은 결혼을 하고 자식을 낳겠구나 하는 생각이 들었어요. 그럼 늙은 아버지에게 손을 흔들기 위해 아내와 자식들까지 배에 태우고 강을 내려오진 않겠죠. 그래서 나한테 미래가 없는 거예요. 그건 당신도 마찬가지고. 자, 그러니 내려가서 손이나 씻고 밥 먹으러 가자고요."

당시 패러것은 하루 중 몇 시간은 잔디와 덤불을 깎는 온실 노무자로, 또 몇 시간은 교도소 내의 공고문을 작성하는 타자수로 일했으므로 교도관 대기실 가까이 있는 사무실의 열쇠를 갖고 있었고 타자기도 사용할 수 있었다. 조디와는 일이 끝난 후 배수탑에서 계속 만났는데, 오후에도 날씨가 추워지기 시작하자 사무실에서 만났다. 한 달이 지날 무렵 두 사람은 서로를 잘 아는 연인 사이로 발전했다. "난 당신이 호모가 아니라서 너무 좋아." 조디는 패러것의 머리를 어루만지며 자주 말하곤 했다. 그러고는 여느 오후처럼 한바탕 수다를 늘어놓다가 패러것의 허리띠를 푼 다음, 패러것의 적극적인 도움을 받아 무릎께까지 바지를 내렸다. 교도소 생활에 관한 기사를 신문에서 읽은 적이 있었기 때문에 패러것은 이런 일이 일어날 수도 있겠다고 미리 짐작은 했었다. 하지만 이와 같은 기괴한 유대 관계가 그토록 심오한 사랑을 불러일으킬 줄은 미처 예상하지 못했다. 또 교도관들이 그렇게 관대할지도 예상하지 못했다. 타이니의 경우 담배 몇 개비만 건네면 잠깐이지만 식사 후 독방에 들어가기 전 사무실에 들렀다 갈 수 있게 허락해주었다. 그러면 패러것과 조디는 사무실 바닥을 뒹굴며 사랑을 나눴다. "교도관들이 그걸 좋아해요." 조디가 설명했다. "처음엔 그렇지 않았죠. 그런데 어떤 정신과 의사가 귀띔해준 모양이에요. 우리가 정기적으로 그 짓을 하면 폭동을 일으키지 않을 거라고. 난동만 막을 수 있다면 아마 뭘 하든 그냥 놔둘걸요? 좀더, 좀더. 아, 자기야 정말 사랑해."

둘은 일주일에 두세 번 만났다. 패러것이 더 적극적이어서 이따금 바람을 맞기라도 하면 마음이 단 패러것은 멀리 떨어진 곳에서도 연인의 찍찍 끌리는 농구화 소리까지 들을 수 있는 초자연적 감각이 길러질 정도였다. 어떤 밤에는 그 농구화 소리에 그의 목숨이 달려 있는 것처럼 느껴지기까지 했다. 금융 강좌가 시작되면서는 항상 화요일과 목요일에 만났고 조디는 대학에 관해 자신이 보고 들은 얘기를 꺼내곤 했다. 패러것이 작업실에서 매트리스를 하나 빼내오자 조디도 어딘가에서 전열기를 구해왔고, 둘은 매트리스에 몸을 기대고 뜨거운 커피를 마시며 아늑하고 행복한 기분을 만끽했다.

그러나 조디는 대학에 관해 회의적이었다. "다 그게 그거예요." 조디가 말했다. "성공 스쿨, 차밍 스쿨, 엘리트 스쿨, 백만장자 스쿨, 다 가봤지만 전부 똑같아요. 자기도 잘 알겠지만 요즘엔 금융 관련 계산이나 그런 식의 번거로운 일들은 모두 컴퓨터로 충분하잖아요. 사람이 집중해야 하는 일이란 잠재적인 투자가의 자신감을 북돋아주는 거죠. 그게 바로 현대 금융의 커다란 미스터리고요. 예를 들면 미소가 대단히 중요해요. 내가 들었던 모든 강의들도 미소에 대한 얘기로 시작하더군요. 그러니까 고객을 만나러 들어가기 전에 문밖에 잠깐 서서 그날, 그해 또는 과거에 있었던 일 중 가장 멋진 사건을 떠올려보는 거예요. 실제 있었던 일이어야 해요. 영업용 미소를 가장해선 안 돼요. 당신을 행복하게 해줬던 대단한 여자, 한 번이라도 그런 적이 있다면 승산 없는 경마에서 이겼던 일, 새 양복을 샀을 때나 경주에서 이겼을 때, 이 세상의 모든 것이 당신을 위해 움직이는 것 같아 기분이 째지던 날들을 떠올리는 거죠. 그런 다음에 문을 열고 들어가 그 미소로 고객을 홀리는 거예요. 고객들은 아무것도 몰라요. 그러니까 미소에 대해서 말이죠. 미소에 대해 고객들은 정말 아무것도 몰라요.

어쨌든 미소는 지을 수 있어요, 내 말은 뭐라도 팔기 위해선 웃어야 한다는 거죠. 하지만 제대로 웃지 못하면 자기처럼 얼굴에 아주 보기 흉한 주름이 생겨요. 난 자기를 사랑하지만 자기는 어떻게 웃어야 하는지 모르는 사람 같아요. 웃는 법을 알고 있다면 눈 주위에 있는 그런 주름이나 흉터처럼 생긴 이 크고 보기 싫은 금들은 생기지 않거든요. 자, 내 얼굴을 한번 봐요. 스물네 살 정도로 보이죠, 네? 하지만 난 서른두 살이에요. 사람들한테 내 나이를 맞혀보라고 하면 대부분은 고작해야 열여덟이나 열아홉 살이라고 해요. 왜냐하면 나는 웃는 방법을 알고 또 표정을 어떻게 지어야 하는지 알기 때문이죠. 어떤 배우가 가르쳐줬어요. 도덕적으로 말이 많았던 사람이지만 그래도 아주 잘생긴 사람이었어요. 그 사람 말이 표정을 지을 때는 신중해야 한대요. 만약 어떤 상황이든 표정을 함부로 지었다간 문제가 생긴다고요. 그러니까 자기 같은 얼굴을 갖게 된다는 거예요. 얼굴이 아주 뭐처럼 이상하게 보인다는 거죠. 난 자기 사랑해요, 진짜로요. 그렇지 않다면 인상이 흉하다느니 하는 따위 얘긴 하지도 않겠죠. 자, 내가 웃는 모습을 봐요. 봤어요? 정말 행복하게 보이죠? 그렇죠? 네? 안 그래요? 하지만 더 자세히 봤다면 내가 항상 눈을 크게 뜨고 있기 때문에 자기처럼 보기 흉한 주름이 생기지 않는다는 걸 눈치챘을 거예요. 또 말할 때도 되도록 입을 크게 벌리려고 애쓰죠. 그래야 볼의 아름다움과 부드러움을 망치지 않거든요. 앞에서 말했던 이런저런 스쿨의 선생들도 우리한테 웃어야 한다고 몇 번이나 강조하곤 했어요. 하지만 그 선생들이 우리에게 가르쳤던 대로 항상 웃으며 돌아다녀야 하는 사람은 바로 자기 같은 사람이에요. 아주 늙어 보이거든요. 너무 늙고 초췌해 보여서 어떤 일이 됐든 아무도 자기와는 함께 일하려 하지 않을 거예요. 그게 금융 투자 일이라면 더더욱."

피더서리 대학에 대해 조디가 경멸적인 어조로 말하는 것을 들을 때 패러것의 태도는 마치 부모 같았다. 가르침이 아무리 거짓되고 조직이 아무리 허술하다 해도 무릇 한 조직에서 가르치는 것이라면 어느 정도 존중해야 한다고 말하는 듯한 태도였다. 조디의 말을 들으며 패러것은 경멸이라는 감정이 조디의 전과 경력과 교도소 생활의 밑바탕에 단단히 깔려 있는 게 아닐까싶었다. 패러것은 대학을 공격해대는 조디를 보며 그가 인내심과 분별력을 좀더 키우는 게 좋겠다고 생각했다. 하지만 어쩌면 실은 단순히 '피더서리'*라는 단어 때문에 패러것으로서는 당연히 존중해야 한다는 생각이 들었거나 혹은 정직이라는 덕목과 함께 절약, 근면, 검소, 정직한 경쟁 등의 단어가 연상되었기 때문인지도 모른다.

지칠 줄 모르고 계속되는 피더서리 대학에 대한 조디의 공격은 하나같이 뻔한 내용이라 결국 지루해졌다. 조디 말로는 그 학교의 모든 것이 잘못되어 있었다. 노골적으로 억지 미소를 짓는 선생의 얼굴은 추하기만 했고, 쪽지 시험은 너무나 쉬웠다. "난 공부는 전혀 안 해요." 조디가 말했다. "그래도 반에선 늘 일등이죠. 그 정도로 기억력이 좋아요. 뭘 기억하는 건 내게 아주 쉬운 일이에요. 하룻밤 사이에 교리문답을 다 외운 적도 있다니까요. 오늘은 노스탤지어 얘기가 나왔죠. 설마 노스탤지어가 코와 관련 있는 그 무엇이라고 생각하는 건 아니겠죠?** 노스탤지어는 기쁜 마음으로 기억하는 그 무엇이에요. 그러니까 자기가 해야 할 일은 잠재적인 투자가가 기분좋게 떠올리는 게 뭔지 알아낸 다음, 잠재 고객의 그 유쾌한 기억을 마치 바이올린 연주하듯 자유자재

* 고유명사가 아닌 일반명사로 쓰이면 '신탁'을 뜻한다.

** nostalgia와 nose의 초성부 발음이 비슷한 데에 기인한다.

로 갖고 노는 거예요. 대화를 통해 이른바 노스탤지어라 부르는 그 무엇을 마구 휘저어놓아야 하는 것은 물론이고, 고객이 기분좋게 기억하는 그 무엇처럼 옷을 입고, 보고, 말하고, 때론 보디랭귀지까지 사용해야 해요. 그러니 잠재 고객이 역사를 좋아한다, 그러면 갑옷으로 무장한 채 은행으로 쳐들어가는 내가 보이지 않아요?"

"좀 진지하게 굴어, 조디." 패러것이 말했다. "분명 들어둘 만한 가치가 있을 거야. 좀더 주의를 기울여봐. 유용한 내용이 있을 거라고."

"글쎄요, 뭔가가 있을지도 모르죠." 조디가 말했다. "하지만 말했다시피 차밍 스쿨, 성공 스쿨, 엘리트 스쿨에서도 벌써 다 배웠던 거라고요. 다 똑같다고 했잖아요. 아마 열 번도 넘게 들었을걸요. 선생들은 인간이 내는 모든 소리 중에 가장 달콤한 게 바로 자기 이름이라고 하더군요. 그런데 그 정도는 세 살, 네 살 때부터 벌써 알고 있었다 이 말입니다. 난 다 알고 있다니까요. 더 말해줘요? 들어봐요."

조디는 패러것의 감방 쇠살대를 짚어가며 조목조목 나열하기 시작했다. "하나, 다른 놈들이 좋은 아이디어는 다 자기 머리에서 나왔다고 느끼게 하라. 둘, 도전하는 태도를 가져라. 셋, 칭찬을 자주 하고 진심에 찬 감사를 보내라. 넷, 잘못을 저질렀다면 재빨리 인정하라. 다섯, 다른 사람들이 '예스'라고 말하게 하라. 여섯, 당신의 실수에 대해 얘기하라. 일곱, 상대방의 체면을 세워줘라. 여덟, 격려를 아끼지 마라. 아홉, 하고 싶은 일이 있다면 우선 그 일이 쉬워 보이게 하라. 열, 당신이 원하는 일을 하는 걸 상대방도 기뻐하게 하라. 젠장, 이런 건 사기꾼이라면 누구나 아는 거예요. 그게 내 인생이죠. 내 인생이라는 게 그렇다고요. 어릴 때부터 그렇게 살아왔죠, 그런데 지금 내가 어떤 지경에 처했는지

봐요. 매력과 성공과 금융의 정수라는 그 지식이 날 어디에 내팽개쳤는지 보라고요. 빌어먹을, 다 집어치울래요."

"그러지 마." 패러것이 말했다. "참고 계속 수업 들어. 졸업만 하면 분명 네 기록에 유리하게 작용할 거야."

"앞으로 사십 년 동안 내 기록을 들추는 사람은 아무도 없을 텐데요?" 조디의 대답이었다.

눈이 내리던 어느 날 밤 조디가 패러것을 찾아왔다. "내일 병가를 신청해요." 조디가 말했다. "월요일이니까 아마 붐빌 거예요. 의무실 밖에서 기다릴게요." 그 말만 하고 조디는 사라졌다. "저 녀석이 이제 더이상 널 사랑하지 않는가보지?" 타이니가 물었다. "그렇다면 나도 한숨 돌리겠군. 자네는 정말 좋은 사람이야, 패러것. 난 자네를 좋아해, 하지만 저놈은 별로야. 쓸모라고는 없는 놈이지. 게다가 여기 죄수 중 절반하고 놀아난 놈이고. 그것도 시작에 불과할걸. 게다가 정확한 날짜는 모르겠지만 지난주인가 그전 주인가는 그놈이 3층에서 나체로 부채춤을 췄다는군. 톨레도가 얘기해줬어. 신문지를 접어서 부채처럼 만들고는 거기와 항문 사이로 계속 왕복시키면서 춤을 췄대. 톨레도 말로는 그렇게 역겨울 수 없었다더군. 정말 역겨웠대." 패러것은 그런 조디의 모습을 상상해보려 했지만 불가능했다. 다만 패러것은 타이니가 질투하고 있다는 느낌을 받았다. 타이니는 남자와의 사랑을 경험해본 적이 한 번도 없었다. 타이니는 늘 불안해했다. 패러것은 병가 신청 쪽지를 써서 창살 사이에 끼워넣은 후 잠을 청했다.

의무실 대기실이 만원이어서 조디와 패러것은 아무도 그들의 말을 엿들을 수 없는 바깥으로 자리를 옮겼다. "들어봐요." 조디가 말했다.

"화내기 전에 내 말부터 들어요. 내가 말을 끝내기 전엔 아무 말도 하지 말아요. 어제부로 수업을 그만뒀어요. 아, 아무 말 말라니까요. 자기가 싫어할 거라는 거 알아요. 아버지 같은 마음으로 내가 크게 성공하길 바랄 테니까. 하지만 내 계획부터 들어봐요. 아무 말도 하지 말고요. 정말 아무 말도 하지 말아요. 곧 수료식이 있을 거예요. 우리 말곤 수료식 때 무슨 일이 있을지 아무도 모르는 거예요. 며칠 후면 자기도 알게 될 거고요. 잘 들어요. 그때 추기경이 헬리콥터를 타고 와서 수강생들에게 수료증을 줄 예정이라고 해요. 뻥치는 거 아니에요. 자세한 건 묻지 말아요. 아마 대학 관계자 중 누가 추기경과 친분이 있겠죠. 홍보엔 그만일 테니까요. 또 충분히 그럴 거예요. 그런데 같이 수업을 듣는 동료 중 하나가 여기 교도소 담당 신부의 조수예요. 이름은 디마테오라고, 나와 아주 친한 놈이죠. 그놈이 제단에서 입는 예복을 책임지고 있어요. 디마테오가 내 몸에 딱 맞는 붉은색 예복을 갖고 있어요. 그리고 그걸 나한테 줄 거예요. 추기경이 오면 사람들이 난리법석을 떨겠죠. 그럼 난 보일러실에 들어가서 숨어 있다가 붉은색 예복으로 갈아입은 후 추기경이 미사를 집전하면 슬그머니 제단으로 올라가는 거죠. 아니, 잘 들어봐요. 거기서 뭘 해야 하는지는 잘 알고 있어요. 정말이에요. 열한 살 때부터 복사 일을 했거든요. 견진성사를 받았을 때부터요. 잡히지 않을까 생각하겠지만 걱정 없어요. 알다시피 미사중엔 아무도 복사를 쳐다보지 않거든요. 그래서 기도 때가 딱이죠. 사람들이 쳐다보지 않으니까. 제단에 낯선 사람이 있다고 해서 그 사람이 누구냐고 묻거나 하진 않죠. 미사는 성스러운 의식이고 성스러운 의식을 행할 때 사람들은 다른 덴 전혀 신경쓰지 않아요. 예수의 피를 마실 때 그 성배가 더러운지,

혹시 성배를 채운 와인에 벌레가 빠지진 않았는지 살펴보지 않는다고요. 사람들의 자세는 거의 고정돼 있고 또 그렇게 하고 싶어해요. 기도를 해야 하니까. 그게 이유예요. 기도가 날 여기서 나가게 해줄 거예요. 기도의 힘이죠. 그러니까 내 말은, 미사가 끝나면 그 붉은색 예복을 입은 채 헬리콥터에 탈 작정이에요. 어느 성당에서 왔느냐고 누가 물으면 성 안셀모, 성 아우구스티누스, 성 미카엘, 뭐 아무 성당이나 둘러대면 되죠. 헬리콥터에서 내리면 제의실로 가 옷을 갈아입고 거리로 도망칠 거예요. 기적 같은 일 아니에요? 친구가 있는 174번가까지 가려면 지하철을 타야 하는데 차비는 아무한테나 구걸하려고요. 내가 이렇게 미리 말해주는 건 자기를 사랑하고 믿기 때문이에요. 내 운명을 자기 손에 맡기는 거죠. 아, 이보다 더한 사랑은 없으리라. 하지만 지금부터 나를 자주 볼 생각은 안 하는 게 좋아요. 붉은색 예복을 주기로 한 디마테오도 나를 좋아해요. 교도소 담당 신부가 외부에서 가져온 음식을 그녀석한테 주기도 하는데 그때 내가 들고 왔던 전열기도 그렇게 해서 얻은 거예요. 어쩌면 앞으로 자기를 만나지 못할지도 모르지만 혹시라도 시간이 되면 작별 인사는 하러 올게요." 말을 마친 조디가 낮은 신음소리와 함께 손을 배에 가져다 대곤 허리를 숙이며 천천히 대기실로 걸어갔다. 패러것도 뒤따라갔지만 둘은 아무 말도 하지 않았다. 패러것이 두통을 호소하자 의사는 아스피린을 처방해주었다. 의사의 옷은 더러웠고 오른쪽 양말에는 커다란 구멍까지 나 있었다.

조디는 나타나지 않았고 패러것은 조디가 그리워 미칠 지경이었다. 패러것은 행여 찍찍 끌리는 농구화 소리가 들리지 않을까싶어 교도소의 갖가지 소리에 귀를 기울였다. 오직 그 소리만 듣고 싶었다. 의무실에서 조디와 헤어진 직후 패러것은 공고문 한 장을 작성해야 했다. 테디어스 모건 추기경 예하께서 피더서리 대학의 강좌를 수료한 수감자들에게 수료증을 수여하기 위해 헬리콥터를 타고 5월 27일 팔코너를 방문한다는 내용이었다. 추기경은 주지사 및 교정위원회 위원장과 동행할 것이었다. 미사도 집전될 예정이니 의무 참석해야 하며 자세한 내용은 독방동 사무직원에게 문의하라는 내용이었다.

톨레도가 등사를 했는데 이번에는 지난번처럼 많이 찍지 않아서인지 종이 폭풍이 몰아치진 않았다. 처음엔 공고문에 대한 수감자들의 반응이 거의 없었다. 수료 예정자가 여덟 명에 불과했기 때문에 하느님의 대변자가 하늘에서 교수대가 있던 뜰로 내려온다는 놀라운 소식에도 흥분하는 기색을 보이는 사람이 전혀 없었다. 패러것은 물론 농구화 소리가 들리기만 학수고대했다. 만약 조디가 작별 인사를 하러 온다면 그날은 추기경이 도착하기 전날 밤이 될 것이다. 그렇다면 사랑하는 연인을 만날 수 있을 때까지 한 달을 기다려야 하고 그것도 아주 잠시만 볼 수 있다. 하지만 어쩔 수 없이 감내해야 했다. 패러것은 교도소 신부와 안다는 그 작자와 조디가 놀아나는 중일 거라고 생각했지만 정말이지 질투심은 전혀 일지 않았다. 패러것은 조디의 탈출 계획이 성공할지 회의적이었다. 비록 추기경의 일정이 신문 지면에까지 공개된 상태였지만 추기경의 계획이나 조디의 계획이나 터무니없어 보이기는 마찬가지였기 때문이다.

패러것은 간이침대에 누웠다. 그는 조디를 원했다. 그리움은 말이 없는 생식기에서부터 시작되었고 이것을 머리의 뇌세포가 해석해냈다. 이어 그리움은 생식기에서 내장으로, 거기서 다시 심장으로, 영혼으로,

정신으로 퍼져나가 그의 몸 전체를 꽉 채워버렸다. 그는 찍찍 끌리는 농구화 소리를 기다리다가 이어 조디의 목소리를 기다렸다. 일부러 그랬는지 모르지만 젊음이 넘치는, 그러나 너무 가볍지는 않게 부탁하는 조디의 목소리를. "좀더. 오, 내 사랑." 보스턴의 자갈밭에서 제인의 구두 소리를 기다리듯이, 버지니아를 십일층으로 데려다주던 엘리베이터 소리를 기다리듯이, 트레이스가의 녹슨 문을 열고 도디가 들어서길 기다리듯이, 로마의 어느 광장에서 로베르타가 어서 C버스에서 내리길 기다리듯이, 루시가 피임기구를 넣은 뒤 벗은 몸으로 욕실 문을 열고 나오길 기다리듯이, 전화벨 소리를 기다리듯이, 초인종이 울리길 기다리듯이, 시간을 알려주는 교회 종소리를 기다리듯이, 헬렌을 두려움에 떨게 한 뇌우가 멈추길 기다리듯이, 버스를 기다리듯이, 배를 기다리듯이, 기차를 기다리듯이, 비행기를 기다리듯이, 여객선을 기다리듯이, 헬리콥터를 기다리듯이, 스키 리프트를 기다리듯이, 다섯시 정각의 퇴근 종소리를 기다리듯이, 사랑하는 연인을 품에 뛰어들게 해줄지도 모를 화재경보기 소리를 기다리듯이, 패러것은 조디의 찍찍 끌리는 농구화 소리를 간절히 기다리고 또 기다렸다. 그의 인생과 에너지를 기다림에 과도히 소모하는 듯 보였지만, 그 기다림은 비록 아무도 오지 않을지라도 결코 좌절로만 점철된 기다림은 아니었다. 회오리바람처럼 묘한 기대감이 뒤섞인 기다림이었다.

하지만 가장 아름다운 여자를 소유하는 것이 평생의 역할이라고 종종 생각하던 패러것이 어째서 그토록 조디를 그리워했던 것일까? 가장 위대하고 가장 가치 있는 신비로움을 소유하고 있는 것은 여자였다. 여자는 어둠 속에서 접근하고 또 항상은 아니지만 가끔은 어둠 속에서

품을 수 있는 존재였다. 그들은 하나의 정수이자 견고한 성으로, 정복할 만한 가치가 있었으며, 일단 정복하고 나면 전리품이 흘러넘쳤다. 성욕이 최고조에 달하던 시절, 그는 촌락이나 마을, 심지어 도시를 채울 수 있을 만큼 많은 자손을 퍼뜨리고 싶어했다. 이런 결실에 대한 욕망이 그로 하여금 오십 명의 여자들에게 자신의 아이를 갖게 할 수도 있겠다는 상상으로까지 몰아간 듯했다. 여자는 알리바바의 동굴이었고, 아침의 빛이었고, 폭포였고, 뇌우였고, 또 우주의 행성이었다. 그리고 여자에 대한 바로 그런 시각 때문에 그는 보이스카우트 단장과 마지막으로 벌거벗은 채 나뒹굴고 난 후 한층 나은 결정을 내릴 수 있었다. 여자에 대한 패러것의 태도는 비난받을 소지가 있긴 했으나 그로서도 어쩔 수 없는 일이었다. 주체할 수 없는 그의 성욕을 생각할 때 그 욕구를 충족시켜줄 유일한 존재는 오직 여자밖에 없었던 것이다.

성적 소유와 성적인 질투심에는 상당히 비슷한 면이 있다고 패러것은 생각했다. 둘 다 변덕스러운 육욕을 채울 장소와 거짓말이 필요했다. 연애를 할 때 패러것은 자신의 편의는 종종 대수롭지 않게 여겼다. 그는 거짓말로 자신을 유혹하고 또 절대적인 무책임함으로 자신을 호리는 여자들을 원했고 따라다녔다. 그런 여자들을 위해 옷과 티켓을 사고, 미용실 비용과 집세를 지불했으며, 한번은 성형수술 비용까지 부담한 적이 있었다. 다이아몬드 귀걸이를 살 때면 패러것은 그 보석으로 기대할 수 있는 성적 마일리지가 얼마나 될지 신중히 저울질했다. 결점을 가진 여자를 보면 패러것은 쉽게 끌렸다. 여자들은 열정적으로 다이어트를 하고 또 끊임없이 다이어트에 대한 이야기를 하면서도 정작 주차장에서는 초코바를 먹기 일쑤였는데 그는 그런 행동에 매료되었다.

하지만 조디의 결점에서는 매력을 발견하지 못했다. 조디의 결점을 찾지 못했기 때문이다.

조디를 향해 불타오르는 고통스러운 그리움은 가랑이에서 몸 전체로, 눈에 보이는 신체 부위는 물론 보이지 않는 부분까지 퍼져나갔다. 패러것은 과연 자신이 거리에서도 조디에 대한 사랑을 드러낼 수 있을지 궁금했다. 조디의 허리에 팔을 두르고 거리를 걸어갈 수 있을까? 공항에서 조디에게 키스할 수 있을까? 엘리베이터에서 조디의 손을 잡을 수 있을까? 혹시 이런 행동들을 자제하는 것이 불경스러운 이 사회의 잔인한 명령에 순응하는 꼴이 되어버리는 건 아닐까? 그는 세상에 모습을 드러낸 그와 조디를 상상해보았다. 한때 여름휴가철이면 패러것은 아내 마샤와 아들을 데리고 펜션이나 유럽의 기숙사에 머물곤 했다. 그곳에 모여든 다른 사람들도 대개는 젊은 남자와 여자—젊진 않다 해도 최소한 동작이 민첩한 사람들이었다—그리고 자녀들로 구성된 가족이 주를 이루었다. 그런데 사람들은 노인이나 약해 보이는 사람과는 잘 어울리지 않았다. 그런 사람들이 잘 드나드는 곳은 이미 소문이 나 있었다. 하지만 가족적인 풍경이 펼쳐지던 술집이나 식당 구석을 유심히 살펴보면 어김없이 찰싹 붙어 있는 남자 둘 또는 여자 둘을 발견할 수 있었다. 동성 연인들이었는데, 두드러지게 상반된 기질의 두 사람이라면 대개 맞았다. 여자 둘 중 한 명이 순종적 인상이라면 다른 한 명은 주도적이었다. 남자 둘 중 한 명이 나이가 많다면 다른 한 명은 소년처럼 젊었다. 사람들은 그들에게 깍듯이 예의를 차렸지만, 정작 동성애자들이 요트 경주나 산으로 떠나는 피크닉에 초대받는 경우는 없었다. 그 마을의 대장장이가 결혼식을 올린다 해도 그들은 초대받지 못했다. 그들은 다른 사람들이었다. 그들이 성적인 욕구를 어떻게 채우는가 하는 문제는 동성애자가 아닌 사람들에게 항상 아슬아슬하고 기이한 호기심을 불러일으켰다. 동성애자가 아닌 사람들과 달리 그들은 낮잠을 자야 할 시간에 그 짓을 하느라 땀을 뻘뻘 흘리진 않았다. 사회적으로 볼 때 그들에 대한 편견은 덜한 듯 보였지만 좀더 깊이 들어가면 그렇게 단단할 수가 없었다. 그래서 동성애자들이 다른 무리와 어울리기라도 할라치면, 실제로 그러기도 했지만, 어떤 사람들은 불편함이 묻어나는 시선으로 그들을 바라봤던 것이다. 패러것은 그가 묵었던 한 펜션의 식당에서 동성애자들만이 가장 행복한 커플로 보였다는 걸 기억했다. 당시의 여름은 성가정에게는 좋지 않은 계절이었다. 아내들은 울었고 남편들은 화를 냈다. 동성애자들이 요트 경주를 이겼고, 높은 산에 올랐으며, 그 지방의 유지가 주최하는 점심식사에 초대받았다. 예외적인 경우였다. 패러것은 그런 펜션에 머물고 있는 자신과 조디를 상상해보려 애썼다. 시간은 다섯시이며 둘은 술집 한쪽 구석에 앉아 있다. 조디는 패러것이 사준 하얀색 정장을 입고 있다. 하지만 거기까지가 패러것이 상상할 수 있는 전부였다. 이리 꼬고 저리 비틀고 쥐어짜면서 나름대로 상상의 날개를 펼쳐보려 했지만 그 장면에서 한 발짝도 더 나아갈 수가 없었다.

만약 사랑이 유사성을 추구하는 행위라면, 조디는 남자였으므로, 패러것은 자기 자신과 사랑에 빠지는 위험에 노출되었던 셈이다. 패러것이 기억하기로 남자 가운데 자기 자신과 사랑에 빠진 사람은 딱 한 번 본 적이 있었는데, 바로 일 년 정도 함께 일했던 동료였다. 그는 연애를 해도 심각하게 이어지지는 않았고 그런 사실이 불리하게 작용할 것 같은 상황에도, 물론 그걸 결점이라고 부를 수 있다면, 자신의 결점에 그리 신경쓰지 않았다. "혹시 자네 알고 있었나?" 어느 날 그가 이렇게 물어왔다. "내 한쪽 눈이 다른 쪽보다 더 작다는 사실을 말이야." 나중에는 좀더 진지한 표정으로 이렇게 물었다. "턱수염을 기르는 게 더 나아 보일까? 아니면 콧수염?" 식당에 가느라 길을 걷다가도 그는 이렇게 물었다. "혹시 자넨 자네 그림자가 마음에 드나? 해를 등지고 있다가 내 그림자가 보일 때면 난 번번이 실망한다네. 어깨도 그리 넓지 않고 엉덩이는 너무 펑퍼짐해 보여서 말이야." 수영할 때는 이렇게 물었다. "솔직히 내 팔근육이 어때 보여? 그러니까 내 말은 좀 과해 보이진 않느냐고. 이걸 탄탄하게 만드느라 아침마다 팔굽혀펴기를 사십 회씩 하고 있는데 말일세. 하지만 그렇다고 역도 선수처럼 보이긴 싫으니까." 이런 질문들을 계속, 그리고 매일같이 듣는 것은 아니었지만 질문들은 퍽이나 별나게 보였고, 패러것은 번번이 의아했다. 결국 패러것은 그 동료가 자기 자신과 사랑에 빠진 거라고 결론지었다. 왜냐하면 그가 자기 자신에 대해 말할 때 보면, 마치 결혼을 앞두고 불안해진 예비신랑이 사람들에게 자신의 신부 될 사람이 정말 괜찮은 여자인지 확인하려고 질문할 때와 비슷했기 때문이다. 그녀가 아름답다고 생각해? 말이 너무 많은 것 같지 않아? 다리는 어때 보이던가? 머리를 짧게 자르는 게 나을 것 같지 않아? 그렇다고 패러것 자신이 자기애에 빠졌다고 생각하지는 않았다. 그런데 한번은 그가 오줌을 누려고 매트리스에서 일어났을 때, 그를 보고 있던 조디가 이렇게 말한 적이 있다. "헤이, 친구. 정말 아름다워. 뭐, 나이가 많긴 하지만. 조명이 어두워서 그런가? 어쨌든 내겐 아주 멋져 보여." 패러것은 헛소리하지 말라며 일축했다. 하지만 드넓은 자신의 황무지 어딘가에서는 이제 막 꽃 하나가 봉오리를 틔웠을 수도 있었다. 다만 그 꽃봉오리를 발견하지 못하고 스스로 뒤축으로 뭉개버렸을 뿐. 조디의 말이 매춘부들이 으레 내뱉는 말이라는 것쯤은 그도 잘 알았지만, 패러것은 어쩔 수 없이 그 말에 흔들렸다. 어쩌면 패러것은 자신이 아름답다는 사실을 줄곧 알고 있었으며 누군가로부터 그 말을 듣기 위해 평생을 기다려왔는지도 몰랐다. 만약 조디에 대한 사랑이 실은 자기 자신에 대한 사랑이었다고 한다면, 동시에 그것은 그가 잃어버린 청춘에 대한 집착일 수도 있었다. 패러것에 비해 조디는 달콤한 숨소리와 피부를 가진 청춘이었고, 그런 그를 안고 있을 때면 패러것도 잠시나마 푸른 젊음을 느낄 수 있었다. 친구나 연인을 그리워하는 것처럼, 젊은 시절 찾아갔던 아름다운 해변의 오두막집을 그리워하는 것처럼, 패러것은 그렇게 자신의 청춘을 그리워했다. 자기 자신과 사랑에 빠지거나 지나간 청춘을 사랑하는 것은 그로서는 결코 이해하지 못할 과거의 일에 집착하는 성향의 미인을 사랑하는 것보다 쉬운 일인지도 모른다. 밀드레드와 사귈 때만 해도 아침식사에 필요한 안초비, 온도가 딱 맞는 목욕물, 늦게야 찾아오는 오르가슴, 레몬처럼 노란 벽지, 화장실 휴지, 리넨 침대보, 전등갓, 만찬용 식기, 리넨 식탁보, 가구, 자동차 등 그녀의 취향들을 배워야만 했다. 뿐만 아니라 밀드레드는 패러것에게 레몬옐로색 국부 보호대까지 사주었다. 자기 자신을 사랑한다는 것은 게으르고 불가능한 일인지 모르지만 달콤한 경험이 될 수도 있다. 자기 자신을 사랑하다니, 이 얼마나 간단한 일인가!

한편 조디에 대한 사랑을 죽음 혹은 죽음의 어두운 그림자와 친숙해지기 위한 시도로 생각해볼 여지도 있었다. 어쩌면 패러것은 조디의 몸을 부식과 부패라 생각하고 기꺼이 껴안았을지도 모른다. 남자의 목에 키스하거나 열정에 가득찬 눈으로 남자의 눈을 응시하는 것은 장례식장에서의 의식과 절차만큼이나 부자연스러운 일이었으니까. 어쩌면 패러것은 훗날 시신이 된 자신을 뒤덮을 잔디에 키스하는 마음으로 그 탄탄한 조디의 배에 키스했던 것은 아닐까.

조디가 가버린 후—더불어 에로틱한 사랑과 감상적인 시간도 함께 사라진 후—패러것은 시간과 공간에 대한 감각이 다소 위태로운 상태에 빠졌음을 알아챘다. 패러것은 시계도 차고 달력도 있고, 전에 없이 주변 환경들 또한 단순했지만, 자신이 어디에 있는지조차 알아차리지 못하는 상황이 오면 어쩌나 싶어서 이렇게 걱정하기도 처음이었다. 어떨 땐 회전 활강용 스키 코스의 꼭대기에 있다가, 어떨 땐 기차를 기다리고 있다가, 또 어떨 땐 뉴멕시코의 한 호텔에서 마약을 하다가 의식이 돌아오는 자신을 발견하곤 했다. "이봐요, 타이니." 패러것이 말했다. " 여긴 어디죠?" 그러면 타이니는 다 이해한다는 듯 이렇게 대꾸했다. "팔코너 교도소. 자넨 형을 죽였잖아." "고마워요, 타이니." 그렇게 타이니의 목소리에 힘입어 패러것은 간신히 현실로 돌아올 수 있었다. 이처럼 별개의 자아를 지각하는 곤혹스러움을 조금이라도 줄여보기 위해 과거 시내에서도 이와 비슷한 경험을 했다는 사실을 떠올렸다. 교도소에 들어오기 전에도 두세 장소에 동시에 존재하고 있는 듯한 경험을 한 적이 있었다. 햇빛이 밝게 비치던 어느 날 에어컨이 돌아가는 사무실에 서 있던 패러것은 같은 순간 자신이 폭풍 직전의 한 농가에 있는 느낌이 들었다. 티끌 하나 없이 깨끗한 사무실에서 그는 타이어체인이나 눈 치우는 삽, 각종 식료품, 연료 그리고 술 등 폭풍을 앞둔 외딴곳의 농가라면 당연히 관심을 갖기 마련인 온갖 물품과 나무상자 냄새를 맡았던 것이다. 물론 이것은 현재의 특정 장소를 와락 덮치는 기억이었다. 그런데 왜, 그것도 한여름의 깨끗한 사무실에서 이토록 의도치 않게 그런 기억이 찾아오는 걸까? 패러것은 우선 냄새에 근거해 이유를 추적해보았다. 재떨이에서 타고 있는 나무 성냥이 그런 기억을 불러일으켰는지도 몰랐다. 또 폭풍이 몰아치던 어느 날 밤 그날따라 좀체 발기하지 않아 당황한 이후부터 패러것은 그의 성적인 반응성에 의심을 품어왔다. 하지만 비록 타고 있는 성냥의 연기로 감각의 이중성을 설명할 수 있다 하더라도 농가에 대한 기억의 생생함이 어떻게 그가 서 있는 사무실의 현실감에 그토록 강하게 도전해올 수 있는지는 설명할 수 없었다. 어쨌든 원치 않는 기억을 약화시키고 떨쳐버리기 위해 패러것은 억지로 사무실 바깥으로, 그러니까 인공적으로라도 의식을 벗어나게 해, 반박의 여지가 없을 사실들을 열거해보았다. 그날은 7월 19일이었고, 외부 기온은 섭씨 삼십삼 도, 현재 시각은 세시 십팔분, 점심으로는 가리비 아니면 타르타르소스가 뿌려진 대구 요리, 시큼하게 튀긴 감자, 샐러드, 버터 바른 빵, 아이스크림을 먹었고 이어 커피까지 마셨다. 이처럼 명백하기 그지없는 세세한 사실들로 무장한 다음에야 그는 창과 문을 활짝 열어 방안의 연기를 빼내듯이, 그 농가에 대한 기억을 떨쳐버릴 수 있었다. 그는 사무실이라는 현실감각을 구축하는 데 성공했고, 그 같은 경험이 불편하지는 않았지만, 그에게 관련 정보라곤 전혀 없는 기억이 떠오르는 것에 대한 의문이 당연히 치솟게 했다.

기성 종교라든가 만족스러운 성행위 정도를 제외하고 패러것은 어떤 초월적인 경험도 위험한 쓰레기 정도로 간주했다. 무릇 사람은 자신의 열정을 가치 있다 여겨지는 사람과 대상을 위해 아껴두기 마련이다. 마치 열대우림에 들어섰을 때 그 안에 어떤 동식물들이 서식하는지 알아내긴 힘들어도 목적지로 가는 길은 발견해낼 수 있는 것처럼 말이다. 하지만 이따금 팔코너 교도소의 벽과 창살은 갈수록 악화되기만 할 뿐인 무無의 상태만 그에게 남겨놓은 채 어딘가로 사라져버리겠다고 위협해오는 것처럼 느껴졌다. 예를 들면, 어느 이른 아침 변기 물소리에 잠을 깬 패러것은 서서히 사라져가는 꿈의 조각들 사이에 서 있었다. 그 꿈이 얼마나 깊은지 혹은 강력한지 몰라도, 패러것은 잠에서 막 깨었을 때 느끼는 현실과 꿈의 경계를, 그 경계의 흔적을 분명히 의식할 수 있었던 적이 한 번도 없었다(이를 설명할 수 없기는 그의 정신과 의사도 마찬가지였다). 꿈속에서 그는 한때 만남을 즐기긴 했지만 결코 사랑했노라고 말할 수 없는 한 아름다운 여자의 얼굴을 보았고, 어느 섬에 펼쳐진 멋진 해변을 보거나 느꼈으며, 자장가 혹은 그와 비슷한 노랫소리도 들었다. 패러것은 사라지는 세 조각의 꿈들을 열심히 좇았다. 마치 그것들을 모두 회수해 일관성 있고 유용한 기억으로 재구성해낼 수 있는가에 그의 인생과 자부심이 걸려 있기라도 한 것처럼. 하지만 작정이라도 한 듯 꿈의 조각들은 공을 가진 미식축구 공격수처럼 이리저리 도망쳐 다니기만 했다. 꿈에서 깨면 여자와 바다는 하나씩 사라져갔고 동요 같던 음악 소리도 서서히 희미해졌다. 시계를 들여다보니 세시 십분이었다. 변기 소리도 잦아들었다. 패러것은 다시 잠에 들었다.

며칠, 몇 주, 몇 달 동안 그리고 그 이후로도 여자와 해변과 노래가 등장하는 같은 꿈을 계속 꾸었고 패러것은 처음과 똑같은 열정으로 집요하게 꿈을 좇았지만 노랫소리가 희미해지는 가운데 꿈의 조각들을 하나씩 놓치며 잠에서 깨어날 뿐이었다. 아무리 기억하려 해도 불완전하게 떠오르는 꿈이야 흔히 있을 수 있지만 그 꿈이 흩어지는 느낌만은 유별나게 깊고 생생했다. 패러것은 정신과 치료를 받았던 이전의 경험에 비추어 혹시 꿈에서 색깔이 보였는지 자문해보았다. 생각해보니 그렇긴 했으나 색깔이 선명한 편은 아니었다. 바다는 어둡기만 했고 여자는 립스틱을 바르지 않았다. 그렇다고 흑색과 백색만도 아니었다. 패러것은 꿈을 그리워했다. 꿈을 잃어버렸다는 걸 진정으로 안타까워했다. 부질없는 생각이긴 했지만 패러것은 그 꿈을 일종의 부적처럼 여겼다. 꿈에서 깬 후 시간을 확인해보면 시계는 항상 세시 십분을 가리켰다. 변기는 조용했다. 그리고 그는 다시 잠으로 빠져들었다.

이런 현상은 지속적으로 되풀이되고 또 되풀이됐다. 게다가 비록 항상 세시 십분은 아닐지라도 잠에서 깨는 시각은 새벽 세시에서 네시 사이로 거의 일정했다. 패러것은 자신의 기억이, 그가 자신에 대해 알고 있는 바와는 완전히 별개로, 일종의 통제된 반복 계획 아래 기억의 자원들을 조작하고 있다는 느낌이 들어 늘 짜증스러웠다. 그의 기억은 완전한 자유를 누렸다. 독자적으로 행동하는 그의 기억이 자신의 성기만큼이나 통제 불가능하다는 점을 깨달으면서 짜증은 더욱 배가되었다. 그러던 어느 날 아침식사를 마친 후 어두운 터널을 따라 식당에서 사무실까지 다른 동료들과 함께 구보로 돌아가고 있을 때였다. 갑자기 꿈에서 본 여자와 바다가 보이고 귀에는 노랫소리가 들려오는 게 아닌가. 패러것이 너무 갑자기 멈춰 서는 바람에 함께 달리던 동료 몇몇이 그와 부딪쳤고 곧 꿈은 산산이 흩어졌다. 그날의 꿈은 그것으로 끝이었다. 하지만 꿈은 어느새 교도소 여기저기에서 반복적으로 나타나기 시작했다. 자신의 독방에서 데카르트의 책을 읽고 있던 어느 저녁 또 노랫소리가 들려오기 시작하자 패러것은 곧 함께 나타날 여자와 바다를 잠자코 기다렸다. 독방동은 조용했다. 집중하기에는 더할 나위 없이 완벽했다. 패러것은 만약 그 노래의 한두 소절만 명확히 알아낼 수 있다면 나머지 꿈도 모두 복원할 수 있을 거라고 생각했다. 노랫소리는 점점 희미해졌지만 패러것 역시 뒤처지지 않으면서 멀어지는 음을 계속 쫓아갈 수 있었다. 그는 연필과 종이를 잡히는 대로 쥐고 귓가에 남아 있는 가사를 적어보려 했다. 그런데 바로 그 순간 자신이 누구이며 어디에 있는지 전혀 알 수가 없었다. 눈앞에 보이는 변기의 용도조차 불가사의했다. 손에 들고 있던 책의 글자도 전혀 이해할 수 없었다. 그는 자기 자신에 대해 알 수 없었다. 모국어가 무엇인지도 잊어버렸다. 갑작스레 여자와 노랫소리에 대한 추적을 중단했고 마침내 그것들이 사라지자 안도감에 휩싸였다. 그에게 가벼운 현기증만 남긴 채 꿈은 절대적인 소외의 경험도 함께 데리고 사라졌다. 상처받았다기보다 충격을 더 받았다. 책을 들어보니 그제야 글을 이해할 수 있었다. 변기란 무언가를 버리기 위한 장치이고 교도소의 이름은 팔코너였다. 그는 살인죄로 기소된 상태였다. 그렇게 자신을 둘러싼 세세한 사실들을 하나하나 끌어모았다. 특별히 달콤하다고는 할 수 없었지만 그래도 유용하고 오래 지속되는 현실들이었다. 귓가에 남아 있던 노래 가사를 종이에 적는데 성공했다면 어떤 일이 일어났을지는 모를 일이다. 죽음이나 광기와 관련되어 있을 가능성은 없어 보였지만, 그럼에도 그 몽롱한 꿈의 조각을 한데 모아 완성했을 때 무슨 일이 벌어질지 굳이 알아내고 싶은 생각은 없었다. 이후 꿈은 다시 돌아와 여전히 반복적으로 나타났으나 패러것은 그저 어깨를 으쓱하며 힘차게 무시해버렸다. 그 꿈은 그가 걸었던 길이나 앞으로 가야 할 목적지와는 아무 상관도 없다고 생각했기 때문이다.

"똑, 똑." 커콜드였다. 늦은 시간이었지만 타이니가 아직 감방 문을 닫지 않아 치킨 넘버 투와 매드 독 킬러는 카드놀이를 하고 있었다. 빌어먹을 텔레비전 소리도 새어 나왔다. 패러것의 독방을 찾아온 커콜드가 의자에 앉았다. 패러것은 커콜드를 싫어했다. 그의 둥글고 발그레한 얼굴과 숱 없는 머리는 수감 생활에도 전혀 영향을 받지 않은 듯했다. 알코올과 욕구 불만에서 기인했을 것으로 보이는 선명한 홍조와 우둘투둘한 피부는 처음 봤을 때의 강렬한 색감을 여전히 잃지 않고 있었다. "조디를 그리워하고 있나?" 커콜드가 물었다. 패러것은 대꾸하지 않았다. "조디와 그 짓을 했어?" 패러것은 여전히 말이 없었다. "이봐, 이미 했다는 걸 나도 다 알고 있어." 커콜드가 말했다. "하지만 그랬다고 해서 자네를 이상하게 보거나 하진 않아. 그놈은 매력 있는, 그것도 꽤 매력 있는 놈이었으니까. 내 얘기 좀 들어보겠나?"

"아래에 택시가 대기하고 있네, 날 공항으로 데려가줄 택시지." 패러것이 농담처럼 말했다. 그러곤 이내 진지하게 다시 말했다. "아니, 아냐, 아니야. 말해보게. 난 괜찮으니 말해보라고."

"나도 남자와 잔 적이 있어." 커콜드가 말했다. "아내를 떠나고 난 뒤였지. 그러니까 아내가 내 집 현관 바닥에서 젊은 놈과 뒹구는 광경을 목격한 후에 말일세. 모든 게 중국 식당에서 시작됐어. 그즈음의 난 중국 식당에서 혼자 밥을 먹는, 말하자면 외로운 부류의 사람이었지. 그거 알아? 난 미국 어디서든 그랬고 잠시 머물렀던 유럽의 몇몇 곳에서도 그랬어. 그때 식당 이름은 '청 푸 다이너스티'였네. '원홍루'라고도 했고. 티크목 살대에 종이 갓을 씌운 램프가 사방에 달려 있었지. 때로는 일 년 내내 크리스마스 조명을 켜놓기도 했어. 조화도 있었어, 아주 많이. 손님으로는 가족 단위로 온 사람들, 괴짜, 뚱뚱한 여자들, 부적응자로 보이는 놈들, 유태인들이 있었네. 가끔 연인들도 들어왔고 외로운 남자는 항상 있었지. 나 같은 사람 말이야. 나처럼 혼자 온 사람은 중국 식당에서도 항상 런던 브로일 아니면 보스턴식의 구운 콩을 시켜서 먹어. 우린 국제적인 사람들이니까. 하여간 난 캔자스시티 외곽 어느 거리에 있는 중국 식당에서 런던 브로일을 먹는 외로운 남자였네. 과거에 로컬 옵션*을 갖고 있던 지역이라면 어디든지 시 경계선 바깥에 술을 한잔 하거나 여자와 뒹굴거나 혹은 몇 시간 머물다 갈 수 있는 모텔이 있기 마련이지.

거긴, 그러니까 그 중국 식당엔 사람들이 반쯤 차 있었어. 그중 한 테이블에 젊은 놈 하나가 앉아 있었네. 대충 그랬어. 아주 잘생겨 보였지만 사실 젊어서 그리 보였겠지. 아마 십 년쯤 지나면 다 그렇고 그런 얼굴이 될걸? 하여간 그놈이 나를 보곤 씩 웃더라고. 난 솔직히 그 자식이 뭘 원하는지 몰랐어. 파인애플 조각들을 이쑤시개로 일일이 찍어 먹고 나서 포춘 쿠키를 먹고 있는데 그 자식이 내 자리로 다가와서는 오늘의 운세가 어떠냐고 묻는 거야. 그래서 안경이 없으면 글을 못 읽는데 마침 없다고 했더니 포춘 쿠키에서 나온 쪽지를 가져가서는, 정말인지 아니면 지어낸 건지, 몇 시간 안에 아주 멋진 모험을 하게 될 거라고 읽어주지 뭔가? 녀석의 운세는 어떻게 나왔는지 물어봤더니 글쎄 같은

* 지방 선택권으로, 주류 판매 등에 관해 주민이 투표로 결정하는 권리.

운세가 나왔다는 거야. 그놈은 계속 웃었어. 말은 그럴싸하게 했지만 척 봐도 가난해 보였지. 근사하게 말하는 법을 따로 배웠다는 걸 알 수 있었어. 식당을 나가려니 나를 따라나서더군. 어디에 묵고 있느냐고 하기에 식당 근처 모텔에 묵고 있다고 대답했지. 그랬더니 혹시 내 숙소에 술이 있느냐고 또 물어와서 있다고 대답하고는, 이번엔 내가 같이 한잔하겠느냐고 물어봐줬더니 그러겠다고 반기면서 아주 친한 친구처럼 내 어깨를 감싸안지 뭔가. 그렇게 우린 내 숙소로 향했어. 칵테일을 만들어도 되겠느냐고 해서 위스키와 얼음이 있는 곳을 알려줬지. 녀석이 괜찮은 술을 만들어 오더니 옆에 앉아서는 내 얼굴에 키스하기 시작하는 거야. 지금도 그렇지만 난 남자들끼리 왜 키스하는지 전혀 이해가 안 돼. 물론 고통스럽진 않았어. 내 말은 남자가 여자에게 키스하는 건 어떨 땐 플러스가 되기도 하고 마이너스가 되기도 하지만 남자가 남자에게 키스하는 건, 프랑스에서야 어떤지 몰라도, 두 남자한테 모두 쓸데없는 일 같다 이거지. 만약 누군가가 녀석과 내가 키스하던 장면을 사진으로 찍어 보여줬다면 아주 이상하고 부자연스럽게 보였을 거다 이 말이야. 그런데도 왜 내 물건은 그때 발딱 일어서기 시작했을까? 그래서 난 생각했지. 중서부 지역의 중국 식당에 혼자 앉아 구운 콩을 먹는 남자보다 더 이상하고 부자연스러운 게 어디 있겠느냐고. 녀석이 내 물건을 아주 부드럽게, 또 기분좋게 만지면서 계속 키스를 해대니까 내 물건이 커질 대로 커져서는 어느 순간에 주스를 뿜어대더군. 나도 녀석을 만져줬지만 그놈이 만족하기엔 충분하지 않았지.

잠시 후 녀석이 술을 몇 잔 더 하고는 왜 옷을 벗지 않느냐고 묻더라고. 그러는 너는 왜 안 벗느냐고 되물었더니 바지를 내려서 그걸 보여주는데 정말 멋진 물건이지 뭔가. 나도 옷을 벗었고 우린 그렇게 벌거벗은 채로 소파에서 술을 마셨네. 놈은 술을 아주 많이 마셨어. 이따금 내 물건을 자기 입안에 넣기도 했는데 내 물건이 다른 사람의 입속으로 들어간 건 내 평생 그때가 처음이었네. 혹시 그런 장면이 TV 뉴스나 신문에라도 나면 정말 망측하게 보이지 않을까 생각도 했지만 내 물건은 신문을 읽은 적이 분명 없었던 모양이야. 왜냐하면 점점 흥분하기 시작했거든. 다 끝나고 나서 녀석이 그만 자자고 하기에 침대로 가서 잠이 들었지. 그러다 전화벨이 울려 일어나니 벌써 다음날이었어.

아직 주변이 어두웠지. 난 혼자였고. 머리가 깨질 듯이 아프더군. 전화를 받았더니 "아침 일곱시 삼십분입니다"라고 녹음된 목소리가 들리는 모닝콜이었어. 혹시 정액이라도 묻어 있나 싶어 침대를 더듬거려봤는데 그렇진 않더라고. 그런데 옷장에서 지갑을 꺼내 뒤져봤더니 글쎄 돈이, 한 오십 달러 들어 있던 게 다 사라지고 없는 거야. 현금 외에는 신용카드 하나 없어지지 않았는데 말이야. 결국 그놈이 나를 꼬드겨 미키 핀*을 먹이곤 돈을 들고 사라진 거지. 오십 달러를 잃어버리긴 했지만 뭔가를 알게 된 수업료로 치자고 마음먹었어. 그런데 면도를 하고 있자니 전화벨이 울리더군. 그놈이었지. 아마 자넨 내가 엄청 화를 냈으리라고 생각하겠지, 응? 하지만 난 오히려 정말이지 다정하고 친절하게 전화를 받았네. 놈은 필름이 끊어질 정도로 독한 술을 먹여서 미안하다고 하더군. 그러면서 그렇다고 돈까지 줄 필요는 없었다는 거야. 자기가 그 정도까지 솜씨가 괜찮은 놈은 아니라나. 어쨌든 미안하다면

---

* 상대방 모르게 약물이나 많은 술을 넣은 음료.

서 그 대신 혼절할 만큼 멋진 시간을 공짜로 선사해주겠으니 언제가 좋겠느냐고 묻지 뭔가. 그 녀석이 나를 꼬드기고, 술에 취하게 만들고, 또 돈을 훔쳐갔다는 사실을 알면서도 난 놈을 몹시 원하고 있었네. 그래서 다섯시 삼십분쯤에는 모텔에 있을 테니 그때 오라고 말했지.

그날 들러야 할 거래처가 네 곳이었는데 세 건이나 성사됐어. 타 지역이라는 점을 감안하면 상당히 좋은 성과였지. 모텔에 돌아온 나는 기분이 좋아서 술을 몇 잔 마셨어. 그놈은 다섯시 삼십분에 왔고 이번엔 내가 술을 만들어줬지. 내가 만들어놓은 술을 보고 그놈이 웃었지만 난 미키 핀에 대해선 일절 언급하지 않았네. 놈은 옷을 벗어서 의자에 잘 개어놓곤 내 도움을 받아가며 내 옷을 벗기더니 온몸에 키스를 해대더군. 그러다 욕실 문에 있는 커다란 거울 앞에 서서는 자기 몸을 들여다보지 뭔가. 소위 자기애에 도취된 사람을 본 적은 그때가 처음이었네. 거울에 비친 자신의 벌거벗은 몸에서 눈을 떼지 못하는 사람 말이야. 놈은 더하면 더했지 덜하진 않았어. 거울에서 떨어질 줄을 모르더라고. 그때 내가 해야 할 일이 생각났어. 수표를 현금으로 바꿔놨던 터라 육십 달러 정도가 지갑에 있었거든. 그걸 숨겨야 했지. 말하자면 놈이 자기 자신과 사랑에 빠진 동안 난 돈 걱정을 했던 거야. 놈이 거울에 비친 자기 모습에 그야말로 완전히 정신을 빼앗긴 틈을 타서 난 마루에 벗어놨던 옷을 집어 옷장에 걸었네. 놈은 전혀 눈치채지 못했어. 자기 말고는 아무것도 보지 않았으니까. 내가 옷장에 신경쓰는 동안 그렇게 놈은 거울 앞에 서서 자기 물건을 갖고 장난을 쳤지. 난 지갑에 든 돈을 꺼내 구두코에 숨겼어. 그제야 놈이 거울과 작별하고 내가 앉아 있는 소파로 걸어오더군. 그리고 그때부터 본격적으로 애무해대기 시작하는데 이건 눈알이 튀어나올 지경으로 황홀한 거야. 한참을 그러다가 우린 다시 옷을 입고 중국 식당에 가려고 모텔을 나섰지. 구두코에 숨겨놓은 육십 달러 때문에 구두를 신을 때 불편했어. 식사비는 신용카드로 낼 작정이었네. 식당으로 가는 길에 녀석이 왜 발을 저느냐고 묻기에 그런 거 아니라고 말하며 대충 넘어갔지만 놈은 돈이 어디 있는지 아는 눈치였어. 식당에서는 카르트 블랑슈 카드를 사용할 수 있더군. 어쨌든 난 더이상 중국 식당의 외로운 손님이 아니었네. 젊은 동성애자와 짝이 된 늙은 동성애자였지. 사실 지금까지 살아오면서 그런 커플들을 경멸스럽게 쳐다보던 사람이 난데 말이야. 식사는 아주 만족스러웠어. 카르트 블랑슈로 계산을 하니까 녀석이 현금은 없느냐고 묻더군. 없다고 했지. 너한테 다 주지 않았느냐, 안 그러냐 하면서. 놈은 그냥 웃고 말더군. 모텔로 돌아갈 때는 똑바로 걸으려고 애썼어. 그러면서 육십 달러로 뭘 할까 고민했지. 그놈한테 그렇게 많이 줄 생각은 없었거든. 모텔 방에 들어가서는 구두를 어두운 한쪽 구석에 숨겨놨네. 침대에 눕자마자 녀석이 또 덤벼들었고 일을 마친 후엔 이런저런 얘기를 나눴어. 도대체 정체가 뭐냐고 물었더니 그제야 자기 얘기를 해주더라고.

이름이 뭐라더라? 주세페인가 조였는데 마이클로 개명했다고 하더군. 아버지는 이탈리아 사람이고 어머니는 백인이었대. 메인 주에 아버지 목장이 있어서 학교에 다니면서도 시간이 날 때마다 틈틈이 목장 일을 도왔는데 아홉 살 무렵인가, 목장을 책임지고 있던 직원이 입으로 그걸 빨아주더래. 녀석도 그게 좋아 매일같이 그 짓을 했는데 마침내 그 직원이 항문에 넣어도 되겠느냐고 물어왔다더군. 그때 나이가 열한 살인가 열두 살인가 그랬다지. 완전히 익숙해지기까지는 네다섯 번 정도 해야 했지만 제대로 즐길 수 있게 되니까 너무나 황홀했고 그래서 틈만 나면 그 짓을 했다는 거야. 하지만 공부와 목장 일을 병행해야 하고 만날 수 있는 사람이 그 직원 말고 아무도 없다는 건 힘든 일이었지. 그래서 매춘부 일을 시작한 거라고. 처음엔 가까운 마을부터 시작해 근처 도시 그리고 마침내 미국과 세계 전역을 상대로 말이지. 그놈 입으로 그렇게 말했어. 자긴 매춘부라고. 그러니 괜히 미안해하거나 자기가 어떻게 될지 신경쓸 것 없다고.

녀석이 말하는 내내 난 그놈 목소리에 귀를 기울였네. 동성애자에게 어울리는 소리를 내지 않을까 기대했는데 전혀 그렇지 않았어. 얻어들은 것과 달랐지. 아마 난 동성애자에 대해 심한 편견을 갖고 있었나봐. 그런 놈들은 머리가 모자라거나 약해빠졌을 거라고 늘 생각했으니까. 하지만 다른 사람과 별로 다르지 않았어. 난 점점 그놈 말을 진지하게 듣기 시작했지. 내가 볼 땐 아주 점잖고 사랑스럽고 심지어 순수해 보이기까지 했거든. 나와 같이 침대에 누워 있던 그날, 그놈은 내가 만났던 사람들 중 가장 순수해 보였어. 왜냐하면 전혀 의식하지 않았으니까. 무슨 말이냐면 기존 관념에 조금도 물들지 않았다는 거야. 마치 깨끗한 물에서 헤엄치는 수영 선수처럼 자연스러웠다고나 할까. 잠시 후 놈은 잠이 몰려오고 피곤하다고 말하더니 돈을 가져가서 미안하다며 언젠간 꼭 갚겠다고 하더군. 난 이미 다 갚은 셈이나 마찬가지라고 말해줬지. 그러자 놈이 이번엔 구두에 돈을 숨겨놓은 사실도 알고 있다면서 하지만 훔치지 않을 테니 걱정할 필요가 없다고 말했어. 그리고 곧 우린 잠들었네. 달콤하게 자고 일어나서는 난 모닝커피를 내려 대접했네. 우린 농담을 했고 면도를 했고 옷을 입었지. 물론 구두 속의 돈은 그대로였고. 내가 약속 시간에 늦었다고 했더니 자기도 늦었다는 거야. 어디 갈 데라도 있느냐고 하니까 273호실 손님이 자길 기다리고 있다나. 신경쓰이냐고 묻기에 아니라고 했지. 놈이 다섯시 삼십분에 만나도 괜찮겠느냐고 해서 그러자고 했어.

그렇게 놈은 자기 일을 보러 갔고 나도 일을 하러 갔네. 일은 그날 다섯 건이나 성사됐어. 난 그놈이 순수할 뿐 아니라 행운까지 가져다준다고 생각했지. 아주 즐거운 기분으로 모텔로 돌아와 샤워를 한 다음 술을 몇 잔 마셨어. 그런데 다섯시 삼십분이 되어도 놈이 나타날 기미가 없더니 여섯시 삼십분에도, 일곱시에도 마찬가지였어. 이번엔 구두에 돈을 숨기지 않는 고객을 만났나보다 하고 생각하며 난 아쉬워했지. 그런데 일곱시가 조금 넘어서 전화벨이 울리더라고. 마이클 같아서 슬라이딩을 하듯이 잽싸게 전화를 받았지. 그런데 뜻밖에도 경찰이었어. 마이클을 아는지 묻기에 물론 잘 안다고 대답했어. 사실이었으니까. 카운티 법원으로 출두해달라고 해서 무슨 일이냐고 물어보니까 오면 말해주겠다기에 가겠다고 했지. 로비에서 법원으로 가는 길을 물어보고 그쪽으로 차를 몰았네. 난 녀석이 부랑자 단속법 같은 것에 걸려 경찰에 붙잡혔고 그래서 보석금이 필요한 거라고 생각했어. 그렇다면 기꺼이 돈을 내줄 용의가 있었지. 얼른 보석으로 빼내고 싶어 안달이 났으니까. 나한테 전화했던 경찰을 찾아가니 아주 친절히 대해주더군. 그런데 슬픈 표정을 지으면서 마이클과 얼마나 잘 아는 사이냐고 묻더라고. 난 중국 식당에서 만났으며 술도 같이 마셨다고 했지. 경찰은 나한테 혐의가 있어서가 아니라 다만 놈의 신분을 확인해줄 수 있을 만큼 잘 아는지 궁금하다고 했어. 물론 그렇다고 대답은 했지만 뭔가 심상치 않은 중대한 일이 벌어졌다는 걸 본능적으로 직감했네. 실제로도 그랬고. 경찰이 지하실로 나를 데려갔는데 풍기는 냄새로 거기가 어떤 곳인지 금방 알 수 있었네. 지하실엔 사람이 들어갈 정도로 큰 서류 캐비닛 같은 게 있더군. 경찰이 그중 하나를 끌어당겼고 그 안에 바로 마이클이 누워 있었어. 당연히 죽은 채로 말이야. 경찰 말로는 등에 칼자국이 나 있었대. 스물두 군데나. 마약에 취해 있었다고도 하더군. 그것도 아주 잔뜩. 난 생각했지. 놈을 지독히도 싫어하는 사람이 있었구나. 분명 죽은 다음에도 계속 칼로 찌른 것 같았거든. 신원을 확인해준 뒤 경찰과 악수를 나눴는데 경찰이 혹시 나도 마약중독자나 동성애자가 아닐까 의심하는 눈길로 쳐다보더군. 하지만 결국엔 날 안심시켜주려고 활짝 웃더라고. 내가 거짓말을 할 가능성이 있긴 해도 그런 사람으로 생각하진 않는다는 뜻의 미소였어. 난 모텔로 돌아와 술을 열일곱 잔이나 마신 후 울면서 잠들었네."

이른바 '밸리'에 대해 커콜드가 패러것에게 정보를 준 것은 그날 밤이 아니라 며칠이 지나서였다. 밸리는 식당 왼쪽에 있는 터널에서 약간 떨어진 곳에 위치한 기다란 형태의 건물로, 한쪽 벽면에는 소변을 볼 수 있도록 주철로 만든 긴 홈통이 설치되어 있었다. 조명은 아주 희미했다. 홈통 위쪽에 붙여놓은 하얀 타일이 그 빛을 약하게 반사하고 있었다. 홈통 앞에 자리를 잡고 서면 보이는 것이라곤 왼쪽과 오른쪽에 있는 사람의 안색 정도일 뿐이었다. 밸리는 식사를 마친 죄수들이 성욕을 해소하러 찾는 장소였다. 분위기를 깨는 눈치 없는 녀석들을 제외하고 이 지하 감옥에 단순히 오줌만 갈기러 어슬렁거리는 사람은 거의 없었다. 밸리에도 기본적인 원칙은 존재했다. 다른 사람의 엉덩이와 어깨는 만질 수 있었지만, 다른 부위는 절대로 만지면 안 되었다. 홈통에 늘어설 수 있는 최대 인원은 스무 명이었다. 스무 명의 남자가 거기 서서 처졌거나 단단하거나 혹은 그 중간쯤이거나 하는 물건을 내키는 방향으로 내밀면서 자위를 시도했다. 만약 일을 다 끝냈는데도 또 하고 싶다면 줄의 맨 끝에 서야 했다. 이런 농담도 일상적으로 오갔다. 찰리, 몇번째야? 다섯번째, 이젠 발이 다 아파오네.

생존에 필요한 연결고리 중 가장 중요한 사슬이 성기임을 감안할 때 이 기초적인 도구의 형태나 색깔, 크기, 특징, 위치 그리고 반응이 몸의 다른 어떤 조직보다 훨씬 다양한 면모를 보인다는 것은 충분히 이해할 만하다. 형태도 제각각이어서 검거나 희거나 붉거나 노랗거나 엷은 자주색이거나 갈색이거나 사마귀처럼 생겼거나 주름져 있거나 반듯하거나 아니면 부드러워졌다. 또 퇴근 시간에 거리에서 볼 수 있는 다양한 사람들처럼 젊음과 고령, 승리와 재앙 그리고 웃음과 눈물을 보였다. 큰 소리를 내고 법석을 떨면서 일을 치르는 사람이 있는가 하면 삼십 분이 넘도록 애무만 하면서 오래 버티고 서 있는 사람도 있고 신음 소리를 내거나 한숨을 쉬는 이들도 있었다. 발사 준비가 완료되어 일제 사격이 시작될 때면 대개 몸을 부르르 떨거나 마구 흔들어대거나 숨을 헐떡이면서 눈물을 흘리거나 탄식하거나 만족한 듯 소리를 내거나 그르렁거렸다. 그러면서도 양옆에 있는 연인들의 모습을 애써 분명히 보려고 하진 않았는데, 그럴 만도 했다. 희미하게 뒤로 물러난 주변의 연인들은 보편적 존재가 되고 유령 같은 존재가 되어 피부에 상처가 있어도, 인상이 아무리 끔찍해도, 못생겼어도, 어리석어 보여도, 아름다워 보이지 않아도 신경쓸 필요가 전혀 없었기 때문이다. 패러것 역시 조디가 떠난 뒤 정기적으로 밸리에 들르곤 했다.

홈통을 향해 곡선을 그리며 정액을 뿜어내거나 성기를 빠르게 움직여대면서도 패러것은 슬픔 같은 건 느끼지 않았다. 자신의 에너지가 담긴 액체가 홈통을 때리는 순간 대개는 그저 약간의 환멸을 느꼈을 뿐이다. 밸리를 떠나 걸어가면서 패러것은 기차나 비행기, 배를 놓쳤을 때와 비슷한 느낌을 받았다. 뭔가를 놓친 듯한 기분이 들었다. 동시에 패러것은 밸리에서의 행위가 육체적인 위안에 큰 도움이 된다는 사실을 발견했다. 정액이 분출되면 뇌가 정화되는 기분이었다. 밸리에서 일을 마치고 떠날 때 수치심이나 자괴감은 전혀 들지 않았다. 그가 느꼈던 것은, 그가 알게 된 것은 성적 흥분을 일으키는 합당한 원인이 밸리에는 전혀 존재하지 않는다는 사실이었다. 뭔가를 놓쳤다는 기분이 들었던 이유도 바로 거기에 있었고 그 뭔가는 바로 결합된 정신과 육체의 신비로움이었다. 패러것은 이 사실을 잘 알고 있었다. 건강함과 아름다움에는 경계가 있었다. 건강함과 아름다움에도 구체적인 범위가 존재했고, 또 바닥이 존재했다. 심지어 거대한 바다에도 바닥은 있었다. 하지만 그는 그 경계에서 벗어나는 죄를 저질렀다. 비록 용서받지 못할 행위 혹은 타락이라고까지 말할 정도는 아니라 해도 위엄의 왕국으로부터 비난받을 것이 분명했다. 세상은 실로 위엄에 차 있었다. 심지어 교도소에서도 패러것은 세상이 그러하다는 것을 알았다. 그가 처한 수많은 곤경 중 단 하나만을 해결한 셈에 불과했던 것이다. 패러것은 어린 시절에 그의 정액이 바지와 손 그리고 셔츠 자락을 적셨을 때 경험했던 공황 상태를 기억했다. 이후 패러것은 '보이스카우트 핸드북'

을 통해 자신의 성기가 구두끈처럼 길고 가느다랗게 성장한다는 사실을, 또 갈라진 틈에서 발사되는 주스는 지력知力의 정수임을 알게 됐다. 그 비참한 축축함이 패러것에게 대학 입학시험에 떨어질 것이며 결국 중서부 지역의 어느 별 볼 일 없는 농업대학에 진학하게 될 것이라고 무언중에 속삭이던 예언은 거의 적중해버렸고……

무한한 아름다움을 지닌 마샤가 온갖 자극적인 냄새를 풍기며 교도소로 찾아왔다. 마샤는 키스하지 않았고 패러것 역시 손을 내밀어 마샤의 손을 잡으려 하지 않았다. "안녕, 지크*." 마샤가 말했다. "피터의 편지를 가져왔어."

"피터는 어떻게 지내?"

"잘 지내는 것 같아. 학교 가랴 캠프 가랴 아주 바빠서 요새 제대로 보지도 못했어. 상담 선생님 말로는 사교성도 있고 똑똑하대."

"나를 보러 올 수 있을까?"

"전문가들 말로는 지금은 때가 안 좋대. 내가 만났던 정신과 의사나 상담사들이 다 똑같이 말하더라고. 이 문제는 나도 정말 마음을 많이 쓰고 있어. 피터는 아직 어려, 교도소에 있는 아빠를 만나는 건 좋지 않은 경험이 될 거야. 당신은 정신과 의사 따위가 무슨 소용이냐고 생각할지 모르지만, 또 내가 다른 문제라면 당신 의견에 대체로 동의하는 편이지만, 그래도 우린 유명하고 경험 많은 전문가들의 말에 따를 수밖에 없어. 그게 전문가들 의견이야."

---

* 패러것의 이름 '에제키엘'의 약칭.

"편지 좀 볼 수 있을까?"

"볼 수 있지, 내가 찾기만 하면. 웬일인지 오늘은 뭐든 찾을 수가 없네. 폴터가이스트 따위 믿지 않지만 어떤 날은 뭐든 쉽게 찾을 수 있는가 하면 어떤 날은 전혀 그렇지 않다니까. 오늘은 최악이었어. 아침엔 커피포트 뚜껑이 안 보이더니 오렌지도 어디 갔는지 없더라고. 차 열쇠도 간신히 찾아서 청소 아줌마를 태우러 가는데 이번엔 그 아줌마가 어디 사는지 기억이 안 나지 뭐야. 입고 싶은 옷도, 귀고리도 안 보였어. 스타킹이 보이지 않아서 그럼 안경을 써야겠다고 생각했는데 글쎄 안경도 안 보이더라니까." 만약 겉봉에 연필로 그의 이름이 삐뚤빼뚤 쓰인 피터의 편지를 찾아내지 못했다면 패러것은 마샤를 죽였을지도 몰랐다. 마샤가 카운터로 편지를 내밀었다. "내가 쓰라고 한 건 아냐." 마샤가 말했다. "편지에 뭐라고 썼는지는 나도 몰라. 상담 선생님에게 보여줘야 하는 게 아닐까 생각했지만 당신이 싫어할 것 같아 그러진 않았지."

"고마워." 패러것은 편지를 셔츠 안쪽에 단단히 숨겼다.

"안 열어볼 거야?"

"나중에."

"운좋은 줄 알아. 내가 아는 한 피터가 태어나서 처음 쓴 편지일 테니까. 그래, 좀 어때? 좋아 보인다고까진 못하겠지만 그래도 괜찮아 보이네. 평소의 당신처럼 보여. 아직도 금발 여인 꿈을 꿔? 물론 그렇겠지. 대답 안 해도 알 수 있어. 하지만 여보, 그런 여자는 실제 존재하지도 않고 앞으로도 없을 거라는 걸 아직도 모르겠어? 오, 그런 식으로 머리를 받치고 있는 걸 보니 정말 그 꿈을 아직도 꾸긴 꾸는 모양이네.

생리도 안 하고 다리 제모도 안 하고, 당신 말이나 행동에 아무런 관심도 없는 그런 여자 꿈을 말이야. 혹시 여기서 남자친구라도 사귄 거야?"

"한 명 있었지." 패러것이 말했다. "걱정 마, 항문에 넣게 해준다거나 그런 건 안 했으니까. 내가 죽으면 묘비에 이렇게 새겨줘. 여기 항문으로는 한 번도 안 해본 에제키엘 패러것이 잠들다."

패러것의 말에 마샤는 갑자기 감동이라도 받은 표정이었다. 새삼 자신 안에 있던 패러것을 향한 존경심을 재발견한 것처럼. 마샤의 미소와 태도가 좀더 호의적이고 부드러워졌다. "머리가 하얗게 변했네." 마샤가 말했다. "그거 알아? 당신 여기 온 지 일 년도 안 됐는데 머리가 눈처럼 하얗게 변한 거. 아주 잘 어울려. 그럼 난 이만 가볼게. 당신 주려고 가져온 식료품은 소포실에 맡겨놓았어." 감방으로 돌아온 패러것은 전등과 텔레비전이 모두 꺼질 때까지 기다렸다가 뜰에서 흘러들어오는 불빛에 의지해 아들의 편지를 읽어 내려갔다. "아빠, 사랑해요."

추기경이 온다는 날이 가까워졌고 무기징역수들은 이런 난리 법석은 처음 본다고 말했다. 패러것은 죄수들에게 공지할 대열에 관한 공고문과 지침 그리고 명령 문서를 작성하느라 바빴다. 그런데 대열에 관한 공지 사항 중 몇 가지는 정말 터무니없었다. 예를 들면 이런 식이었다. '수감자들은 운동장으로 모이거나 감방으로 돌아갈 때 〈신이여 미국을 축복하소서〉를 부르며 행진해야 한다.' 상식 있는 자들은 지시를 무시했다. 누구도 그에 따르지 않았고 누구도 강제하려 하지 않았다. 하지만 꼬박 열흘간 매일같이 전체 수감자들은, 한때 처형장이었다가 야구장으로 그리고 이제는 연병장이 되어버린 운동장에 집합해야 했고, 심지어 비가 퍼붓는 날에도 차렷 자세로 서 있는 연습을 했다. 죄수들은 흥분에 들떠 있었고 그 속에는 나름대로 진지함도 숨어 있었다. 치킨 넘버 투가 춤을 추면서 "내일 추기경한테 줄 선물은 치즈 반 파운드뿐이래"라고 노래를 불러도 아무도, 정말 아무도 웃지 않았던 것이다. 치킨 넘버 투는 멍청한 녀석이었다. 추기경이 오기 전날에는 죄수들 모두가 샤워를 했다. 하지만 오전 열한시쯤 뜨거운 물이 바닥나는 바람에 F동 수감자들은 저녁식사를 끝낸 후에야 샤워를 할 수 있었다. 샤워를 마치고 독방으로 돌아온 패러것이 구두를 닦고 있는데 조디가 나타났다.

패러것은 야유와 휘파람 소리에 고개를 들었다가 자신의 독방을 향해 걸어오는 조디를 보았다. 그새 살이 좀 찐 듯했지만 얼굴은 좋아 보였다. 조디는 그만의 멋진 동작으로 운동선수처럼 경쾌하게 걸어왔다. 한껏 달아올랐을 때 조디의 골반은 마치 쩍 벌어진 호박처럼 보였는데, 사실 패러것은 그럴 때 조디가 보여주는 흐느적대는 모습보다 이런 활기찬 모습이 더 좋았다. 그렇게 흐느적대는 모습을 보면 구불구불한 덩굴이 연상됐기 때문이다. 덩굴이 가지를 치면 손봐야 한다. 그러지 않고 그냥 두었다간 제아무리 돌로 만든 탑이나 성, 교회라 해도 덩굴의 공격을 받아 붕괴되고 만다. 덩굴은 바실리카*도 무너뜨릴 수 있다. 독방에 다다른 조디가 패러것의 입에 키스했다. 치킨 넘버 투만이 휘파람을 불어댔다. "잘 있어, 내 사랑." 조디가 말했다. "잘 가." 패러것은 혼란스런 감정이 몰려왔고 금방이라도 눈물이 날 듯했다. 하지만 이즈음의

* 교황으로부터 특권을 받아 일반 성당보다 격이 높은 성당.

그는 고양이의 죽음에도, 끊어진 구두끈에도, 또 잘못 날아온 돌에도 눈물을 펑펑 쏟았을 것이다. 그는 조디와 결코 얌전하지 않게, 격정적인 키스를 나눴고, 조디는 키스가 끝나자마자 몸을 돌려 떠나버렸다. 이제까지 조디와 함께한 날들 중 그날의 작별 인사만큼 흥분되는 순간도 없었다. 조디가 떠난 뒤 패러것은 다른 무엇보다도 조디와의 우정이 자신에게 어떤 의미를 갖는지 파헤치느라 여념이 없었고, 그 바람에 그도 연루되어 있는 연인의 흥미진진한 탈옥 작전을 까마득히 잊어버리고 말았다.

여덟시가 되자 타이니는 딸을 치고 잠을 푹 자야 미인이 된다는 둥 늘상 하던 농담을 던지면서 일찌감치 독방 문을 닫았다. 모두들 추기경에게 깨끗하고 단정한 모습을 보여야 한다고 재차 당부했음은 물론이다. 아홉시가 되자 소등까지 마쳤다. 텔레비전에서만 유일하게 빛이 흘러나오고 있었다. 패러것은 침대에 누워 잠을 청했다. 얼마 후 물이 내려가는 시끄러운 변기 소리에 잠에서 깼고 이어 천둥소리가 들렸다. 처음에는 천둥소리가 반가웠고 그래서 잠시 흥분도 되었다. 불규칙하게 들려오는 폭발음은 마치 하늘이 실제로는 끝이 없는 게 아니라 둥근 천장과 아치처럼 단단한 돔 구조물이라고 설명해주는 듯했다. 바로 그때 우천시 수료식은 취소될 거라는 공고문 내용이 문득 뇌리를 스쳤다. 비를 예고하는 천둥소리에 패러것은 몹시 심란했다. 패러것은 벌거벗은 채 그대로 창가로 다가갔다. 그리고 시름에 잠겼다. 만약 비가 온다면 탈출도 없고 추기경도 없고 아무 일도 일어나지 않는다. 그렇다면 신이시여, 조디를 불쌍히 여기소서. 그의 근심을 헤아려주소서. 패러것은 외로웠다. 그의 사랑이, 그의 세계가, 그의 모든 것이 사라져버렸다.

패러것 역시 헬리콥터를 타고 오는 추기경이 궁금했다. 천둥이 친다 해도 날씨는 알 수 없는 법이지, 패러것은 희망적으로 생각했다. 천둥은 한랭전선을 몰고 올 수도, 온난전선을 몰고 올 수도 있다. 청명한 햇빛이 수시로 사람을 감동시키는 그런 하루를 몰고 올 수도 있다. 곧 비가 내리기 시작했다. 비는 교도소와 교도소가 속한 지역에 퍼붓듯 쏟아졌다. 하지만 겨우 십여 분에 불과했다. 자비롭게도 비와 폭풍이 북쪽으로 몰려가기 시작했고 이어 비가 내뿜는 특유의 지독하고 강렬한 냄새가 철망 쳐진 창가에 서 있던 패러것과 패러것 위의 하늘로 아주 재빨리, 또 순식간에 퍼져나갔다. 과거 패러것은 어디에 있든지 그의 길고 긴 코를 내밀어 비의 강한 향기를 음미하곤 했다. 고함을 지르고 팔을 내밀어 흔들면서, 때론 술이나 한잔 들이켜면서. 그의 몸안에는 여전히 그런 흔적이, 기억이 그리고 원시적인 흥분이 숨어 있었지만 창살이라는 현실이 잔인하게도 잠재워버렸다. 패러것은 침대로 돌아와 다시 조용히 잠에 빠져들었다. 감시탑에서 뚝뚝 떨어져 내리는 빗소리를 들으면서.

패러것이 신에게 청한 대로 되었다. 비할 데 없이 화창한 날씨가 펼쳐졌던 것이다. 만약 자유인이었다면 패러것은 햇살 위를 걸어갈 수 있다고 호언장담했을 것이다. 그날은 말하자면 축제일이었다. 중요한 럭비 경기를 위한 날이요, 서커스에 그만인 날이요, 독립기념일의 날이요, 보트 경주를 하기에 안성맞춤인 날이었다. 그런 날에는 늘 그렇듯 새벽부터 공기는 서늘하고 청량하고 감미로웠다. 죄수들은 해당 교구에서 하사품으로 보내온 베이컨 두 조각으로 아침식사를 해결했다. 식사를 마친 패러것은 메타돈을 받기 위해 터널로 내려가 줄을 섰는데 인간쓰레기로 취급받는 중독자들조차 한껏 들떠 있는 듯했다. 오전 여덟시가 되자 죄수들은 자신의 독방 문 앞에 정렬했다. 모두들 면도를 하고 흰색 셔츠를 입었으며, 머리에 화장용 크림을 바른 이도 있었다. 그 냄새가 얼마나 독한지 F동에 들어서자마자 알아차릴 수 있을 정도였다. 타이니는 죄수들을 일일이 검사했다. 그러고는 휴일이나 축제 때면 으레 그러듯이 잠시 시간을 죽이며 대기하는 시간을 주었다.

텔레비전에서는 만화영화가 방송되고 있었다. 다른 동에서는 호각 소리가 들려왔으며 군복무 경험이 있는 교도관들이 죄수들에게 똑바로 줄을 서라고 외치는 소리도 들려왔다. 고작해야 여덟시가 조금 넘었을 뿐이고 추기경은 정오에나 도착할 예정이었지만 수감자들은 이미 교수대가 있던 운동장을 향해 서서히 움직이고 있었다. 아직은 늦은 봄의 햇살이 겨우 교도소 담장만 가볍게 두드리고 있지만 정오가 되면 운동장을 화사하게 비춰줄 것이다. 치킨과 커콜드는 주사위 놀이를 했다. 메타돈을 복용한 덕분에 한껏 흡족해진 패러것도 느긋이 시간을 즐겼다. 그 시간은 갓 나온 빵이요, 호의를 품은 친구요, 수영할 수 있는 물이었으며, 바로 그러한 시간이 우아한 햇살과 함께 F동 구석구석을 떠돌아다녔다. 패러것은 책을 읽기로 하고 침대 가장자리에 앉았다. 그는 형제를 살해했다는 죄목으로 부당하게 갇힌 채 교도소 침대의 가장자리에 앉아 있는 마흔여덟 살의 남자였다. 동시에 그는 하얀 셔츠를 입고 침대 가장자리에 앉아 있는 평범한 한 남자이기도 했다. 타이니의 호각 소리에 죄수들은 다시 독방 앞에서 차렷 자세로 대기했다. 그러기를 네 차례, 열시 삼십분 무렵 마침내 죄수들은 두 사람씩 짝을 지어 터널 아래로 행진했고, 석회로 'F'자 표시가 되어 있는 파이 모양 공터에서 대열을 정비했다.

드디어 운동장에까지 햇빛이 비치기 시작했다. 오, 정말 멋진 날이었다. 패러것은 조디를 떠올리곤 걱정하기 시작했다. 만약 실패한다면 조디는 독방 혹은 지하에 갇히거나 아니면 탈옥을 시도한 죄로 감옥에서 칠 년을 더 살아야 할지도 모른다. 패러것이 알기로 조디의 탈옥 계획에 연루된 사람은 교도소 담당 신부와 친하다는 그 녀석과 자신뿐이었다. 갑자기 타이니가 죄수들을 불러 세우더니 일장 연설을 늘어놓았다. "여러분의 협조가 필요하다. 여기에 이천 명이나 되는 골칫덩어리들을 모아 두기란 보통 일이 아니야. 교도소의 경비병들은 모두 명사수로 교체됐다. 알다시피 경비병들은 수상한 낌새가 보이면 즉시 방아쇠를 당겨도 좋다는 명령을 받았지. 명사수들이 배치됐으니 행여 오발은 기대하지 않는 게 좋다. 흑표범단* 리더도 경례를 하지 않겠다고 했어. 추기경이 오면 모두 열중쉬어 자세를 취하도록 한다. 군대를 안 다녀와 그게 뭔지 모르는 놈이 있다면 아무 친구한테나 물어보도록. 간단히 알린다. 영성체를 하기로 돼 있는 사람은 모두 스물다섯 명이다. 추기경은 일정이 바빠서 여기엔 이십 분 정도만 머물 예정이다. 교도소장에 이어 올버니에서 온 위원회 위원장이 연설을 하게 된다. 그런 다음 그가 수료증을 수여하고, 미사가 거행되고, 또 추기경이 너희 같은 놈들에게도 축복을 내려주신 다음 자리를 뜨실 거다. 원하는 사람은 앉아 있어도 좋지만 차렷 구령이 떨어지면 머리를 똑바로 쳐들고 한 치의 어긋남도 없이 깔끔하고 질서정연하게 정렬하도록. 너희들을 자랑스럽게 여기

* 1960년대 미국의 급진적 흑인운동단체. 공권력에 저항하는 의미를 담은, 그들만의 독특한 경례 방식이 있었다.

도록 해주기 바란다. 오줌 누고 싶은 사람은 눠도 되지만 사람이 앉을 만한 곳에 갈기면 절대로 안 된다." 죄수들은 타이니에게 환호를 보냈고 거의 대부분 오줌을 누기 시작했다. 패러것은 참았던 오줌을 누는 것이야말로 인간의 보편적인 욕구가 아닐까 생각했다. 그 시간만큼은 서로를 완벽히 이해했으니까. 일을 본 죄수들이 자리로 돌아와 앉았다.

누군가 연설 장비를 테스트하고 있었다. "테스트, 하나, 둘, 셋. 테스트, 하나, 둘, 셋." 큰 소리가 지직거렸다. 시간이 흘렀다. 신의 대리인은 약속 시간에 어김이 없었다. 열한시 사십오분경, 죄수들은 구령을 받고 차렷 자세를 취했다. 대열은 일사불란하게 움직였다. 이어 멀리서 헬리콥터 소리가 들려왔다. 언덕 위를 나는 소리. 낮은 고도에서는 소리가 커졌고 깊은 계곡 위에서는 아주 희미해졌다. 부드럽고 큰 소리, 다시 언덕과 계곡에서의 소리. 헬리콥터의 소음은 교도소 밖의 지형이 그려내는 굴곡을 선명히 떠올리게 했다. 마침내 헬리콥터가 시야에 들어왔을 때 정작 그 형체는 공중에 뜬 세탁기처럼 보잘것없었지만 그렇다고 문제될 건 없었다. 목적지에 부드럽게 착지한 헬리콥터의 문이 열리자 세 명의 복사와 흑인 성직자 한 명 그리고 위대한 존엄과 훌륭함으로 신의 은총을 받으며 더불어 그런 고귀한 품성들로 교구의 부름을 받은 추기경이 마침내 모습을 드러냈다. 추기경이 손을 흔들자 손가락의 반지가 영적인 힘과 정치적인 권위를 빛내며 번쩍거렸다. "저것보다 더 좋은 반지를 창녀한테서 본 적이 있지." 치킨 넘버 투가 속삭이듯 말했다. "저런 반지라면 삼십 달러라도 주고 살 장물아비는 아마 없을걸. 내가 마지막으로 보석상을 털었을 때 장물을 거래했던……" 하지만 주

위의 시선이 그의 입을 다물게 했다. 모두가 고개를 돌려 그를 노려봤던 것이다.

추기경이 입고 있는 예복의 진홍색은 생동감 넘치고 순수해 보였다. 추기경의 태도나 거동 또한 고귀하게만 보여서 어떤 반란이라도 쉽게 제압할 수 있을 것 같았다. 헬리콥터 밖으로 걸어나오며 예복을 걷어 올리는 추기경의 동작이 택시에서 내리는 여자의 모습과 같을 수는 없었다. 오직 그를 위해 출동한 헬리콥터에서 내리는 추기경의 모습 바로 그것이었다. 추기경은 자신이 할 수 있는 최대한으로 높이 그리고 넓게 성호를 그었고, 이어 위대한 예배 주문을 땅 위에 드리웠다. 성부와 성자와 성령의 이름으로. 패러것은 아들과 아내의 행복, 사랑하는 연인의 안위, 죽은 형의 영혼 그리고 자신의 지혜를 위해 기도하고 싶었지만 이런 여러 희망 중 그의 입에서 튀어나온 한마디는 아멘이었다. 수천 명이 아멘을 외쳤고 그토록 많은 목을 타고 흘러나온 그 단어는 한마디의 진중한 속삭임처럼 교수대가 있었던 운동장 위로 솟구쳐올랐다.

마이크 성능이 지나치게 좋았던 탓인지 이후 연단에서 벌어진 작은 소란조차 운동장에 서 있던 모든 사람들에게 고스란히 전해졌다. "먼저 하시죠." 위원회 위원장의 말에 교도소장이 대꾸했다. "아뇨, 먼저 하세요. 식순을 보면 위원장님이 먼저입니다." "글쎄 먼저 하시라니까요." 위원장이 다소 짜증 섞인 목소리로 말하자 그제야 교도소장이 마지못해 앞으로 걸어 나와 무릎을 꿇고 추기경의 반지에 입을 맞춘 다음 일어나 말했다. "힘드신데도 불구하고 팔코너 교도소를 방문해주신 추기경 예하의 자비로움에 교도소 부소장, 교도관들 그리고 모든 수감자들을 대표해 무한한 감사 인사를 올립니다. 어린 시절의 일이 생각나는군요. 긴 여행에서 돌아오던 날, 차에서 잠든 저를 아버지께서는 손수 두 팔로 안아 집안으로 데려가셨죠. 그렇게 안기기에는 꽤 무거웠는데, 그것이 아버지의 자애로움이었습니다. 오늘 제가 느끼는 바도 바로 그러합니다."

박수 소리가 우렁차게 터져나왔다. 언뜻 들으면 바위를 때리는 물소리와 흡사했지만 불명료한 물소리와는 달리 감사와 예의를 표하려는 의도가 명백히 드러나는 소리였다. 패러것은 극장이나 홀 혹은 교회 안에서 박수 소리를 들을 때보다 밖에서 들었을 때 그 울림을 더 생생하게 느꼈다. 어느 여름날 공원 주차장에서 누군가를 기다리거나 아니면 공연 휴지기를 기다리는 방관자의 입장에 있을 때 패러것은 박수 소리를 가장 분명히 들을 수 있었다. 그는 사람들이 내는 커다란 박수 소리를 들으면서 그렇게 호전적이고 또 각양각색인 인간들이 이러한 열정과 승인의 신호를 보내는 데 어떻게 동의할 수 있는지 항상 놀라움과 깊은 감동을 느끼곤 했다. 인사를 끝낸 교도소장이 위원장에게 마이크를 넘겼다. 위원장은 잿빛 머리에 잿빛 양복, 잿빛 넥타이였다. 그 모습에 패러것은 저멀리, 아주 먼 곳에 있는 사무용 서류 캐비닛의 그 잿빛과 각진 모서리를 떠올렸다. "친애하는 추기경 예하," 위원장이 종이에 적힌 글을 읽어나가기 시작했다. 그의 태도로 보아 분명 이런 연설은 처음인 듯했다. "그리고 신사 숙녀 여러분." 원고 작성자의 실수에 위원장은 고개를 들고 짙은 눈썹을 찌푸렸다. "그리고 신사 여러분!" 위원장이 외치듯 말했다. "저와 주지사의 감사 인사를 추기경님께 올리는 바입니다. 추기경께서는 교구 역사상 처음으로, 아니 어쩌면 인류 역사상 처음으로 헬리콥터를 타고 이곳 교도소에 왕림해주셨습니다. 주지사께서는 직접 감사를 표하지 못해 진심으로 애석하게 여긴다는 전갈을 보내왔습니다. 여러분도 잘 아시는 바와 같이 북서부 지역에서 발생한 홍수 사태로 주지사께서는 재해 지역을 둘러보느라 부득이 불참하게 됐습니다. 요즘 들어 우리는—그는 이 부분에서 특히 목소리를 높였다—교도소 개혁에 관한 말들을 부쩍 자주 듣고 있습니다. 교도소 개혁을 다룬 책들이 베스트셀러가 되는가 하면 이른바 형벌학 전문가라는 사람들이 전국 방방곡곡을 다니면서 교도소 개혁에 대해 열변을 토하곤 합니다. 하지만 교도소 개혁의 시발점은 어디입니까? 서점입니까? 연설장입니까? 아닙니다. 진중히 시도되는 다른 개혁들과 마찬가지로 교도소 개혁 역시 그 본래의 곳에서 시작되어야 합니다. 그 본래의 곳이란 어디입니까? 바로 교도소입니다! 피더서리 대학, 관구, 교정국 그리고 무엇보다 수감자 여러분의 노력에 의해 가능했던 대담한 개혁을 축하하고자 오늘 우린 여기 이 자리에 모였습니다. 정말이지 오직 기적에만 비교할 수 있는 훌륭한 일을 우리 모두가 힘을 모아 성취해낸 것입니다. 영예롭게도, 보잘것없어 보이는 여기 여덟 명은 산업계의 내로라하는 유명한 사람들도 해내지 못했던 최고난도의 시험을 통과했습니다. 또한 저는 이 자리의 모든 분들이, 여기 들어온 대가로 본의 아니게 소중한 투표권도 희생하셨다는 점을 잘 알고 있습니다—주지사께서는 그러한 희생이 일어나지 않도록 대책을 강구중이신데요—혹여라도 이후에 그분의 이름을 후보자 명부에서 발견하신다면 여러분께서 분명 오늘을 기억해주셨으면 합니다." 위원장은 소맷자락을 걷어올려 시간을 확인한 다음 계속 이어나갔다. "지금부터 누구나 갈망해 마지않는 수료증을 수여하겠습니다. 수료증 수여가 모두 끝나기 전까지는 박수를 자제해주시길 부탁드립니다. 프랭크 매설로, 허먼 미니, 마이크 토머스, 헨리 필립스……" 마지막 수료증까지 수여하고 난 위원장은 진심으로 감화라도 받은 듯 목소리를 낮추어 속세의 말투에서 신앙심 가득한 말투로 순식간에 말투가 달라지면서 이렇게 말했다. "이제 추기경 예하께서 미사를 집전해주시겠습니다." 바로 그 순간 벤치 뒤에 있는 보일러실에서 조디가 튀어나와 추기경 등뒤에서 조용히 무릎을 꿇고 있다가 잠시 후 제단 오른쪽에 자리를 잡았다. 누가 봐도 화장실에 다녀오느라 뒤처져 허둥지둥하는 복사의 모습이었다.

"우리의 도움은 주님 안에 있으니." 패러것은 사랑의 열정만큼이나 기도의 열정에 마음을 사로잡혔다. "전능하신 천주께서는 너희를 불쌍히 여기사 너희의 죄를 사하여주노라. 전능하신 천주는 너희를 불쌍히 여기사 너희 죄를 사하시고 너희를 상생에 나아가게 하실지어다. 전능하시고 자비하신 천주는 우리의 죄를 용서하시고 사하소서. 천주여 우리를 돌보소서. 천주의 인자하심을 우리에게 보이소서. 아멘." 강복과 마지막의 아멘 부분에서 사람들의 목소리는 더욱 높아졌다. 추기경은 마지막으로 성호를 크게 한 번 그은 뒤 헬리콥터로 되돌아갔고 이어 수행원들이 그뒤를 따랐다. 물론 그중에는 조디도 끼어 있었다.

프로펠러가 먼지 구름을 일으키며 돌아가기 시작했고 엔진 소리도 점점 커졌다. 누군가 대성당의 종소리가 녹음된 레코드플레이어를 틀어 마이크에 대고 볼륨을 높이자 장엄하고 커다란 종소리가 울려퍼졌다. 오, 영광, 영광, 영광! 종소리에 고무된 열광의 함성이 전축 바늘 튀는 소리와 레코드의 잡음을 완전히 압도해버렸다. 오직 헬리콥터 소리와 종소리만이 하늘과 땅을 가득 채울 뿐이었다. 사람들은 환호하고, 환호하고, 또 환호했다. 심지어 우는 사람까지 있었다. 이윽고 종소리는 멈췄지만 교도소를 둘러싼 지형의 굴곡을 고스란히 드러내는 헬리콥터 소리는 여전히 귀를 울렸고—아름답게 빛나고 있을 그 땅들은 잃어버린 사랑스러운 세계일 뿐이었다.

추기경의 헬리콥터는 커다란 자동차 두 대가 대기하고 있던 라과디아 공항에 착륙했다. 조디는 영화에서나 봤을 뿐 어디서도 본 적이 없는 그런 차였다. 추기경과 다른 고위 성직자가 한 대에, 복사들이 나머지 한 대에 올랐다. 조디는 몹시 흥분되지 않을 수 없었다. 몸도 떨려왔다. 그는 두 가지에만 집중하려 애썼다. 난 술을 마실 수 있어. 난 여자와 잘 수 있어. 그 두 가지만 생각하는 데 어느 정도 성공하긴 했지만 그럼에도 손바닥이 축축해졌고 갈비뼈 부근에도 땀이 흘렀으며 이마에 맺힌 땀방울은 눈으로 흘러내렸다. 조디는 떨리는 손을 감추려고 양손을 꽉 맞쥐었다. 자동차가 목적지에 도착하면 자유인처럼 걷지 못할 것 같다는 두려움이 엄습했다. 그는 자유롭게 걷는 법을 잊어버렸던 것이다. 도로의 포석 하나가 날아와 미간을 강타하는 장면만 머릿속에 떠올랐다. 하지만 조디는 곧 자신은 기적의 일부분을 수행하고 있다고, 자신의 탈옥과 신의 뜻은 일치한다고 스스로를 안심시켰다. 무슨 일이 일어나도 잘 대처해야 해. "지금 우린 어디로 가는 거죠?" 조디가 일행 중 한 명에게 물었다. "대성당이겠죠." 누군가 대답했다. "거기에 옷을 벗어놓고 왔으니까요. 어디서 오셨죠?" "성 안셀모 성당에서요." "그게 아니라 교도소엔 뭘 타고 갔느냐고요." "아, 일찍 출발했어요." 조디가 말했다. "기차를 타고 갔어요."

차창 밖으로 보이는 도시는 아름답다기보다 어쩐지 황량하고 낯설어 보였다. 조디는 자신이 자연스럽게 걸을 수 있기까지 시간이 얼마나 걸릴지 잠시 생각에 잠겼다—그는 시간을 측량 기사들이 도구로 측정하는 그 무엇, 즉 거리의 단위로 이해하고 있었던 것이다. 이윽고 차가 멈추었고 조디는 차문을 열었다. 추기경이 대성당 계단을 올라가는 사이 추기경을 본 행인 둘이 무릎을 꿇어 인사를 올렸다. 조디는 차 밖으로 나왔다. 다리에 힘이 전혀 없었다. 자유라는 바람이 그를 거세게 치고 지나갔다. 조디는 무릎을 꿇으며 주저앉았다. 손으로 땅을 짚지 않았다면 그대로 고꾸라졌을 것이다. "이봐, 취한 거야?" 옆에 있던 복사가 물었다. "강화 포도주*여서 그래요." 조디가 대답했다. "그 와인이 강화 포도주더군요." 이내 기운을 되찾은 조디는 자리에서 일어나 사람들을 따라 성당으로 들어갔다. 그리고 다른 사람들처럼 아주 자연스럽게 제의실로 향했다. 예복을 벗은 조디는 남들이 타이를 매고 재킷을 입는 동안 되도록 점잖은 자세로 하얀 셔츠와 작업복 그리고 농구화를 착용하려 애썼다. 조디는 어깨를 한껏 펴고 당당히 이 동작을 해냈다. 하지만 전신 거울에 비치는 자신의 모습을 바라보니 그는 영락없는 탈옥수였다. 헤어스타일, 창백한 얼굴, 불안하게 흔들리는 발걸음—아무리 술에 취한 사람이라도 그런 그를 보면 감옥에서 나온 이상한 사람이 아닐까 하고 생각할 것이었다. 이때 한 성직자가 그에게 다가와 말했다. "추기경 예하께서 이를 말씀이 있다고 하시네. 나를 따라오

---

* 알코올이 많이 가미된 포도주.

도록.”

문이 열리자 조디는 추기경의 응접실처럼 보이는 방으로 들어섰다. 그사이 검은색 양복으로 갈아입은 추기경이 그곳에 서 있었다. 추기경이 오른손을 내밀었고 조디는 무릎을 꿇고 반지에 입을 맞췄다. “어디서 왔는가?” “성 안셀모 성당에서 왔습니다, 추기경 예하.” “이 교구에 성 안셀모 성당은 없다네.” 추기경이 말했다. “자네가 어디서 왔는지 난 이미 알고 있지. 왜 굳이 물어봤는지 나도 모르겠군. 자네 계획에서 시간은 아주 중요할 거야. 그래도 십오 분 정도는 시간을 낼 수 있으리라 생각하네. 아주 흥미진진하지 않은가? 자, 여기서 나가세.” 두 사람은 곧 성당을 빠져나와 거리로 나섰다. 인도에서 한 여자가 무릎을 꿇자 추기경은 입을 맞출 수 있도록 반지를 내밀었다. 조디가 텔레비전에서 본 적이 있는 여배우였다. 한 블록을 다 지나기도 전에 또다른 여자가 나타나 무릎을 꿇었고 역시 추기경의 반지에 입을 맞췄다. 길을 건너자 세번째 여자가 나타나더니 무릎을 꿇고 또 반지에 입을 맞췄다. 추기경은 지친듯 성호를 그은 다음 조디를 데리고 어느 옷가게로 들어갔다. 가게에 있던 사람들이 즉각 두 사람을 주목했다. 책임자로 보이는 사람이 나타나 혹시 별실이 필요한지 추기경에게 물었다. “글쎄,” 추기경이 말했다. “알아서 하게. 이 젊은이와 난 십오 분 내에 중요한 모임에 참석해야 하네. 그런데 이 친구가 아직 적당한 옷이 없어서 말이야.” “네, 제가 알아서 해드리겠습니다.” 책임자가 대꾸했다. 한 사람이 다가와 조디의 치수를 쟀다. “자네 꼭 재단사용 마네킹 같은 체격을 가졌군그래.” 치수를 재던 남자가 말했다. 조디는 잠깐 우쭐했지만 기적은 허영심과 어울리지 않음을 잘 알고 있었다. 이십 분 후, 조디는 매디슨가를 걸어올라갔다. 그는 무도회에 처음 참석하는 사람처럼 날아갈듯 가볍게 걷고 있었다—어떤 상황에서는 그런 하찮은 발걸음마저 기적 같을 때가 있는 법이다.

8월의 어느 무더운 날이었다. 로마와 파리에는 관광객들밖에 보이지 않는다는, 심지어 교황마저 카스텔 간돌포*로 가서 쉰다는 8월이었다. 패러것은 메타돈을 배급받은 후 교육동과 A동 사이에 길게 자라 있는 잔디를 깎기 위해 밖으로 나섰다. 창고에서 잔디 깎기 기계와 가스탱크를 꺼냈고 매드 독 킬러와 농담도 주고받았다. 패러것은 로프를 당겨 모터를 작동시키려다가 모터 달린 요트를 타고 산속의 호수를 달렸던 오래전 추억을 떠올렸다. 처음으로 수상스키를 배우던 여름이었는데 당시 그는 배 밖에 엔진이 달린 모터보트가 아니라 '가우드'라고 불리던 경주용 요트의 후미에 매달려 배웠다. 높은 우현 쪽 파도 위로 철썩

* 이탈리아 라치오 주에 소재한 도시로 로마 교황의 별장이 있다.

하며 크리스티아니아*를 구사하고 수면 위에 길게 주름진 파도를 올라탔다가 장대비같이 드리운 물살 장막 속으로 들어갔다. "내겐 추억이 있어." 잔디 깎는 기계를 쳐다보며 패러것이 중얼거렸다. "누구도 내게서 그 추억을 빼앗지 못해." 수상스키를 즐기던 어느 날 밤, 패러것은 토니라는 이름의 남자 그리고 여자 두 명과 함께 스카치 위스키를 마셔가며 호수의 보트 정박지까지 8마일가량을 전력으로—그렇게 요란한 소리는 아마 누구도 들어보지 못했을 것이다—질주하고 있었다. 그리고 바로 그 순간 좁은 수로 방향 다음 경유 지점까지 거리는……이라고 적힌 경고문과 함께 그 아래에 걸려 있는 커다란 시계 문자판이 패러것의 눈에 띄었다. 패러것 일행은 그 문자판을 훔치기로 마음먹었다. 일행 중 누군가가 침실에 이미 양보라든가 사슴 주의같은 경고문 팻말을 갖다놓았는데 그것들과 함께 배치한다면 아주 그만일 것이라고 했다. 토니가 요트를 조종하고 패러것이 문자판을 훔치기로 의견을 모았다. 배 가장자리로 이동한 패러것이 문자판을 당겨봤지만 문자판은 아주 단단히 고정되어 있었다. 곧 토니가 공구함에서 렌치를 꺼내 건네주었고 패러것은 문자판이 고정되어 있는 부분을 렌치로 세게 내리쳤다. 하지만 그 소리에 늙은 관리인이 잠에서 깼고, 패러것이 떼어낸 문자판을 가우드에 싣는 사이 절뚝거리며 쫓아오기 시작했다. "거기 서!" 노인이 노쇠한 목소리로 외쳤다. "서, 서, 서라고! 뭣 때문에 이러는 거지? 왜 모든 걸 망치려 드는 거야! 나 같은 늙은이를 왜 이렇게 힘들게 해? 그걸 가져가봤자 무슨 소용이야, 무슨 소용이냐고, 누구한테 도움이 된

* 급하게 정지하거나 방향을 바꾸는 기술.

다고 그래? 이건 사람들을 실망시키고 화나게 하는 짓이야, 손해를 입히는 짓이라고! 그러니 제발 서! 어서! 제발 가져와, 돌려주기만 하면 없던 일로 해줄게! 거기 서! 멈추라고……" 패러것 일행이 줄행랑을 치면서, 요트의 엔진 소리가 노인의 목소리를 완전히 집어삼키고 말았지만, 그날 밤 내내, 아니 어쩌면 평생 동안 위스키나 여자보다 더 선명하게 패러것의 머릿속에 어른거리게 된 목소리였다. 그는 이제까지 상담을 받아온 세 명의 정신과 의사들에게 이 경험을 털어놓기도 했다. "개스포든 박사님, 멈춰 서라는 노인의 외침을 들었을 때 난 태어나서 처음으로 아버지를 이해했습니다. 노인의 외침에서 나는 아버지의 목소리를 들었죠. 내가 아버지의 연미복을 입고 무도회에 갔을 때 아버지 심정이 어땠을지 알 것 같았어요. 한여름 밤에 들었던 낯선 노인의 목소리 덕에 태어나서 처음으로 아버지를 분명히 알게 됐던 거죠." 그는 이 모든 것을 잔디 깎기 기계에 대고 말했다.

지긋지긋한 날이었다. 공기 또한 무겁고 짙기만 해서 시계視界는 이백 미터 정도가 고작일 듯했다. 혹시 이런 날씨가 탈옥에는 도움이 될까? 그렇진 않을 것 같았다. 탈출이라는 단어만 생각해도 패러것은 조디가, 아직까지도 유쾌하게 남아 있는 조디와의 기억이 떠올랐다. 어쨌든 조디와 열정적인 작별 키스를 나누지 않았던가. 교도소 당국과 가톨릭 관구에서는 조디의 일을 긴밀히 처리했음이 분명했다. 그렇지 않았다면 조디는 틀림없이 교도소 내에서 신화적 인물이 되어 있었을 테니까. 패러것에게 조디의 소식을 전해준 것은 교도소 신부와 잘 안다던 디마테오라는 친구였다. 어느 어두운 밤 패러것이 밸리에서 용무를 마치고 돌아오던 길에 두 사람은 터널에서 마주쳤다. 조디가 탈출하고 이제 막 육 주 정도 지났을 때였다. 디마테오는 우편으로 받은 신문에 실린 조디의 사진을 보여주었다. 조디의 결혼식 사진이었다—그 어느 때보다 매력적이고 득의양양한 모습의 조디가 거기 있었다. 그의 매력적인 쾌활함은 소도시에서 발행되는 그 신문 전체에서 단연코 빛나 보였다. 신부는 매우 예쁜 얼굴에 얌전해 보이는 동양인이었고 사진 아래에는 다음과 같이 적혀 있었다. '비아덕트 와이어 팩토리의 사장 링 초 라이의 딸 샐리 추 라이 양이 키스 모건과 결혼했다. 키스 모건은 비아덕트 와이어 팩토리의 직원으로 근무중이다.' 설명은 그뿐이었고 패러것으로도 더 알고 싶은 건 없었다. 패러것은 사진을 보고 웃음을 터뜨렸지만 디마테오는 화난 표정으로 이렇게 말했다. "나를 기다리겠다고 약속했어요. 내가 자기 생명을 구해준 것이나 마찬가지니 날 기다리겠다고요. 그는 나를 사랑했어요—오, 하느님, 그가 날 얼마나 사랑했는지 알아요? 나한테 이 황금 십자가도 줬다고요." 디마테오는 가슴털 사이에서 십자가를 끄집어내 패러것에게 보여주었다. 패러것이 너무 잘 알고 있는 십자가였다—어쩌면 패러것의 이빨 자국이 남아 있을지도 몰랐다. 사랑했던 연인에 대한 추억이 불현듯 되살아났지만 슬프다는 생각은 전혀 들지 않았다. "아마 돈을 보고 결혼했을 거예요." 디마테오가 말했다. "그 여자 분명 부자일 거예요. 날 기다리겠다고 틀림없이 약속했는데."

잔디를 깎을 때 패러것에게는 나름대로 요령이 있었다. 잔디밭 가장자리를 따라 깎아나가던 패러것은 어느 정도 분량을 해치우자 이번에는 방향을 반대로 바꿔 깎기 시작했다. 그렇게 하면 잔디가 쓰러질 때 한데 뭉치지 않을뿐더러 금세 마르거나 변색되지도 않았다. 비록 죽은 잔디는 무력해 보이기 그지없었지만 깎인 잔디가 남은 잔디의 거름이 된다는 이야기를 패러것은 어디선가 들었든가 읽었든가 했다. 패러것은 주로 맨발로 걸어다녔다. 땅바닥을 딛기에는 교도소에서 지급받은 부츠보다 맨발이 훨씬 편했기 때문이다. 그럴 때면 부츠는 양쪽 끈을 이어 묶어 목에 걸었는데 그러면 누가 훔쳐간다거나 손목시계에 줄이 낀다거나 할 염려가 없었다. 그는 회개의 기하학과도 같은 잔디 깎기가 즐거웠다. 잔디를 깎기 위해서는 땅의 굴곡을 따라가야 한다. 마치 땅의 표면을 느끼며 스키를 타듯 땅의 굴곡을 알아가는 것은 이웃과 국가, 주, 대륙, 나아가 지구의 굴곡을 연구하고 읽어가는 것과 같았고, 지구의 굴곡을 연구하고 읽어가는 것은 그의 아버지가 외대박이 보트를 타거나 연을 날리며 그랬던 것처럼 바람의 본성을 연구하고 읽는 것과 다르지 않았다. 이처럼 패러것은 잔디를 깎을 때마다 왠지 모를 일체감을 느끼며 만족감에 젖었다.

잔디 깎기를 마친 패러것이 장비를 창고에 집어넣을 때였다. "'더 월'에서 폭동이 일어났대." 킬러였다. 그는 모터 위로 몸을 숙인 채 어깨 너머로 패러것에게 말을 건넸다. "라디오에서 들었어. 인질을 스물여덟 명이나 잡고 있다던데? 하긴 해마다 이맘때쯤이면 그런 일이 곧잘 일어나곤 하지. 매트리스가 불타고 잘못하면 머리도 깨진다고. 그럴 만한 때가 되긴 했어."

패러것은 뛰어서 독방동으로 돌아왔다. 하루 중 그 무렵이면 감돌기 마련인 기분좋은 정적이 독방동을 감싸고 있었다. 타이니는 텔레비전 앞에서 게임 쇼를 보고 있었다. 패러것은 옷을 벗고 찬물과 헝겊으로 땀을 씻어냈다. "자, 이제," 텔레비전 아나운서가 말했다. "또다른 부상을 보겠습니다. 순은 도금 8피스짜리 토머스 제퍼슨 커피잔 세트입니다." 땀을 씻은 패러것이 다시 바지를 입을 때쯤 화면이 바뀌면서 뚱뚱한 체구의 노란 머리 아나운서가 나타나 근엄한 표정으로 말했다. "일명 '더 월'로 알려져 있는 아마나 교도소에서 폭동이 일어나 현재 스물여덟 명에서 서른 명에 이르는 교도관들이 인질로 잡혀 있습니다. 폭동을 일으킨 수감자들은 자신들의 요구가 관철되지 않을 경우 인질을 죽이겠다고 협박하고 있습니다. 교도소장 존 쿠퍼는—아, 죄송합니다—재활기관 책임자인 존 쿠퍼는 중립지대에서 폭동자들을 만나는 데 동의했으며 현재 교정국 국장 프레드 에미슨이 도착하기를 기다리는 중이라고 밝혔습니다. 더 자세한 소식을 전해드릴 때까지 채널 고정해주시기 바랍니다." 뉴스 특보 후 다시 더 많은 경품 소개가 이어졌다.

패러것은 타이니를 살폈다. 타이니는 얼굴이 하얗게 질려 있었다. 이어서 독방동 상황을 보니 이미 테니스와 범포 그리고 스톤이 들어와 있었다. 스톤은 보청기가 꺼져 있었으므로 폭동 소식을 알고 있는 사람은 세 명인 셈이었다. 이어 랜섬과 치킨 넘버 투가 들어왔고 둘 다 패러것에게 흘깃 시선을 보냈다. 그들도 소식을 알고 있었던 것이다. 패러것은 앞으로 일어날 일에 대해 곰곰이 생각했다. 아마 어떤 종류의 회합이든 금지될 것이었다. 더불어 이런 상황이라면 당국 역시 자칫 반발을 불러일으킬 수 있는 자극적인 징계는 삼갈 거라고 패러것은 추측했다. 폭동 소식 이후 수감자들의 첫번째 회합은 식사 시간이 될 것이었다. 식사 종이 울리자 타이니가 감방 문을 열었고 모두들 복도로 나섰다. "혹시 텔레비전에서 소식을 들었나?" 타이니가 패러것에게 물었다. "순은으로 도금돼 있다는 토머스 제퍼슨 커피잔 세트 말입니까?" 패러것이 대답했고 타이니는 진땀을 흘렸다. 패러것이 너무 앞서갔다. 경솔한 행동이었고 실수였다. 타이니가 격분해 패러것의 멱살을 잡을 수도 있었지만 마침 그는 겁에 질려 있었고 패러것은 아무 일 없이 식당으로 갈 수 있었다. 식사 시간이야 평소와 다름없이 정해진 일과였지만 패러것은 다른 죄수들도 혹시 알고 있는지 궁금해 그들의 얼굴을 하나하나 유심히 살펴보았다. 대략 이십 퍼센트 정도가 알고 있는 듯했다. 하지만 패러것이 느끼기에 식당 안은 동요하는 분위기가 역력했고 몇몇은 과장된 웃음까지 터뜨렸다. 누군가 하나는 발작적으로 웃어대기 시작하더니 도무지 그칠 줄을 몰랐다. 죄수들에게는 밀가루를 입혀 튀긴 돼지고기와 통조림 배 반쪽씩, 식사가 넉넉하게 제공됐다. 공지가 있을 예정이니 모든 수감자들은 식사 후 독방동으로 돌아갈 것. 공지가 있을 예정이니 모든 수감자들은 식사 후 독방동으로 돌아갈 것. 패러것의 예상대로 안내 방송이 나왔다. 앞으로 십 분이 매우 중요한 순간이었다. 교도소 당국이 그 시간 내에 죄수들을 다시 감방에 몰아넣을 거라는 걸 패러것은 알고 있었다. 식사 종료를 알리는 종이 울렸다.

수감자들은 모두 라디오를 가지고 있었다. 독방동으로 돌아온 치킨이 댄스 음악을 크게 틀고는 침대 위에 벌렁 드러누워 킬킬 웃었다. "소리 줄여요, 치킨." 패러것이 소리쳤다. 아무도 라디오에 신경쓰지 않기를 바라면서. 하지만 부질없는 희망이었다. 모두 알고 있는 게 분명했으니까. 그리고 십 분 후 안내 방송이 나왔다. 라디오 점검과 무료 수리가 있을 예정이니 모든 수감자들은 라디오를 독방동 교도관에게 즉시 인도하기 바람. 라디오 점검과 무료 수리가 있을 예정이니 모든 수감자들은 라디오를 독방동 교도관에게 즉시 인도하기 바람. 타이니가 독방동으로 내려와 라디오를 수거해갔다. 투덜대는 소리와 욕설이 들려왔고 커콜드는 아예 쇠창살 사이로 내던져서 라디오가 바닥에 떨어지며 부서지고 말았다. "범포, 오늘은 어땠어?" 패러것이 물었다. "좋은 하루였나? 괜찮은 하루였어?" "아니." 범포가 말했다. "이렇게 후줄근한 날씨는 정말 별로거든." 범포는 아직 소식을 모르고 있는 게 분명했다. 전화벨이 울리고 패러것에게 업무 지시가 떨어졌다. 사무실로 내려가 공고문을 작성하라는 것이었다. 마샤이 경비병 대기실에서 기다리고 있을 거라고도 했다.

터널에는 인적이 끊겨 있었다. 패러것은 터널이 비어 있는 모습을 한 번도 본 적이 없었다. 모두들 독방에 갇혀 있는 게 분명했지만 그래도 패러것은 혹시 더 윌 사태의 뒤를 이을 만한 일이 벌어지고 있진 않은지 주의깊게 귀를 기울였다. 멀리서 외침과 비명소리가 들리는 듯했지만 가던 길을 멈추고 가만히 들어보니 교도소 밖의 자동차 도로에서 나는 소리 같았다. 희미하게나마 이따금 사이렌 소리도 들렸다. 하지만 사이렌이야 저 바깥세상에서는 수시로 울려대지 않던가. 경비병 대기실로 다가가자 라디오 소리가 밖으로 새어 나왔다. "폭동을 일으킨 죄수들은 신체적, 행정적 보복 조치를 취하지 않겠다는 보장과 일반사면 시행을 요구 조건으로 내걸고 있습니다." 그러더니 라디오 소리가 뚝 끊겼다. 패러것의 발소리를 들었거나 아니면 패러것이 도착할 시간이었기 때문일 것이다. 대기실에는 네 명의 경비병들이 라디오 주위에 앉아 있었다. 책상 위에는 일 쿼트*짜리 위스키 두 병이 놓여 있었다. 패

---

* 부피를 나타내는 영국 고유의 도량형. 영국에서는 약 1.11리터, 미국에서는 0.95리터에 해당한다.

러것을 바라보는 경비병들의 시선에는 두려움과 증오가 교차했다. 눈이 작고 머리를 짧게 깎은 마샤이 패러것에게 종이 두 장을 넘겼다. 복도로 나온 패러것은 사무실로 들어가 철망에 덮인 문을 쾅 하고 닫았다. 문을 닫자마자 라디오 소리가 다시 들렸다. "교도소를 탈환할 수 있는 충분한 병력이 언제든 출동할 수 있도록 대기중입니다. 문제는 스물여덟 명의 죄 없는 생명을 구하기 위해 정말 이천 명에 이르는 기결수들을 사면해줘야 하는가 하는 점입니다. 오늘 오전……" 문득 고개를 드니 유리문에 마샤의 형체가 어른거렸다. 패러것은 소리 나게 책상 서랍을 연 뒤 종이 한 장을 꺼내서는 최대한 요란하게 타자기에 끼워넣었다. 마샤의 형체는 허리를 숙이고 유리문 아래에 달린 열쇠 구멍을 통해 사무실 안을 들여다보고 있었다. 패러것은 마샤에게서 받은 종이를 세차게 흔든 뒤 적혀 있는 글을 읽어 내려갔다. 연필 글씨는 마치 아이가 쓴 것처럼 삐뚤삐뚤했다. '모든 직원들은 각종 모임이 있을 때마다 최대한의 경비 병력을 투입할 것. 병력 동원이 여의치 않을 경우 모임을 취소할 것.' 두번째 종이에는 이렇게 쓰여 있었다. '루이자 피어스스핀간 씨가 아들 피터를 추모하고자, 관심 있는 재소자에 한해 크리스마스트리 옆에서 컬러사진을 찍을 수 있는 행사를 요청해왔음. 사진은……' 마침내 마샤이 문을 열고 들어와 일을 끝내려는 사형집행자처럼 당당한 자세로 패러것 앞에 버티고 섰다.

"이게 다 뭐죠?" 패러것이 물었다. "크리스마스트리라뇨?"

"몰라. 난 몰라." 마샤이 대꾸했다. "빌어먹을 자선사업가인가 하는 여자야. 하여간 그런 작자들이 말썽이지. 어쨌든 중요한 건 능률이지. 제대로 작성하지 못했다간 쓴맛 보게 될 줄 알아."

"그러죠." 패러것이 대답했다. "그런데 뜬금없이 웬 크리스마스트리냐고요."

"나도 자세히는 모른다니까." 마샤이 말했다. "이 스핀간이란 년한테 아들이 하나 있었대. 내 생각엔 교도소에서 죽은 것 같아. 여기 이 나라가 아니라 저 인도나 일본 같은 데서 말이야. 전쟁중이었는지도 모르지. 어쨌든 교도소 문제라면 끔찍이 신경쓰는 작자인데 이번엔 교정국에 돈을 기부해 크리스마스트리 옆에 죄수들을 세워놓고 컬러사진을 찍어주겠다는군. 너희한테 가족이나 있는지 모르겠지만 혹시라도 있으면 가족들에게 사진을 우편으로 보내주겠다면서 말이야. 이런 돈 낭비가 어디 있나."

"언제 이런 요청을 해왔죠?"

"모른다니까. 아마 오래전이긴 할 거야. 몇 년 됐는지도 모르지. 누군가 오늘 오후에 기억해내더군. 다 너희 같은 똥멍청이들을 정신없게 만들려는 수작이지. 이러다가 다음엔 현금을 상으로 내걸고 바늘에 실 꿰기 대회를 열지 누가 알아. 제일 굵은 똥을 싸는 얼뜨기 놈한테 상금을 주자고 할지도 모르고. 하여간 무슨 행사든 벌일 거야. 계속해서 네놈들 정신을 빼놓으려고 말이야."

마샤이 책상 한쪽 가장자리에 자리를 잡았다. 왜 저렇게 머리는 짧게 깎았을까? 패러것은 궁금했다. 서캐라도 있나? 마샤의 짧게 깎은 머리를 보자 패러것은 잔인한 프로이센 사형집행인이 연상됐다. 경비병들은 왜 머리를 저렇게 깎는 걸까? 패러것은 만약 마샤이 더 월 교도소의 바리케이드에 배치됐다면 아마 어떤 동요나 양심의 가책도 없이 수백 명의 죄수들을 총으로 쏴버렸을 거라고 생각했다. 저렇게 머리를 깎은 자들은 언제나 우리와 함께할 것이다. 어디서든 쉽게 찾아볼 수 있는 사람들이지만 이들을 변화시키거나 교화하기란 불가능하다. 패러것은 잠깐 동안, 계급 구조와 계급제가 존재하던 미개한 시절이 그리웠다. 그런 사회에서는 마샤 같은 사람들이 아주 쓸모 있었다. 마샤은 어리석지만 그것이야말로 그가 지닌 뛰어난 유용성이다. 바로 직업에 한해서 말이다. 그는 매우 유용하다. 그와 같은 유형의 사람들은 기계에 기름을 칠하거나 케이블을 연결하는 데 없어서는 안 될 존재다. 만약 보다 머리 좋은 누군가가 공격 명령을 내린다면 돈으로 고용된 마샤 같은 용병들은 저 먼 국경에서 벌어지는 크고 작은 전투에서 용맹과 사나움을 선보일 것이다. 인간의 선량함은 보편성을 띠지만—마샤도 담배에 불을 붙여주거나 영화관에서 자리를 양보하기도 할 것이다—지능까지 그와 같은 보편성을 띠지는 않는다. 마샤 또한 위대한 감정인 사랑에 빠질지 모르지만 기하학 같은 어려운 학문은 결코 이해하지 못할 것이며 아예 그런 요구조차 받지 않는다. 패러것에게는 마샤이 꼭 잔인한 킬러처럼 보였다.

"난 여기서 네시에 나갈 거야." 마샤이 말했다. "오늘처럼 이렇게 어딘가에서 도망치고 싶기도 난생처음이야. 여기서 네시에 나가 집으로 돌아가면 서던 컴포트 한 병을 다 마셔버릴 거야. 그걸로 모자라면 한 병 더 마시고. 좀 전까지 몇 시간 동안 여기서 보고 느꼈던 걸 술로 다 잊을 수 있다면 기꺼이 마셔주겠다고. 월요일 네시까진 여기에 오지 않을 거고 그때까지 쭉 술에 취해 지낼 거야. 오래전 원자폭탄이 발명됐을 때 사람들은 그 폭탄이 우릴 다 죽여버릴 거라며 걱정했지. 정작 인류라는 족속이 이 빌어먹을 행성을 산산조각 낼 수 있는 엄청난 다이

너마이트를 이미 저마다 제 뱃속에 지니고 있는 건 모른 채로 말이야. 물론 나야 알고 있지만."

"왜 이 직업을 선택했죠?"

"내가 왜 이 일을 시작했는지는 나도 몰라. 숙부가 그렇게 하라더군. 아버지의 형 말이야. 아버진 자기 형 말이라면 다 믿었어. 그자가 나한테 교도소 일이 잘 맞을 거라고 했지. 이십 년 뒤에 나이 사십이 되어 은퇴할 무렵이면 월급의 반에 해당하는 연금을 받으면서 안정적인 수입과 함께 새로운 인생을 살 수 있다고도 했고. 그때는 아무거나 해도 된다고 하면서. 주차장을 하든 오렌지를 키우든 모텔을 경영하든 말이야. 하지만 숙부도 몰랐던 게 있어. 여기 교도소란 데서 일하다보면 신경이 너무 곤두서서 사탕 한 알도 소화시키기 힘들다는 거지. 난 오늘 점심도 다 게웠어. 모처럼 괜찮은 음식이었는데—이집트콩하고 닭 날개였던가—바닥에 몽땅 토했지. 위장에 음식이 들어가질 않아. 하여간 이제 이십 분만 있으면 내 차를 타고 허드슨가 327번지에 있는 집으로 갈 거야. 그리고 옷장 위에 놓아둔 서던 컴포트와 부엌에 있는 잔을 꺼내서 만사를 잊고 마셔댈 거라고. 다 완성하면 내 사무실에 가져다놔. 화초가 있는 사무실이야. 문은 열려 있어. 나중에 톨레도가 가져갈 테니 그리 알고."

마샥이 문을 닫았다. 라디오는 어느새 꺼져 있었다. 패러것은 묵묵히 타자를 쳐나갔다. 루이자 피어스 스핀간 씨가 아들 피터를 추모하고자, 관심 있는 재소자에 한해 크리스마스트리 옆에서 컬러사진을 찍을 수 있는 행사를 요청해왔음. 사진은 죄수 가족들에게 무료로 우송될 예정임. 사진 촬영은 8월 27일 오전 아홉시부터 희망자에 한해 실시됨. 흰 셔츠를 입어도 되며 손수건 외에 아무것도 지참해서는 안 됨.

패러것은 불을 끄고 문을 닫은 다음 터널을 통과해 마샤의 사무실로 걸어갔다. 창문이 세 개 나 있는 마샤의 사무실 내부는 그의 말대로 화초로 장식되어 있었다. 창문 바깥쪽에는 수직 창살이 설치돼 있었는데 장대를 창문 안쪽에다 수평으로 걸쳐놓았고 바로 거기에 화초를 매달아두었다. 매달린 화초 화분이 스무 개에서 서른 개 정도였다. 패러것은 생각했다. 저렇게 매달려 있는 화초들은 진정 외로운 자들의 연인이야. 욕망과 야망 그리고 향수에 불타는 남자 여자 들이 저렇게 매달린 화초들에게 물을 주지. 패러것은 그런 자들이 매달린 화초를 키우며 또 화초들과 대화를 나눌 거라고 추측했다. 왜냐하면 그들은 어떤 것에게도, 예를 들어 문이나 탁자 아니면 굴뚝에서 나오는 바람에게까지도 말을 걸기 때문이다. 패러것은 매달린 화초 중에서 양치식물과 제라늄 정도만 알아볼 수 있었다. 패러것은 제라늄 잎을 떼어 짓이겨 그 냄새를 맡아보았다. 마치 사람이 오랫동안 기거해왔으나 통풍이 시원찮은 방에서 나는 냄새처럼 탁하고도 복합적인 향이 코에 밀려들었다. 둘러보니 화초마다 잎사귀 형태가 달라서 붉은 양배추 같은 색을 띤 잎이 있는가 하면 빛바랜 갈색과 노란색을 띤 잎도 있었다. 하지만 빛바랜 갈색과 노란색은 부드럽게 빛나는 가을의 색감이 아닌—식물의 본성상 그럴 수밖에 없는—죽음을 연상케 했다. 어리석기만 한 그 살인자가 사무실의 칙칙한 분위기를 바꾸기 위해 화초를 갖다놓았다는 사실에 패러것은 기쁜 마음이 들면서도 한편으로는 적이 놀라지 않을 수 없었다. 왜냐하면 화초는 성장과 죽음의 과정을 겪는 살아 있는 생명체로 그 운명이 전적으로 화초를 기르는 사람의 관심과 배려에 달려 있고,

최소한 축축한 흙냄새를 머금고 있으며, 또 푸른색과 생명력을 통해 젖과 꿀이 흐르는 계곡과 목장을 연상시키기 때문이었다. 그런데 가만 보니 모든 화초가 구리 선에 매달려 있었다. 패러것은 어렸을 때 라디오를 직접 만들어본 경험이 있었다. 그리고 라디오를 만들려면 약 삼십 미터의 구리 선부터 준비해야 한다는 점을 기억해냈다.

패러것은 장대에 매달려 있는 화분 하나를 들어내 구리 선을 자세히 살펴보았다. 마샤이 화분의 물구멍을 통해 구리 선을 감아놓은 듯했는데 아주 아낌없이 사용해준 덕분에 패러것이 한 시간 정도만 들이면 구리 선을 필요한 양 만큼 얻을 수 있을 것 같았다. 갑자기 발소리가 들렸다. 패러것은 두려움에 차 바닥에 놓인 화분 앞에 섰다. 다행히 톨레도였다. 패러것이 타자기로 작성한 공문 용지를 톨레도에게 넘겨주며 뭔가 캐묻는 눈으로 쳐다보았다. "그래, 그래." 낮은 목소리였지만 속삭임과 달리 매우 건조했다. "스물여덟 명이나 인질로 잡아놓고 있다지? 그럼 인질들의 살을 합치면 최소한 이천팔백 파운드는 나가겠군. 어쩌면 그 살들을 일 온스 단위로 썰어댈지도 몰라." 톨레도는 그러고 자리를 떴다.

사무실로 돌아온 패러것은 타자기에서 가장 사용 빈도가 적은 글쇠 하나를 분리해낸 후 오래된 화강암 벽에 대고 갈기 시작했다. 글쇠를 갈 수 있을 만큼 단단한 화강암을 만들어내는 데 기여했던 저 멀고먼 옛날의 빙하 시대를 생각하면서. 글쇠가 원하는 크기와 형태로 변하자 패러것은 마샤의 사무실로 가 열여덟 개의 화분에서 구리 선을 잘라냈다. 잘라낸 구리 선들을 속옷에 감춘 다음 불을 끄고 텅 빈 터널을 걸어 돌아왔다. 속옷에 숨긴 구리 선 때문에 어색하게 걸어야 했지만 혹시 누가 그 이유를 물어온다면 날씨가 너무 습해 류머티즘이 도졌다고 둘러댈 생각이었다.

"734-508-32 복귀 신고합니다." 독방동으로 돌아온 패러것이 타이니에게 말했다.

"무슨 일이었어?"

"내일 오전 아홉시부터 혹시 원하는 바보 녀석이 있으면 크리스마스트리 옆에서 컬러사진을 찍을 수 있게 해준대요."

"뻥치지 마."

"뻥치는 게 아니에요." 패러것이 말했다. "내일 아침이면 공지될 거라고요."

패러것은 구리 선을 신경쓰며 침대에 걸터앉았다. 타이니가 등을 돌리자마자 매트리스 아래에 숨길 작정이었다. 패러것은 우선 두루마리 휴지를 안쪽의 심지만 남긴 채 죄다 풀어서 정사각형 모양으로 접은 다음 데카르트 책 속에 끼워놓았다. 어렸을 때는 오트밀 상자에 구리 선을 감아 라디오를 만들었다. 아마 휴지가 감겨 있던 심지 역시 비슷한 역할을 할 것이다. 안테나로는 침대 스프링을, 접지로는 라디에이터를, 반도체 다이오드로는 범포의 다이아몬드를 쓰면 된다. 이어폰은 스톤이 가지고 있다. 그렇게 해서 라디오가 완성되면 더 월에서의 소식을 지속적으로 알 수 있을 것이다. 가슴이 뛰었지만 패러것은 침착하려 애썼다. 그런 와중에 갑자기 안내 방송이 흘러나와 패러것은 깜짝 놀랐다. 십 분 후에 F동 수감자들을 대상으로 성병 검사가 있을 예정임.

성병 검사는 마약중독자들의 경우 매월 첫째 주 목요일에, 나머지 수감자들에 대해서는 방송이 나올 때마다 수시로 이뤄졌다. 패러것은 크리스마스트리와 마찬가지로 성병 검사 역시 수감자들의 동요를 막기 위한 방책이라고 짐작했다. 강제로 옷을 벗어야 한다고 호령하는 그 힘에 저항할 방법이 없는 수감자들은 벌거벗은 채 수치심에 휩싸일 것이다. 검사는 의무실에서 나온 돌팔이 같은 의사와 간호사가 혹시 성병으로 곪은 데는 없는지 성기를 자세히 살피는 방식으로 행해졌다. 방송이 나오자마자 야유와 고함소리가 터져나왔지만 그리 대단한 편은 아니었다. 패러것은 타이니에게 등을 돌린 채 속옷을 벗어 구겨지지 않도록 매트리스 아래에 넣어두었다. 물론 구리 선과 함께.

성장을 하고 펠트 모자를 쓰고 나타난 의사는 피곤해 보이는 동시에 겁에 질린 표정이었다. 간호사는 베로니카라는 이름의 아주 못생긴 남자였는데 몇 년 전까지는 제법 잘생긴 얼굴이었을 게 분명했다. 왜냐하면 어둑어둑 약한 빛에 드러난 그의 모습에서는 청춘의 분위기와 우아함이 엿보였기 때문이다. 하지만 환한 조명 아래 서자 그저 한 마리 개구리처럼 보였다. 아마도 그의 얼굴을 주름지게 하고 결국에는 불쾌한 인상으로 만들어버린 어떤 열정이 여전히 불타고 있기 때문일 것이다. 의사와 간호사가 타이니의 책상에 앉았고 타이니는 그들에게 기록부를 넘겨준 다음 감방 문을 열었다. 벌거벗은 상태였으므로 패러것은 자신은 물론 테니스와 범포, 커콜드의 체취도 맡을 수 있었다. 모두들 일요일 이후로 샤워를 전혀 하지 않은 터여서 정육점의 상한 고기 뭉텅이처럼 강렬하기 그지없는 체취였다. 범포가 제일 먼저 나섰다. "내밀어봐요." 의사의 목소리에는 긴장과 짜증이 섞여 있었다. "포피를 까고 잘 보이게 내밀어요. 어서요." 싸구려로 보이는 의사의 정장에는 얼룩이 묻어 있었고 넥타이나 안에 받쳐 입은 조끼도 마찬가지였다. 안경 역시 얼룩덜룩했다. 그런 그가 펠트 모자를 쓴 까닭은 의사의 권위를 강조하기 위해서였을 것이다. 의사는 모자를 통해 자신이 민간 사회의 전문가임을 과시했던 반면, 벌거벗은 죄수들은 자신의 알몸과 함께 왠지 자신의 죄, 자신의 생식기, 자신의 허풍, 자신의 기억까지 드러낸 기분이 되어 수치심을 느끼는 듯했다. "엉덩이를 벌려봐요." 의사가 말했다. "더 넓게, 더. 이제 됐습니다. 다음 73482번."

"73483번이오." 타이니가 말했다.

"당신 글씨는 알아보기 힘들군." 의사가 다시 불렀다. "73483번."

73483번은 테니스였다. 테니스는 일광욕을 자주 하는 편이었으므로 유독 엉덩이 부분만 하얬다. 운동선수라고 하기에는 팔과 다리가 너무 가냘파 보였다. 그는 임질 보균자였다. 사방이 쥐죽은듯 조용했다. 어두운 밸리에서도 빛을 발하던 유머 감각마저 성병 검사 앞에서는 어디론가 사라져버린 듯했다. 식사 시간에 발작적으로 터져나왔던 유쾌함도 사라진 지 오래였다. "누구한테서 옮은 거죠?" 의사가 물었다. "그 사람 이름과 번호를 말해봐요." 눈앞에 환자를 두게 되자 의사의 행동은 한층 침착하고 자연스러워졌다. 의사는 한 손가락으로 안경을 고쳐 쓰더니 펼친 손가락들을 이마로 가져갔다.

"모릅니다." 테니스가 말했다. "그런 건 전혀 기억 안 나요."

"누구한테서 옮은 거냐니까요?" 의사가 말했다. "솔직히 말하는 편이 좋을 겁니다."

"아마 야구를 보다 그랬을 거예요." 테니스가 말했다. "맞아요. 야구를 보는 중이었을 거예요. 야구를 보고 있는데 어떤 놈이 내 거기를 빨았죠. 누군지는 몰라요. 알았다면 당장 죽여버렸을 테니까. 하지만 야구에 정신이 팔려 있어서 몰랐죠. 난 야구를 정말 좋아하거든요."

"샤워할 때 누군가의 엉덩이에 끼워넣은 게 맞죠?" 의사가 물었다. "만약 그랬다면 우연이었겠죠." 테니스가 대꾸했다. "전적으로 우연히 일어난 일일 거예요. 우린 일주일에 딱 한 번 샤워를 해요. 하루에 서너 번이나 샤워를 하던 테니스 챔피언이 일주일에 한 번만 샤워를 할 수 있다고요. 그러니 샤워할 때면 정말 정신이 없죠. 머리가 다 어질어질해요. 그러니까 무슨 일이 일어나도 알 수가 없어요. 놈을 알고 있다면 다 말하지 왜 이러겠어요. 그런 일이 벌어지고 있는 걸 알았다면 가만두지 않았을 겁니다. 죽여버리고도 남았을 거예요. 전 그런 사람이니까요. 아주 예민하다고요."

"저 자식이 내 성경을 훔쳤어요." 치킨이 소리질렀다. "보들보들한 가죽으로 장정된 건데. 저걸 봐요, 저걸 봐. 저 개자식이 내 성경을 훔쳤다고요."

치킨은 커콜드를 가리키고 있었다. 커콜드는 마치 부끄러워하는 여자들이 그러는 것처럼 양 무릎을 붙인 자세로 서 있었다. "무슨 말을 하는지 모르겠네요." 커콜드가 말했다. "난 저 녀석 물건은 아무것도 훔치지 않았어요." 아무것도 갖고 있지 않음을 증명하기 위해 커콜드는 두 팔을 넓게 벌리고 손을 펼쳤다. 하지만 치킨이 그를 밀치자 성경이 다리 사이에서 바닥으로 떨어졌다. 치킨이 그 성경을 집어들었다. "내 성경, 내 소중한 성경. 이건 사촌 헨리가 나한테 보내준 거야. 삼 년 만에 소식을 듣게 된 유일한 가족이라고. 그런 성경을 네가 훔쳤어. 너같이 천한 놈한텐 내 침도 아깝다." 말은 그렇게 하면서도 치킨은 커콜드를 향해 침을 뱉었다. "세상에 감옥에 있는 죄수의 성경을 훔치는 파렴치한 놈은 난생처음 봤어. 그것도 사랑하는 가족이 준 건데 말이야."

"너의 그 빌어먹을 성경엔 관심 없어, 알잖아." 커콜드가 으르렁댔다. 원래 치킨보다 훨씬 더 큰 목소리를 갖고 있는 커콜드가 목소리를 낮추며 이렇게 말했다. "넌 그 성경을 한 번도 읽은 적이 없잖아. 먼지가 이만큼이나 쌓여 있더라. 또 세상에서 가장 쓸모없는 게 성경이라고 내내 떠들고 다니지 않았어? 너한테 성경을 보내준 헨리를 몇 년 동안이나 욕해왔잖아. 여기 있는 사람들 모두 네가 떠들고 다니는 그 헨리와 성경 얘기에 진절머리가 날 지경이라고. 내가 원하는 건 손목시계 끈을 만들 수 있는 가죽이야. 그 가죽만 빼고 돌려줄 작정이었어. 네가 정말 성경을 읽고 싶어서 이러는 거라면 걱정 마. 성경이 수프 통조림이 아니라서 투덜대는 게 아니라면 걱정하지 말라고. 내가 돌려준 후에도 성경을 읽는 데는 지장 없을 테니까."

"냄새 한번 정말 고약하네." 치킨이 중얼거렸다. 그는 성경을 코에 가까이 갖다 대며 크게 들이쉬는 소리를 냈다. "성경을 불알 밑에 끼워넣고 있었으니 냄새가 날밖에. 아휴, 냄새. 성경에서 저 자식 불알 냄새가 나다니. 창세기, 출애굽기, 레위기, 신명기는 이제 다 읽었군."

"입 닥쳐. 젠장." 타이니였다. "이제부터 지껄이는 놈들은 하루 동안 독방에 가둬두겠어."

"하지만." 치킨이 입을 열었다.

"한 명." 타이니가 말했다.

"저놈은 종교적 위선자예요." 커콜드가 말했다.

"두 명." 타이니가 피곤한 목소리로 말했다.

마치 국기가 올라갈 때 사람들이 모자를 벗어 가슴에 대듯 치킨은 성경을 들어 가슴께로 가져갔다. 늦은 8월의 햇살 아래에서 치킨은 얼굴을 잔뜩 찌푸리고 있었다. 테니스가 울고 있었다. "정말 기억이 안 난다니까요. 내가 말했잖아요. 누군지 알았다면 그놈을 죽여버렸을 거라고."

시간이 한참 지난 뒤에야 의사는 수사를 포기하고 테니스에게 처방전을 써주었다. 기록부 순서에 따라 죄수들은 한 명씩 앞으로 나가 벌거벗은 몸을 내밀었다. 패러것은 허기를 느껴 시계를 힐끗 쳐다보니 시간이 많이 지나 있었다. 평소 식사 시간보다 한 시간이나 지나 있었던 것이다. 타이니와 의사는 무슨 일인지 기록부를 놓고 한창 입씨름중이었다. 커콜드가 성경을 가로챈 뒤 타이니가 문을 잠가버리는 바람에 죄수들은 자신들의 독방으로 돌아가 옷을 입지도 못하고 벌거벗은 채 마냥 기다리며 서 있어야 했다.

그날 늦은 오후, 교도소에 비치는 햇빛을 보며 패러것은 과거 스키를 타곤 했던 어느 겨울 숲의 오후를 떠올렸다. 쇠창살에 의해 잘린 완벽한 대각선 모양 빛처럼 숲의 나무들이 햇빛을 잘라내고 있었다. 패러것은 막막하고 불가사의한 교도소라는 공간이 왠지 그 커다란 숲과 닮아 있다고 느꼈다—기사와 유니콘을 수놓은 벽걸이 융단 같았던 그 숲—어떤 메시지를 숨긴 듯하지만 정작 끝 모를 광막함 외엔 아무것도 찾을 수 없었던 커다란 숲. 조각난 채 비스듬히 내리쬐며 먼지와 함께 너울거리던 햇살들은, 마치 모든 것을 빼앗긴 한 여인이 얼굴을 감추고 슬퍼하며 서 있는 교회의 비통해하는 불빛 같았다. 그러나 한 가지 차이는 있었다. 패러것이 아껴 마지않던 눈 내린 숲의 공기에서는 늘 새로움의 향기가 묻어났지만, 여기 교도소에는 늙은 자신의 몸에서 풍기는 케케묵은 고약한 냄새와 기만당하고 있는 뻔뻔함 외에 아무것도 없다는 것이었다. 죄수들은 속고 있었다. 아니 스스로를 기만하고 있었다. 더 월에서 들려온 소식이—이제 대부분이 그 소식을 알고 있었다—죄수들에게 새로운 기운과 변화의 힘을 불러일으킨 것도 잠시뿐, 임질과 성경 그리고 손목시계 끈을 둘러싼 말다툼 때문에 어느새 사라지고 말았던 것이다.

패러것은 발기부전을 느꼈다. 어떤 여자도, 어떤 엉덩이도, 어떤 입술도 그를 흥분시킬 수 없을 테지만, 패러것은 자신의 물건이 더는 단단해지기를 멈췄다는 사실이 다행스럽게 여겨지진 않았다. 그 더웠던 날의 마지막 햇빛은 하얬다. 토스카나풍 그림의 창문에서 볼 수 있는 희끄무레한 잔광 같았고, 비록 곧 저물고 말 테지만 시각신경을 최고조로 끌어올려 사물을 식별할 수 있게 하는 힘을 지니고 있었다. 아름다움과 전혀 거리가 멀어 보이는 벌거벗은 동료 죄수들, 더러운 양복과 더러운 모자를 쓴 광대에게 모욕을 당하며 악취를 풍기고 있는 그들은 사위어가는 햇빛의 마지막 불꽃 속에서 패러것의 눈에는 말 그대로 한낱 범죄자들로밖에 보이지 않았다. 과거 그들이 겪었을 어떤 끔찍한 시련, 즉 배고픔이나 목마름 혹은 패배도 그들의 잔인성과 자기 파괴적인 범죄와 소모적이고 비뚤어진 중독을 설명해주진 못했다. 그들은 회복 가능성이 없는 자들이었다. 그러나 비록 어설프고 잔인한 대안이긴 해도 고행은 그들의 타락이 지닌 미스터리를 가늠할 수 있는 적절한 척도였다. 그날의 하얀 햇살 속에서, 그렇게 그들은 패러것에게 타락한 인간들로만 보였다.

마침내 죄수들은 옷을 입을 수 있었다. 어둠이 찾아온 뒤였다. 치킨이 소리치기 시작했다. "밥, 밥, 밥." 다른 죄수들도 그와 합세했다. "오는 밥은 없어." 타이니가 말했다. "주방은 수리중이라 닫혀 있어." "세 끼 식사는 헌법에 보장된 권리요." 치킨이 소리질렀다. "인신보호 영장제도에 호소하겠어. 그런 보호제도가 스무 가지는 넘는다고." 이어 치킨이 다시 소리질렀다. "TV, TV, TV." 거의 모두가 함께 외치기 시작했다. "텔레비전은 고장났어." 타이니의 거짓말에 소리가 더욱 커졌다. 그러나 배고픔과 다른 모든 것들에 지쳐버린 패러것은 반항할 힘도 없이 가라앉는 듯한 느낌에 휩싸였다. 그는 무감각한 상태로 빠져들었다. 무감각은 그가 숨을 수 있는 최악의 장소였다. 패러것은 어깨를 잔뜩 움츠리고 머리를 숙인 채 저 사악하고 부패한 무의 세계로 침잠해 들어가는 기분이었다. 숨을 쉬어봤지만 그가 할 수 있는 거라곤 그것이 전부인 듯했다. 주변에서 들리는 시끄러운 고함소리는 무감각을 더욱 바람직한 상태로 만들었을 뿐 아니라 어떤 파괴적인 마약의 축복처럼 덮쳐와 패러것은 자신의 뇌세포가 외부의 이질적인 용매에 의해 파괴되는 벌집 같다는 생각이 들었다. 그런 와중에 치킨이 매트리스에 불을 질렀다. 치킨은 작은 불꽃에 입바람을 불면서 불꽃을 살릴 수 있도록 종이를 달라고 동료들에게 요구했다. 패러것의 귀에는 그 소리가 아주 작게 들렸다. 동료 죄수들은 휴지나 비축해두었던 공고전단 그리고 집에서 온 편지 따위를 치킨에게 앞다퉈 건넸다. 입바람을 너무 세게 불었는지 치킨은 결국 틀니가—위아래 모두 빠지고 말았다. 틀니를 다시 끼운 치킨이 소리를 지르기 시작했다. 그 소리 역시 패러것에게는 간신히 들릴 뿐이었다. "매트리스에 불을 피워. 이 빌어먹을 곳을 태워버리자. 불을 피워서 놈들이 기침하면서 죽게 만들자고. 이 불이 지붕을 덮는 장관을 지켜보는 거야. 놈들이 불타 죽으면서 우는 소리를 들어보자고." 모든 소리가 먼 곳에서 들리는 것 같았지만 전화기를 들고 외치는 타이니의 목소리만은 유독 똑똑히 들렸다. "적색경보!" 타이니가 격분하여 외쳤다. "빌어먹을, 그때 가짜로 적색경보를 울리고 나서 나한테 뭐라고 했지? 그래, 좋아, 좋아. 지금 놈들이 고함치고 사방에 뭘 던져대고 매트리스에 불 지르고 난리도 아냐. 왜 여기가 C동이나 B동처럼 위험하지 않다는 거지? 여기엔 백만장자나 주지사 따윈 없지만 그렇다고 여기가 다른 동보다 위험하지 않다니 말이나 되냐고? 여긴 온갖 놈들이 다 있어. 가장 위험한 놈들은 다 들어와 있다고. 매트리스를 태웠다고 말했잖아. 설마 대기실에서 위스키나 마시고 있다가 적색경보를 들은 건 아니겠지. 그래, 겁먹었군. 나도 그래. 나도 사람이라고. 누군 술 마실 줄 몰라서 이래? 그래, 알았어. 하지만 제발 서둘러."

F동에 적색경보. F동에 적색경보. 안내 방송이 나온 것은 십여 분 뒤였다. 그러고는 얼마 지나지 않아 문이 열리고 마스크와 노란 방수복 그리고 곤봉과 가스통으로 무장한 열여덟 명이 들이닥쳤다. 두 명은 선반에서 호스를 꺼내 F동을 겨냥했다. 하지만 동작은 서툴렀다. 거추장스러운 방수복 때문이거나 술에 취했기 때문일 것이다. 치숌은 마스크를 벗고 휴대용 확성기를 들었다. 치숌 역시 술에 취하고 겁에 질려 있었다. 그의 얼굴은 흐르는 물에 비치는 것처럼 일그러져서 이마는 이마대로, 입은 입대로, 가늘고 증오에 찬 목소리는 목소리대로 갈팡질팡 제각기 따로 놀고 있었다. "다들 문으로 나와 차렷 자세로 서 있어. 못 박힌 몽둥이로 찜질하듯이 물 세례 받고 싶지 않으면, 돌과 쇠막대로 두드려맞고 싶지 않으면, 어서 시키는 대로 해. 치킨, 불을 꺼. 다들 소란 피워봤자 소용없다는 걸 명심해. 주 각지에서 몰려온 진압 부대가

이 교도소를 포위하고 있으니까. 어디에 불을 질러도 우린 바로 그 불을 끌 수 있어. 아무 소용 없어. 치킨, 매트리스에 붙은 불일랑 꺼버리고 잠이나 자. 타이니, 소등해. 다들 좋은 꿈이나 꾸라고."

들이닥쳤던 이들이 사라졌고 문도 잠겼다. 사방이 어두웠다. 치킨은 흐느끼고 있었다. "자면 안 돼, 아무도. 눈을 감지 말라고. 눈을 감으면 우릴 죽일 거야. 자고 있는 동안 우릴 죽일 거야. 아무도 자면 안 돼."

축복처럼 내린 어둠 속에서 패러것은 구리 선과 미리 준비해두었던 휴지 심을 꺼내 라디오를 만들기 시작했다. 구리 선은 얼마나 아름다운가. 황금색으로 빛나는 가늘고 깨끗한 이 구리 선이야말로 살아 있는 세계와 이어주는 고리야. 이따금 사람들이 충돌하는 소리나 서로의 머리를 찢어대며 으르렁거리는 소리가 패러것의 귀에 들리는 듯했다. 그러나 패러것은 다가왔다 사라지는 그 소리들을 환각이라고 일축했다. 그에 비해 적어도 이 장려한 구조물은 환각이 아니었다. 종이와 구리 선으로 만든 구조물, 두 세계를 이어주는 끈이자 자물쇠, 빛나는 버클이 눈앞에 있었다. 모든 것을 다 마친 패러것은 만족한 연인처럼 한숨을 쉬며 이렇게 중얼거렸다. "오, 주의 이름을 찬양하나이다." 치킨은 여전히 흐느끼고 있었다. "자면 안 돼. 아무도 자면 안 돼. 자지 말라고." 패러것은 깊은 잠에 빠져들었다.

눈을 뜬 패러것은 희미하게 밝아오는 어두운 하늘로 시선을 돌렸다. 날씨는 변함이 없었다. 혹시 간밤에 천둥과 강한 북서풍이 찾아왔을지도 모르지만 기껏해야 십 분짜리 비만 뿌리고는 그 세력이 약해지면서 천천히 맑아진 듯했다. 패러것은 창문을 통해 바깥을 내다보고는 치솜의 말이 거짓이었음을 알아차렸다. 담장 주변에 진압군이라곤 전혀 없었던 것이다. 하기는 정말 진압군이 출동했다면 그 소리를 듣지 못했을 리가 없었다. 분명 낌새 정도는 알아차릴 수 있었을 것이다. 아무 일도 일어나지 않았음을 알고 패러것은 실망했다. 어쩌면 여기까지 보낼 진압군이 없었는지도 몰랐다. 무거운 공기가 기분을 우울하게 만드는 가운데 몸의 악취는 한층 심해져 있었다. 물론 범포와 테니스도 마찬가지였다. 쇠창살 사이로 어제 그가 작성했던 공고문이 눈에 들어왔다. '루이자 피어스 스핀간 씨가 아들 피터를 추모하고자……' 일곱시가 되자 식사 시간 종소리가 울렸다. 당직 교도관은 골드파브였다. "한 줄로 서." 골드파브가 외쳤다. "한 줄로 서고 앞 사람과의 간격은 열 걸음이다! 한 줄로 서!" 죄수들은 문 앞에서 줄을 지어 대기했다. 문이 열리자 골드파브는 열 걸음 간격으로 한 명씩 차례대로 내보냈다. 하지만 스톤만은 예외였다. 보청기를 독방에 두고 나와 골드파브의 말을 알아듣지 못했기 때문이다. 골드파브가 고함치며 으르렁대고 열 손가락까지 공중에 들어 보였지만 스톤은 히죽거리면서 앞에 서 있는 랜섬의 엉덩이 뒤에 숨기만 할 뿐이었다. 스톤은 단 일 분도 혼자 있지 않으려 했으므로 골드파브는 어쩔 수 없이 랜섬과 함께 내보냈다. 식당으로 이어지는 터널에서 차례를 기다리던 패러것은 그가 작성했던 또다른 공고문과 마주쳤다. 모든 직원들은 각종 모임이 있을 때마다 최대한의 경비 병력을 투입할 것. 터널에는 방수복과 경찰봉 그리고 가스통으로 무장한 경비병들이 일정한 간격으로 늘어서 있었다. 경비병들 중 몇몇은 얼굴이 죄수들보다 오히려 더 수척해 보였다. 식당 안에서는 녹음된 소리가 흘러나왔다. 줄을 서서 선 채로 식사할 것. 줄을 서서 선 채로 식사할 것. 대화는 금지…… 아침식사로 나온 음식이라고는 차와 어젯밤 식사 배급 후 남은 것으로 보이는 고기 몇 조각 그리고 삶은 달걀이 전부였다. "거기선 커피도 못 마신대." 취사 사역중인 죄수가 말했다. "아무것도 못 먹는다더군. 어제 왔던 배달원이 말해줬어. 아직도 스물여덟 명을 인질로 잡고 있대. 사면을 요구한다나 뭐라나. 아, 이리 줘. 빌어먹을, 벌써 열두 시간째 설거지중이야. 다리만 살아 있고 나머진 맛이 간 느낌이야. 무슨 정신으로 일하고 있는 건지 나도 모르겠어." 패러것은 자신의 고기와 달걀을 허겁지겁 먹고 쟁반과 스푼을 개수통에 넣은 후 동료들과 함께 감방으로 향했다. 범포가 다가와 이렇게 말했다. "돈 받는 출납원이 금전등록기한테 뭐라고 말했게?"

"몰라."

"'난 너만 믿는다.' 그렇게 말했대."

독방으로 돌아온 패러것은 침대에 몸을 던지고 마치 감금에 괴로워하거나 위경련으로 고통받거나 혹은 주체 못할 성욕을 간신히 참는 것처럼 이리저리 몸을 뒤척였다. 손톱으로 두피를 긁기도 하고 허벅지와 가슴을 할퀴기도 하다 패러것은 신음하는 듯 범포에게 말했다. "더 월에서 일어난 폭동 있잖아. 아직도 스물여덟 명을 인질로 잡고 있대. 그 스물여덟하고 자유와 사면을 맞바꾸자는 거지." 패러것은 소리를 지르고 골반을 흔들기도 하다 결국에는 베개에 얼굴을 파묻었다. 그리고 그 순간 전날부터 만들기 시작했던 라디오의 촉감을 느꼈다. 괜찮아, 안전할 거야. 패러것은 교도소 직원의 절반이 지치거나 겁에 질리고 힘이 빠져 있는 지금, 아마도 병가를 신청하는 직원들이 많을 것이고 그럼 소지품 수색 따위는 없을 거라고 추측했다.

"자넨 훌륭한 금전등록기야." 범포가 또랑또랑한 목소리로 말했다. "그런데 건포도가 왜 그렇게 슬퍼 보이는지 알아?"

"사실은 말린 자두라서?" 패러것이 물었다.

"아니지, 원래 걱정이 많은 포도였거든."

"조용히들 해!" 골드파브가 호통치며 지나갔다.

그 순간 패러것은 날카롭게 갈아 구리 선을 끊는 데 썼던 타자기 글쇠를 어디에 두었는지 기억이 나지 않았다. 흉기로도 쓰일 수 있는 그 날카로운 글쇠가, 무엇보다 그의 지문이 묻어 있는 그 글쇠가 발견되기라도 한다면 추가로 삼 년을 더 선고받을 수도 있었다. 패러것은 마샤의 사무실에서 자신이 어떻게 행동했었는지 자세히 떠올려보았다. 먼저 화분의 수를 셌다. 살이 몇 파운드가 된다는 등의 톨레도 이야기를 들었다. 사무실로 가서 글쇠를 날카롭게 갈았다. 구리 선을 절단했고 그것을 속옷에 숨겼다. 하지만 조급하고 불안한 마음에 당시 글쇠를 어떻게 처리했는지 좀처럼 기억이 나지 않았다. 다음에는 사무실의 불을 끄고 나와서 다리를 절뚝이며 터널을 통과했다. 혹시라도 누가 물어온다면 더운 날씨 때문에 류머티즘이 도졌다고 말할 작정을 하면서. 화분과 구리 선에 대해서는 걱정하지 않았다. 그에게 불이익을 초래할 수 있는 것은 글쇠였기 때문이다. 하지만 어디에 있지? 화분 옆의 마룻바닥? 화분 흙에 파묻혀 있을까? 아니면 마샤의 책상 위에? 글쇠, 글쇠! 하지만 여전히 기억나지 않았다. 문득 월요일 네시까지는 돌아오지 않을 거라던 마샤의 말이 기억났지만 오늘이 무슨 요일인지 헷갈렸다. 성병 검사가 어제 있었던가? 그저께? 커콜드가 치킨의 성경을 훔친 날이 그저께였던가? 알 수 없었다. 하지만 골드파브와 근무 교대한 타이니가 그날 날짜로 시작하는 공고문을 읽어준 덕분에 패러것은 오늘이 토요일임을 알 수 있었다. 글쇠에 대한 염려는 잠시 뒤로 미뤄두어도 좋았다.

타이니는 사진을 찍기 원하는 사람은 면도를 하고 옷을 갈아입어야 하며 차례가 왔을 때 바로 찍을 수 있도록 대기해야 한다고 했다. F동에 있는 죄수들은 모두 사진 촬영을 신청했다. 심지어 스톤까지도. 패러것은 교도소의 계획이 성공했음을 알 수 있었다. 실제로 사진 촬영 행사는 곧 폭발할 것만 같던 교도소의 험악한 분위기를 가라앉혔다. 전기의자를 향해 걸어가는 사형수조차 코를 후빌 수 있다면 행복해할 것이라고 패러것은 생각했다. 죄수들은 심지어 행복한 표정으로 조용히 면도를 하거나 겨드랑이를 씻었고 이어 깨끗한 옷으로 갈아입고 대기했다.

"스톤과 카드놀이를 할래요." 랜섬이 말했다. "스톤과 카드놀이를 하고 싶다고요."

"스톤은 카드를 할 줄 몰라." 타이니가 말했다.

"아뇨, 하고 싶어해요." 랜섬이 말했다. "스톤을 한번 봐요." 언제나 그렇듯이 스톤은 고개를 끄덕이며 미소만 짓고 있었다. 타이니는 랜섬이 나올 수 있도록 문을 열어주었고, 랜섬은 복도에 의자를 가져와 카드 한 벌을 놓고 스톤과 마주앉았다. "이건 내 카드, 이건 네 카드."

잠시 후 치킨이 기타를 치며 노래 불렀다.

벽에 스물여덟 개의 병이 걸려 있어
그중 한 병이 떨어지면

벽엔 스물일곱 개의 병만 남겠지

그중 한 병이 떨어지면……

타이니가 화를 내며 소리쳤다. "치숌이 그 무시무시한 호스 부대를 이끌고 여기에 또 와도 좋아?"

"아니, 아니." 치킨이 말했다. "그런 것은 전혀 바라지 않아. 그건 내가 원하는 게 아니야. 만약 고충처리위원회 비슷한 기관에 불려간다면 난 제일 먼저 면회실에 대해 얘기할 거야. 더 월보다 훨씬 낫다고들 하지만 그래도 여자친구가 왔을 때 지금처럼 카운터를 사이에 두고 만나고 싶진 않아. 꼭 내가 애인한테 물건이나 팔려는 사람 같잖아? 여자 친구가 찾아오면……"

"넌 여기 십이 년 동안이나 있었어." 타이니가 외쳤다. "그런데 널 찾아온 사람은 아무도 없었지, 아무도. 십이 년 동안 한 번도 없었어."

"자네가 휴가 갔을 때 찾아왔었나보지." 치킨이 말했다. "자네가 탈장 수술을 받을 때 날 찾는 면회자가 있었어. 그때 자넨 육 주나 쉬었다고."

"자그마치 십 년도 더 전 일이잖아."

"어쨌든 여자친구가 왔을 때 지금처럼 카운터를 앞에 두고 속삭이고 싶진 않아. 바로 옆에 앉고 싶다고. 담배꽁초를 버릴 재떨이와 음료도 있는 테이블에서 말이지."

"자판기는 설치해놨어."

"하지만 테이블이 없잖아, 테이블이. 카운터를 사이에 두곤 그저 데면데면하다고. 여자친구와 테이블에 마주앉을 수 있다면, 그럼 난 만족이야. 그러면 누굴 다치게 하거나 문제를 일으키려고 하지도 않을 거야."

"십이 년 동안 널 찾아온 사람이 아무도 없었잖아. 이제 이 세상엔 널 아는 사람이 전혀 없다는 거지. 아마 네 엄마도 네가 누군지 모를걸? 여동생, 남동생, 아줌마, 삼촌, 친구, 애인…… 테이블이 있어도 너랑 마주앉을 사람이 어디 있냐고. 넌 죽은 놈보다도 못한 처지야. 쓸모없는 놈. 죽은 놈은 똥이라도 안 싸지."

치킨은 울기 시작했다. 아니, 우는가 싶더니, 다시 눈물을 참으며 흐느끼나 싶다가, 모두에게 들리게 목놓아 울어버리기 시작했다. 다 자란 어른이 울고 있었다. 불에 탄 매트리스에서 자야 했던 노인, 몸에 새긴 문신에 쏟아부은 노년 대비 저축은 잿빛 장식무늬처럼 희미해져가고, 물건에 난 털도 듬성듬성 세어가고 살가죽은 축 늘어지고, 인생에서 지은 죄라고는 듣기 싫은 기타 소리를 낸 것밖엔 없는 사람, 가엾게도 평생 "어디 있는지 모르지만 곧 찾아내겠습니다"라는 말만 했을 것 같은 사람, 이 세상 어디에서도 혹은 자신의 기억 어디에서도 그의 이름을 기억해주는 이가 없는 사람, 그래서 스스로 자신의 이름을 그저 치킨 넘버 투라고만 부르는 사람이 소리를 내면서 하염없이 울었다.

오후 한시가 지나자 이번에는 점심식사 종이 울렸고 죄수들은 오전과 마찬가지로 앞 사람과 열 걸음의 간격을 둔 채 한 줄로 서서 터널을 통과했다. 주변에 늘어선 경비병들의 얼굴은 오전보다 더 나빠 보였다. 음식은 샌드위치 두 개뿐으로, 그중 한 개에는 치즈가 들어 있었지만 나머지 한 개에는 마가린밖에 발려 있지 않았다. 취사 사역 죄수는 처음 보는 사람으로 아무 말도 하지 않았다. 독방으로 돌아오고 나서 오후 세시가 지났을 무렵 교육동으로 모이라는 명령이 떨어졌다. 죄수들은 이번에도 열 걸음의 간격을 유지한 채 한 줄로 서서 교육동으로 향했다.

교육동은 이제 거의 사용되지 않고 있었다. 예산이 삭감된데다 죄수들에 대한 교육 효과마저 심히 의심받는 바람에 교육동의 불은 대개 꺼져 있었고 으스스한 기운만 감돌았다. 좌측의 불 꺼진 방은 타자 실습 방이었지만 낡아서 더이상 사용되지 않는 장비 여덟 대만 먼지에 싸여 방치되어 있을 뿐이었다. 음악 방 역시 칠판과 그 칠판에 그려진 오선, 음자리표 그리고 악보만 보일 뿐 악기라곤 전혀 찾아볼 수 없었다. 역시 불이 꺼져 있어 홀에서 비치는 불빛으로만 내부가 어렴풋이 들여다보이는 역사 방에는 다음과 같은 글이 적힌 칠판 하나만 덩그러니 놓여 있었다. '신제국주의는1905년에 종말을 고했으나 이어……' 그 글은 아마 십 년 전, 아니 이십 년 전에 쓰였을지도 모른다. 오직 좌측의 맨 끝에 있는 방에서만 활기찬 기운이 감돌고 있었다. 랜섬과 범포의 어깨 너머로 흘낏 보니 뼈대 같은 기둥에 매달린 환한 조명 두 개가 화려한 장식품이 매달린 플라스틱 전나무를 비추고 있었다. 그리고 전나무 아래에는 다양한 색깔의 종이와 번쩍거리는 리본으로 솜씨 좋게 포장된 정사각형과 직사각형의 선물 상자들이 놓여 있었다. 패러것은 이 멋진 장면을 연출했을 똑똑하고 수완 있는 누군가에게 깊은 존경을 보냈다. 사람들이 서로 언쟁하는 소리, 사이렌, 서로의 머리를 찢어발기겠다며 죽일 듯이 으르렁대는 소리가 들리나 귀를 기울였지만, 이제 더는 들리지 않았다. 반짝이는 장식품과 선물 상자로 치장한 플라스틱 전나무 모습만이 태연히 시야에 들어왔다. 패러것은 자신의 사진이 어떻게 나올지 상상해보았다. 캐시미어 스웨터와 실크 셔츠, 담비 모자와 레이스 달린 침대 슬리퍼 그리고 남자에게 어울리는 커다란 보석으로 가득찬 상자 옆에서 하얀 셔츠를 입고 서 있는 자신의 모습…… 인디언 힐의 집에서 살고 있는 아내와 아들이 묘한 분위기를 풍기는 바로 그 컬러사진을 편지 봉투에서 꺼내 들 것이다. 거울에 비친 카펫과 탁자 그리고 장미가 꽂힌 화병을 배경으로 선 두 사람은, 이제는 그들의 수치이자 불쾌한 존재가 되어버린, 더럽혀진 상징이자 원수가 되어버린 한 남자가 기똥차게 멋들어진 전나무 옆에서 화려한 조명을 받으며 찍은 사진을 보게 될 것이었다.

복도 한쪽에는 신청서를 작성할 수 있도록 낡고 긴 테이블 하나가 놓였다. 분명 어떤 똑똑한 장사꾼이 시내에서 찍어낸 것임이 분명한 그 신청서의 설명에 따르면, 촬영된 사진은 수감자가 지정하는 수취인에게 무료로 배달된다고 했다. 수취인은 가족이어야 하지만 동거하는 여자나 동성 배우자도 가능했다. 사진 한 장과 원판은 팔코너에 보관되지만 추가 사진을 원할 때는 본인이 비용을 부담해야 한다고도 적혀 있었다. 패러것은 용지에 다음과 같이 적었다. "06998. 코네티컷 주 사우스윅, 인디언 힐, 에제키엘 패러것 부인 앞." 또 스톤을 위해 한 장을 더 작성했다. 스톤의 본명은 세라피노 드마르코였으며 주소는 브룩클린이었다. 신청서 작성을 끝낸 패러것은 마침내 선물과 전나무로 꾸며진 환한 무대로 들어섰다.

크리스마스의 아이러니가 항상 마음이 가난한 자들과 함께한다면 동지冬至의 미스터리는 항상 우리 같은 죄수들과 함께한다. 평화의 왕자와 그의 무수한 능력에 관한 고무적인 이야기는 지겹고도 진부한 캐럴들을 압도하며 여기에도 존재하고 있었다. 빌어먹을 8월의 오후에도 그 이야기는 여전히 힘을 잃지 않고 만개해 있었던 것이다. 동기는 충분히 순수했다. 스핑가른 부인은 아들을 지극히 사랑했고 잔인하고 고통스러운 종말을 맞아야 했던 아들의 운명에 비통해했다. 경비병들은 무질서와 죽음을 진정으로 두려워했다. 죄수들은 아주 잠깐일지라도 교도소가 아닌 저 머나먼 거리에 발을 디디고 싶어했다. 패러것은 고개를 들어 장관이 펼쳐진 교실을 구석구석 살폈다. 칠판 하나가 보였고 그 칠판에는 오래전에, 아주 오래전에 써놓은 스펜서체의 알파벳들이 있었다. 곡예사의 몸을 연상케 하는 't'자 등을 비롯해 고리나 원처럼 둥글고 또 꼬리처럼 휘어져나가는 그 글자체는 정말이지 우아했다. 칠판 위쪽에는 마흔두 개의 별*이 들어간 미국 국기가 걸려 있었는데 시간이 흐르면서 퇴색되었는지 하얀 줄들은 오줌 색깔처럼 누렇게 변해 있었다. 더 그럴듯한 국기를 좋아하는 사람들도 있겠지만 바로 그 국기 아래서 패러것은 전쟁터를 향해 행진했다. 마지막으로 이 모두를 배경으로 사진사가 서 있었다.

사진사는 머리가 작고 몸도 홀쭉했지만 패러것은 그가 멋쟁이라고 생각했다. 삼각대 위에 놓인 카메라는 크기가 손목시계 상자 정도에 불과했는데, 사진사는 렌즈와 연인 사이라도 되는 듯, 혹은 렌즈 없이는 못 살기라도 하는 사람처럼 보였다. 사시처럼 모인 눈을 렌즈에서 마지못해 떼는 품이 그랬다. 그의 목소리는 우아하기까지 했다. 사진은 개인별로 두 장씩 찍도록 되어 있었다. 수감 번호와 배달을 원하는 주소가 적힌 신청서 사진이 한 장 그리고 사진사의 친절한 안내에 따라 포즈를 취한 본인의 사진이 또 한 장이었다. "자, 웃어요. 고개를 약간 드

* 미국 국기에 그려진 별의 수는 당시 주(州)의 수를 의미한다. 1889년 마흔두번째로 승격한 주는 워싱턴 주이다.

세요. 오른쪽 발을 왼쪽 발에 좀더 밀착시키세요. 네, 그겁니다." 치킨은 자기 차례가 되자 손에 들고 있던 신청서를 내보였다. 거기에는 이렇게 쓰여 있었다. 북극, 고드름 가, 산타클로스 부부 앞. 사진사는 활짝 미소를 지으며 나머지 죄수들과 치킨의 농담을 공유하고 싶다는 듯 주위를 둘러보았다. 하지만 곧 장엄한 분위기까지 풍기는 치킨의 외로움을 알아차렸다. 치킨의 고통을 풀어놓은 그 문장 앞에서 웃는 사람은 아무도 없었다. 죽느니만 못한 삶을 보여주는 증거 앞에서 관객이 정적을 지키자, 분위기를 눈치챈 치킨이 앙상한 턱을 쳐들고 주위를 둘러보며 유쾌한 목소리로 말했다. "난 왼쪽 얼굴이 가장 잘 나와요."

"좋습니다." 사진사가 말했다.

자기 차례가 되자 패러것은 어떤 표정을 지어야 할지 난감했지만, 가능한 한 충실한 남편, 이해심 많은 아버지 그리고 성공한 시민처럼 보이도록 활짝 웃으며 불빛이 환한 무대의 한가운데로 걸어갔다. "오, 인디언힐." 사진사가 말했다. "나도 알아요. 아, 표지판을 본 적이 있단 뜻이죠. 거기서 살았나요?"

"그렇소." 패러것이 대답했다.

"사우스윅에 사는 친구가 몇 명 있죠." 사진사가 말했다. "아, 자세 좋습니다."

촬영을 마친 패러것은 B동과 C동이 잘 내다보이는 창가로 다가갔다. 창문이 쭉 나 있는 건물들이 북부 지역의 어느 낡은 방적 공장을 연상시켰다. 혹여 화재나 난동이 나진 않았는지 살펴보았지만 그의 눈에 들어온 것은 남자 하나가 세탁물을 널어 말리고 있는 광경뿐이었다. 뜻밖의 고요함에 패러것은 혼란스러웠다. 죄수들은 당하지 않아도 좋을

굴욕과 기만을 당했다. 벌거벗겨지는 수모와 번쩍이는 나무가 모두 그러했다. 하지만 교도소는 아무 일 없었다는 듯 잠들어 있었다. 치킨이 자신의 매트리스를 불태울 때 다른 사람들 역시 패러것이 그랬던 것처럼 무기력이라는 선택지로 퇴각해버렸던 걸까? 패러것은 세탁물을 널고 있는 낯선 남자를 다시 응시했다.

잠시 후 패러것은 복도에서 대기중이던 죄수들 속으로 돌아갔다. 밖에서는 비가 내리기 시작했다. 랜섬이 사진 촬영을 끝낸 수감자들의 신청서를 수거하는 중이었다. 이제 그 신청서들은 아무 소용이 없는 종잇조각에 불과했다. 패러것은 흥미로운 눈으로 랜섬을 지켜봤다. 왜냐하면 랜섬은 비밀스러운 사람이므로 동작을 계속 지켜봐야만 무슨 일을 하는지 알 수 있기 때문이었다. 열 장 이상의 신청서를 모은 랜섬은 곧 의자 위에 올라섰다. 몸집이 큰데다 의자가 삐걱댔으므로 랜섬은 무게 중심을 이동해가며 안전을 살폈다. 안전하다는 판단이 서자 랜섬은 신청서를 잘게 찢은 후 마치 씨 뿌리는 사람처럼 종잇조각들을 다른 죄수들의 머리와 어깨 위로 흩뿌렸다. 조각난 종이들이 마치 샤워기의 물처럼 죄수들의 머리와 어깨 위로 흩어져 내렸다. 랜섬이 상기된 얼굴로 〈고요한 밤 거룩한 밤〉을 부르기 시작했다. 커콜드가 저음으로 따라 불렀고 이어 모두가, 캐럴 부르는 일과 담 쌓은 사람들치고는 제법 훌륭하게, 작지만 강력한 합창단의 일원인 듯 매우 열중하여 크리스마스캐럴을 불렀다. 죄수들이 부르는 익숙한 캐럴과 머리와 어깨 위로 부드럽게 떨어지는 종잇조각들은, 숨막히게 더웠던 어느 비 오는 날의 고통스러운 기억이 아니라 바보처럼 즐겁기만 했던 어느 눈 오는 날의 상쾌한 추억을 떠올리게 했다.

죄수들이 줄을 지어 행진하기 시작했다. 터널에는 또다른 한 무리의 죄수들이 전나무 옆에서 사진을 찍기 위해 대기중이었다. 패러것은 마치 다음 영화를 보기 위해 줄을 서 있는 관객들을 보듯 유쾌함과 놀라움을 느끼며 그들을 바라보았다. 하지만 그것이 즐거움의 끝이었다. 터널을 감시중인 경비병들의 얼굴과 마주치는 순간 죄수들은 그들의 크리스마스가 끝나버렸음을 받아들여야 했다.

F동으로 돌아온 패러것은 찬물로 몸을 정성스럽게 닦은 후 마치 사냥개처럼 겨드랑이와 가랑이에 코를 대고 킁킁거렸다. 하지만 고약한 냄새가 자신한테서 나는지 아니면 범포한테서 나는지 도무지 알 도리가 없었다. 감방에 도착하니 당직중인 월턴이 교재를 펴놓고 열심히 공부하고 있었다. 그는 자동차 판매 기법에 관한 야간 강좌를 수강하고 있었으므로 죄수들의 이야기에는 신경쓸 겨를이 없었다. 랜섬이 스톤과 카드놀이를 해도 되느냐고 물었을 때 월턴은 성급히 문을 열어주며 이렇게 말했다. "난 시험공부중이야, 시험공부중이라고. 너희 중 그게 뭘 의미하는지 아는 놈은 아무도 없다는 걸 알고 있어. 하지만 이번에 낙제하면 난 또 일 년을 허비해야 돼. 교도소 전체가 미쳐가고 있군. 집에선 공부를 못해. 아기가 수시로 울어댄단 말이야. 그래서 공부 좀 하려고 대기실에 일찍 나왔더니 거긴 꼭 정신병원 같더라고. 그나마 여긴 아무 일 없고 조용할까 싶어 당직을 요청한 거야. 그런데 여기도 바벨탑처럼 시끄럽군. 카드놀이 해도 상관없으니 조용히만 해."

패러것은 월턴이 말하는 틈을 이용해 범포에게 소리쳤다. "왜 몸을 안 씻는 거지? 난 벌써 씻었어. 몸 구석구석을 닦았다고. 그런데도 내 몸의 깨끗한 냄새를 맡을 수가 없어. 이게 다 너한테서 정육점 뒷골목

쓰레기통 냄새가 나기 때문이야."

"오, 그래, 나한테서 냄새가 나신다고!" 범포가 외쳤다. "바로 알아채는 걸 보니 네놈이 그렇게 딸을 치는 모양이지. 정육점 쓰레기통 냄새를 맡으면서."

"입 닥쳐. 닥쳐, 닥치라고!" 월턴이 말했다. "난 시험공부를 해야 해. 패러것, 자넨 잘 알 거 아냐. 이번에 떨어지면 일 년을, 최소한 한 학기를 또 준비해야 돼. 빌어먹을 이 딱딱한 의자에 앉아 읽자마자 까먹어버리는 것들을 또 공부해야 한다고. 담당 교수가 얼마나 지독한지 알아? 떠들고 싶다면 떠들어도 좋아. 하지만 조용히 떠들어!"

"오, 범포. 오, 범포, 오, 친애하는 나의 친구 범포." 패러것이 조용한 목소리로 말했다. "돈 받는 출납원이 금전등록기한테 뭐라고 한 줄 알아?"

"'난 쭈글쭈글한 포도야'라고 했겠지."

"오, 친애하는 범포." 여전히 조용한 목소리로 패러것이 말했다. "특별히 부탁할 일이 있어. 지금 현대 문명의 역사는 자네가 얼마나 현명한 결정을 내리는가에 달려 있네. 자넨 언제나 떠들고 다녔지? 굶는 아이나 외로운 할머니처럼 이 무자비한 세상에서 소외받는 자들이 있다면 다이아몬드를 기꺼이 선사하겠다고. 자, 이제 그 결심을 실천할 아주 좋은 기회가 자네 손에 들어왔어. 난 라디오를 만들 수 있는 기본 도구를 마련했네. 바로 안테나와 접지와 구리 선 튜너지. 그러니 남은 건 이어폰과 다이오드뿐이야. 그런데 그중 하나는 스톤이, 또하나는 자네가 갖고 있어. 그것만 있으면, 즉 자네의 다이아몬드만 있으면 교정국과 정부 그 자체를 위협중인 통신이란 고르디아스의 매듭*을 잘라낼 수 있네. 지금 스물여덟 명의 인질들이 붙잡혀 있지. 그런데 우리 형제인 더 월의 죄수들이 혹시 실수라도 하는 날이면 우리 중 수백 명이 다칠지도 몰라. 반대로 교정국에서 치명적인 실수라도 한다면 이 나라, 아니 전 세계에 있는 모든 교도소에서 폭동이 일어날지도 모른다고. 우리 같은 죄수들이야 수백만 명은 될 테니 폭동이 성공하면 세상을 지배할 수도 있겠지. 비록 나도 알고 자네도 알듯 우리에겐 그럴 만한 능력이 없긴 하지만 말이야. 그러니 우리가 바랄 수 있는 최선은 바로 휴전이야. 이 모두가 자네의 다이아몬드에 달려 있어."

"쪼끄마한 네 거시기나 잘 챙겨 집에 가셔."

"범포, 범포, 친애하는 범포. 신은 자네에게 그 다이아몬드를 주셨고 이제 다시 나에게 넘겨야 한다고 말씀하시네. 범포, 수백만 명의 목숨이 달려 있는 일이야. 라디오는 1895년에 굴리엘모 마르코니가 발명했어. 그건 소리를 담고 있는 전기신호를 먼 곳에서도 알아들을 수 있는 소리로 전환시킬 수 있다는 정말 아름다운 발견이었지. 범포, 그 다이아몬드가 있으면 더 월의 죄수들이 스물여덟 개의 불알들을 얼마나 많이 괴롭히고 있는지 정확히 알 수 있어."

"쉰여섯 개겠지." 범포가 말했다.

"고마워, 범포. 친절한 범포. 이번에 우리가 정확히 알게 되면 우리한테 최대한 유리하게 전략을 짤 수도 있잖아. 잘하면 자유까지 살 수 있을지도 몰라. 자네의 다이아몬드만 있으면 난 라디오를 만들 수 있어."

"그렇게 솜씨 좋은 마술사라면 왜 여기서 나가지 못하는 거지?" 범포가 말했다.

---

* 고대 소아시아 왕국인 프리기아의 고르디아스 왕이 묶어놓은 매듭으로, 알렉산더대왕이 이를 칼로 내려쳐 풀어버렸다는 이야기가 전한다. 난제를 해결한다는 비유로 사용된다.

"범포, 난 지금 방송 전파에 대해 말하고 있어. 살이나 피에 대해서가 아니라고. 전파, 그 달콤한 전파, 보이지도 않는 전파. 내 말 듣고 있어? 인간 본성의 문제에 관한 한 수학과 기하학은 거짓말이고 부적절한 비유라는 사실을 내가 믿지 않는다면 자네에게 이렇게 인내심을 갖고 조용히 말하진 않을 거야. 왜냐하면 인간 본성에 볼록한 면이 있다고 해서 그에 상응하는 오목한 면이 반드시 존재하는 건 아니거든. 이 세상에 이등변삼각형 같은 인간은 없다고. 내가 이렇게 계속 부탁하는 이유는 인간 본성이 지닌 무한한 따뜻함을 믿기 때문이야. 난 자네의 다이아몬드로 세상을 구하고 싶네."

범포가 웃었다. 크게 울려퍼지는 범포의 웃음에는 진심과 천진난만함이 담겨 있었다. "그런 제안을 한 사람은 자네가 처음이야. 아주 새로운 제안이야. 인류를 구하라? 난 늘 배고픈 어린아이나 노인을 구하겠다고만 말해왔어. 세상에 대해선 전혀 말하지 않았지. 다이아몬드는 어딜 가도 만 구천 달러에서 이만 육천 달러 정도는 나갈 거야. 이 다이아몬드는 아주 단단하지만 그래서 시장에서는 거래되기 힘들어. 만약 장물로 팔 수 있는 크기였다면 어떤 놈이 몇 년 전에 내 손가락을 잘랐을지도 몰라. 이건 아주 크고 그래서 안심할 수 있는 돌이라고. 그런 제안은 결코 받아본 적이 없어. 그동안 내가 받았던 제안만 해도 스물일곱 가지는 돼. 더 될지도 모르지. 어딜 가도 자기 거시기나 항문을 내놓겠다고 제안하는 놈들이 있더군. 하지만 거시기는 먹을 수 있는 것도 아니고 난 항문은 좋아하지 않아. 손으로 해주는 것은 좋아하지만 그렇다고 그게 이만 육천 달러어치나 되겠어? 지금은 해고된 경비병 한 놈이 몇 년 전에 일주일에 한 번씩 위스키 상자를 가져다주겠다고 하더군.

뭐 그 비슷한 온갖 것들을 다 대주겠다고 했어. 외부 음식까지, 그것도 아주 많이. 거기에 평생 피우고도 남을 담배까지 제공하겠다더군. 아, 그러고 보니 변호사들도 있었어. 나를 만나려고 줄을 섰지. 재심을 청구해서 사면받게 해주거나 영장을 기각시켜주겠다고 했지. 아예 탈옥시켜주겠다는 경비병도 있었네. 실제로 배달 트럭 밑에 있는 새시에 숨어서 탈옥하려고 했지. 그게 그나마 제일 끌리는 제안이었어. 그 배달 트럭은 매주 화요일과 목요일에 왔는데 경비병이 그 운전사와 잘 아는 사이였거든. 처남이었으니까. 새시 아래에 내가 들어갈 수 있는 커다란 해먹을 설치했다더군. 실제로 경비병 놈이 해먹이 설치된 트럭을 보여줬고 그래서 연습까지 했어. 하지만 그놈 말이 나가기 전에 우선 다이아몬드부터 달라는 거야. 난 무슨 헛소리냐고 했고 당연히 탈옥 계획은 없던 일이 됐어. 어쨌든 내가 세상을 구할 수 있다고 말했던 사람은 아무도 없었어." 범포는 미소 지으며 다이아몬드를 이리저리 돌려 광채를 살펴보더니 이렇게 말했다. "어이, 다이아몬드. 너도 세상을 구할 수 있다곤 감히 생각 못했겠지, 안 그래?"

"오, 대체 누가 이 좋은 곳에서 무슨 이유로 나가고 싶어한다는 거야?" 치킨이 말했다. 그러고는 기타를 치다가 곧 멈추곤 일장 연설에 들어갔다. "이 좋은 곳에서 나가려고 폭동을 일으킬 사람이 어디 있겠어? 신문을 봐. 실업 문제가 얼마나 심각한지 알아? 부지사가 악착같이 여기 붙어 있으려는 이유도 그거야. 나가면 다른 일자리가 없거든. 한때 수백만 달러를 벌었던 유명한 영화배우들도 코트 깃을 목까지 덮고 줄을 서야 하는 형편이야. 배급품을 받으려고, 허기도 채워주지 못하면서 방귀나 뀌게 만드는 고작 묽은 콩죽 한 그릇이나 얻어먹으려고.

길거리에 나가봐. 다 가난하고 일 없는 사람들뿐이야. 비는 계속 내리고 말이지. 딱딱한 빵 한 조각 때문에 서로들 싸워대지. 구직 사무소에서 일주일 내내 기다려봤자 돌아오는 건 일자리가 없다는 말뿐이야. 최소한의 영양분만 담긴 뜨거운 음식이라도 먹고 싶다면 하루에 세 번은 줄을 서야 해. 여덟 시간, 스물네 시간, 아니 평생 줄을 서는 사람들도 있어. 그러니 누가 이 좋은 곳에서 나가서 비나 맞으며 줄을 서고 싶겠나? 비 맞으며 줄을 설 필요가 없는 사람도 이젠 핵전쟁을 걱정하지. 물론 둘 다 걱정하는 놈들도 있어. 그러니까 비 맞으며 줄을 서면서도 핵전쟁까지 걱정하는 놈들이 있다고. 왜냐하면 다 죽을 수 있으니까. 그땐 지옥문 앞에서 줄을 서야 하니까. 하지만 여기 있는 우린 걱정할 필요가 없어. 핵전쟁이 일어나면 제일 먼저 구원받는 사람들은 바로 우리거든. 우리 같은 범죄자들을 위한 방공호가 전 세계에 마련돼 있다고. 사람들은 우릴 사회에 풀어놓고 싶어하지 않아. 사회가 다 불타버린 뒤에나 우릴 자유롭게 해주겠지. 바로 여기에 우리의 구원이 있는 거야. 즉 사람들은 차라리 먼저 타죽을지언정 우리가 활보하게 놔두지 않는다 이 말씀이지. 왜냐하면 사람들은 우리가 아기를 잡아먹는 귀신이요, 늙은 할망구를 욕보이는 쓰레기들이요, 불쌍한 장애인들로 가득 찬 병원을 불태워버리는 나쁜 놈들이라는 걸 알고 있거든. 그러니 이 좋은 곳에서 누가 나가고 싶어하겠냐고."

"이봐, 패러것. 스톤 감방으로 가서 카드놀이 해." 랜섬이 말했다. "월턴, 패러것을 내보내줘요. 스톤이 패러것과 카드놀이를 하고 싶어해요."

"입만 닥치면 허락하지." 월턴이 말했다. "난 시험에 붙어야 해. 조용히 하겠다고 약속할 수 있어?"

"네, 약속하죠." 랜섬이 대답했다.

감방 문이 열리자 패러것은 의자를 가지고 스톤의 방으로 갔다. 스톤은 바보처럼 웃었다. 아니 그는 정말 바보인지도 모른다. 스톤이 패러것에게 카드 한 벌을 건넸고 패러것은 카드를 한 장씩 돌리기 시작했다. "이건 내 카드, 이건 네 카드." 이어 카드를 한 손에 다 펼치려고 했지만 너무 많아 열 장이 넘는 카드가 바닥에 떨어졌다. 카드를 줍기 위해 허리를 굽혔을 때 패러것의 귀에 들렸던 것은 조용히 속삭이는 목소리가 아닌, 최소 음량으로 틀어놓은 정상적인 목소리였다. 그것은 라디오 주파수에 맞춘, 이백 달러나 나가는 보청기 글래스 이어에서 나오는 소리였다. 주위를 살펴보니 캔버스 천 케이스에 담긴 배터리 네 개가 바닥에 놓여 있었고, 살구색 플라스틱 이어폰도 눈에 들어왔다. 바로 그 이어폰에서 라디오 소리가 흘러나오고 있었다. 패러것은 카드를 주워 던지듯이 테이블 위에 펼치며 이렇게 말했다. "이건 내 카드. 이건 네 카드." 라디오에서 소리가 흘러나왔다. "평생교육의 일환으로 실시되는 스페인어 회화 및 캐비닛 만들기 강좌의 등록 접수가 엘름 가와 체스트너트 가에 위치한 벤저민 프랭클린 고등학교에서 있을 예정입니다. 시간은 월요일부터 금요일까지, 매일 오후 다섯시에서 아홉시까지입니다." 이어 피아노 음악이 흘러나왔다. 쇼팽의 전주곡 중에서도 가장 음울한 것으로 범죄 영화에서 총이 발사되기 직전의 장면에 사용되는 곡이었다. 패러것의 세대나 그전 세대의 사내들에게는, 어느 음산한 방에 몇 시간째 잔인하게 갇혀 힘 없는 파도의 울음과 낙엽의 슬픈 소리를 재현해야 하는 땋은 머리의 작은 소녀를 떠올릴 수밖에 없게 하는 그런 전주곡이었다. "일명 더 월이라 불리는 아마나 교도소에서 방금 들어온 소식입니다." 다시 아나운서의 목소리였다. "당국과 수감자 대표 간의 협상이 여전히 진행중입니다. 병력 배치는 이미 끝난 상태로 언제든 출동할 수 있도록 대기중이라고 합니다. 한편 인질 다섯 명이 텔레비전과 라디오에 나와 현재 음식과 의료 서비스를 공급받고 있으며 블랙 무슬림* 파의 통제 아래 적절한 보호를 받고 있다고 말했습니다. 주지사는 자신에겐 사면권이 없다는 점을 세번째로 강조했습니다. 현재 인질을 석방하라는 최후통첩을 보낸 상태이며 이에 폭동 주동자들은 내일 해가 뜨는 시각에 자신들의 입장을 밝히겠다고 알려왔습니다. 공식적인 일출 시간은 오전 여섯시 이십팔분입니다만 구름이 끼고 비가 약간 내릴 것으로 예상됩니다. 다음은 지역 소식입니다. 랠프 월도라는 팔십대 사이클 선수가 자신의 여든두번째 생일에 번트 밸리에서 열린 골든 에이지 사이클 대회에서 우승했습니다. 기록은 한 시간 십팔 분이었습니다. 축하합니다, 랠프! 주 북동부 지역에 위치한 헌터스 브릿지의 찰스 라운드트리 부인은 빨래를 널던 중 치마가 바람에 휘날릴 정도로 아주 가까운 거리에서 미확인비행물체를 봤다고 주장했습니다. 잠시 후엔 태판스빌에서 일어난 5급 화재 사건을 자세히 전해드리겠습니다. 채널 고정해주세요." 이어 광고 방송이 흘러나왔다.

개로웨이 치약으로 깨끗한 치아를
위아래 어디든 구석구석 닦아드려요
개로웨이 치약은 충치를 싫어해요

---

* 이슬람교에 입각한 미국의 흑인해방 조직.

당신과 당신 가족을 위한 개로웨이 치약!

십 분 정도 카드놀이를 하던 패러것이 이렇게 외치기 시작했다. "치통이 있어요. 카드는 그만 할래요. 치통이 있어서요."

"그럼 돌아가. 돌아가." 월턴이 말했다. "난 공부해야 해."

패러것은 의자를 집어들고 걸어가다가 랜섬의 감방 근처에 이르자 이렇게 말했다. "치통이 너무 심해. 사랑니 때문이야. 나이 마흔여덟에 사랑니라니. 왼쪽에 있는데 시계처럼 정확하다고. 밤 아홉시 정도에 아프기 시작해서 새벽에야 멈춰. 그러니까 내일 새벽이 되면 치통이 끝났는지 알게 될 거야, 이빨을 빼야 할지 말아야 할지 알게 될 거야. 해가 뜰 때면 알게 되겠지. 그러니까 한 여섯시 이십팔분쯤에."

"고마워요, 미스 아메리카." 랜섬이 말했다.

비틀거리며 감방으로 돌아온 패러것은 침대에 누워 곧 잠에 빠져들었다.

그리고 그날 하루와는 너무도 다른 꿈을 꾸었다. 꿈은 너무나 선명한 천연색이었다. 카메라로 그 스펙트럼을 포착해낸 뒤에야 눈으로 감지할 수 있는 선명한 염료 같은 빛깔이었다. 꿈에서 그는 유람선을 타고 갑판을 걸으며 지루해하거나 일광욕을 하는 등 과거의 익숙했던 자유들을 만끽했다. 수영장에서는 헤엄을 쳤고, 정오 무렵이 되면 술집에 들어가 세계 여러 나라 사람들과 술을 마셨으며, 햇볕이 따가운 한낮에는 여자와 사랑을 속삭였고, 덱 테니스*나 패들 테니스**를 친 후 수영

* 좁은 장소에서도 할 수 있도록 고안된 테니스.

장을 들락날락하다가 오후 네시쯤이면 술집에 다시 갔다. 그의 몸은 아주 유연했고 강인했으며 몸은 구릿빛이었다. 물론 구릿빛이라고 해도 어두운 술집이나 클럽에서는 별 쓸모가 없긴 했지만 말이다. 그는 그렇게 한가하게 지내고 있었다. 그러던 어느 날 그 한가로움에 왠지 모를 불안함이 스며들었다. 낮잠 시간이 거의 끝날 무렵 스쿠너 한 척이 유람선의 좌현을 향해 접근해왔다. 배에서는 깃발이 나부끼고 있었지만 패러것이 모르는 깃발이었다. 패러것은 스쿠너가 접근하자 유람선이 속도를 늦추고 있음을 알아챘다. 뱃머리에서 일던 파도는 점점 가라앉더니 어느 순간 더이상 보이지 않았다. 이제 스쿠너는 거대한 유람선과 나란히 나아가고 있었다.

그런데 스쿠너는 패러것 때문에 온 것이었다. 패러것은 줄사다리를 이용해 스쿠너로 갈아탄 다음 멀어지는 유람선의 친구들—남자, 여자 그리고 오케스트라를 향해 작별 인사를 건넸다. 스쿠너의 주인이 누구인지, 그를 맞이할 사람이 누구인지 패러것은 전혀 몰랐다. 그저 스쿠너 갑판에 서서 다시 속도를 높여 항해하는 유람선을 바라보았던 기억만 날 뿐이었다. 그 유람선은 한 여왕의 이름을 따서 명명된 아주 오래된 대형 선박으로, 겉면은 신부의 면사포처럼 흰색으로 도장되어 있었고, 비스듬히 기울어져 밖으로 돌출되어 있는 세 개의 굴뚝이 있었으며, 마치 장난감 배처럼 뱃머리에는 작은 금장식들이 달려 있었다. 그런데 갑자기 유람선이 항로에서 급격히 이탈하더니 항구가 아닌 근처의 섬을 향해 전속력으로 달리기 시작했다. 오직 야자수만 보이는, 대

** 큰 라켓으로 스펀지 공을 치는, 테니스와 유사한 운동.

서양에서 흔히 볼 수 있는 그런 섬을 향해. 배는 결국 쿵 소리를 내며 해변에 부딪쳤고 곧 우측으로 기울더니 불길이 치솟았다. 스쿠너를 타고 가는 동안 유람선에서는 화염이 계속 치솟아 패러것은 거대한 기둥을 이루며 하늘로 올라가는 연기와 불타는 유람선을 멀리서 볼 수 있었다. 하지만 꿈속에서 보았던 화려한 색상은 패러것이 눈을 뜨는 순간 팔코너 교도소의 우울한 회색빛에 물들어 금방 사라지고 말았다.

잠에서 깬 패러것은 시계를 본 다음 창문으로 눈을 돌렸다. 오전 여섯시 이십팔분이었다. 창밖에는 비가 내리고 있었다. 패러것은 더 월의 상황이 궁금했다. 그를 깨운 사람은 타이니였다. "달콤한 디저트 대신 럭키를. 모두가 만족하는 체스터필드. 카멜을 준다면 난 일 마일이라도 달려가겠네."* 타이니가 손에 담배 다섯 개비를 쥐고 말했다. 패러것은 그중 두 개비를 집어들었다. 담배를 만 솜씨가 서툴렀는데 패러것이 볼 때 그것은 마리화나였다. 패러것은 타이니를 사랑스럽게 쳐다봤다. 하지만 타이니에 대해 패러것이 느꼈던 호감이나 사랑도 수척해진 타이니를 회복시킬 수는 없었다. 타이니의 눈은 빨갛게 변했고 콧방울 양쪽에서 입가로 흐르는 주름은 흙길에 깊게 팬 바퀴 자국처럼 보였다. 타이니의 얼굴에서는 생명의 기운이나 반응을 찾아볼 수 없었다. 타이니는 비틀거리는 걸음걸이로 복도를 걸어가며 계속 중얼거렸다. "달콤한 디저트 대신 럭키를. 카멜을 준다면 난 일 마일이라도 달려가겠네." 그 옛날 담배 광고는 두 사람이 살아온 세월보다 역사가 더 길었다. 잠시 후 스톤을 제외한 모든 죄수들은 그들이 무엇을 얻었는지, 또 뭘 해야

* 세 문장 각각 미국 담배 럭키스트라이크, 체스터필드, 카멜의 광고 문구.

하는지 알고 있었다. 랜섬이 스톤을 도왔다. "힘껏 빨아. 폐까지 들이마셔." 패러것은 첫번째 담배에 불을 붙인 후 폐까지 깊숙이 들이마셨다. 마약이 선사하는 진실하고 소중한 해방감이 몸속으로 퍼져갔다. "이야." 패러것이 중얼거렸다. "끝내주는데!" 치킨의 외마디 비명을 비롯해 감방 곳곳에서 신음 소리가 들려왔다. 걸어가던 타이니가 그만 벽 모서리에 팔을 부딪혔다. "그런 건 얼마든지 더 구할 수 있다고." 그러고는 철제 의자에 털썩 주저앉더니 얼굴을 팔에 묻고 곧 코를 골기 시작했다.

패러것이 폐에서 느꼈던 해방감은 연기가 되어 피어올랐다. 연기는 어렴풋이 보이기 시작하던 창밖의 구름처럼 회색빛이었다. 침대에 누워 있었지만 패러것은 지상에 처박힌 모든 사물들 위에 둥실 떠 있는 느낌이었다. 밖에서 들려오는 빗소리는 부드럽기만 했다. 그 부드러움은 호전적이었던 자신의 엄마가 갖지 못했던, 야회용 외투를 입고 펌프질을 해대던 자신의 엄마가 갖지 못했던 미덕이었다. 그때 스톤의 보청기에서 지지직거리는 소리가 났고 이어 랜섬이 잠결에 재촉하는 목소리가 들렸다. "어떻게 잘 좀 해봐, 한번 흔들어보라고, 젠장." 이윽고 한 여자의 목소리가 흘러나왔다. 마리화나의 쾌감을 느끼고 있던 패러것이 생각하기에 그것은 젊은 여자의 목소리도, 늙은 여자의 목소리도, 미인의 목소리도, 평범한 여자의 목소리도 아니었다. 이 세상 어디를 가든 어느 담배 가게에서 마주칠 수 있을 것 같은 그런 여자의 목소리였다.

"안녕하십니까, 여러분. 엘리엇 헨드론을 대신해 방송을 진행하게 된 패티 스미스입니다. 모르실 수도 있겠습니다만 엘리엇은 방금 전의 사태로 큰 충격을 받은 상태입니다. 더 월은 연방군에 의해 탈환됐습니다. 시간적 여유를 달라는 요청과 함께 당국이 전달한 제안서는 오전 여섯시경 폭동 주동자들에 의해 불태워졌습니다. 수감자들은 시간적 여유를 주는 데만 동의했을 뿐 다른 사항엔 일절 응하지 않았습니다. 아마도 인질 처형을 준비하고 있었던 것으로 보입니다. 연방군의 가스 공격은 여섯시 팔분에 시작됐고 이 분 뒤인 십분에 발사 명령이 떨어졌으며 육 분간 총격이 이어졌습니다. 아직 정확한 인명 피해 규모를 파악하긴 힘들지만 저의 동료 엘리엇 아나운서와 K구역에 있었던 마지막 목격자들의 말에 따르면 사망자와 부상자가 각각 최소한 오십 명에 이를 것으로 추정됩니다. 진압군은 생존자들의 몸에서 옷을 벗겨냈습니다. 그들은 현재 비가 내리는 가운데 벌거벗은 채 진흙에 누워 있으며 CS-2 가스 흡입으로 구토 증세를 보이고 있습니다. 죄송합니다, 청취자 여러분. 죄송합니다." 여자 아나운서가 흐느꼈다. "아무래도 저도 의무실에 누운 엘리엇에게 합류해야 할 것 같습니다."

"치킨 넘버 투, 우릴 위해 노랠 불러줘." 랜섬이 말했다. "오, 우릴 위해 노랠 해줘."

치킨이 마리화나를 마저 피우는 동안 F동에는 기다림이 이어졌다. 치킨은 손을 뻗어 기타를 잡고 네 가지 강렬한 코드를 연주했다. 그러다가 이윽고 노래를 시작했다. 블루그래스풍 반주는 단조로운데다 치킨의 목소리는 새되고 가벼웠지만 서로 묘한 화음을 이루면서 한편으로는 비장한 기운마저 감돌았다. 그는 노래했다.

내가 부를 수 있는 노래가 슬픈 노래밖에 없다면
난 노래하지 않겠어

내가 부를 수 있는 노래가 슬픈 노래밖에 없다면

난 노래하지 않겠어

난 죽은 사람과 죽어가는 사람은 노래하지 않을 거야

난 칼과 총은 노래하지 않을 거야

난 기도와 울음은 노래하지 않을 거야

내가 부를 수 있는 노래가 슬픈 노래밖에 없다면

난 더이상 아무 노래도 부르지 않겠어

새로운 죄수복을 얻기 위해 한 줄로 서서 기다리면서 죄수들은 다시 나체 혹은 거의 나체가 되었다. 죄수들은 '특대, 대, 중, 소'라고 적힌 팻말 중 한 곳을 선택해 선 다음 기존의 회색 죄수복을 벗어 쓰레기통에 버렸다. 새로 나온 죄수복은 신록이나 길고 긴 여름을 연상케 하는 싱그러운 초록색이 아닌 그저 그런 평범한 초록색에 불과했지만 그래도 산송장을 떠올리게 하는 기존의 회색보다는 조금이나마 나았다. 오직 패러것만이 〈그린슬리브스〉*의 한 소절을 불렀고 오직 커클드만이 미소 지었다. 그러나 이러한 색상 교체가 뜻하는 엄숙함을 고려해보면 냉소적이고 비꼬는 자세는 경박했고 또 경멸받을 만했다. 왜냐하면 바로

* '푸른 옷소매'란 뜻으로 영국 민요 중 하나.

이 연한 초록색을 얻기 위해 아마나 교도소의 죄수들은 벌거벗은 채 토하면서 몇 시간씩 진흙 속에 처박혀 있거나 죽어갔기 때문이다. 그것은 분명한 사실이었다. 더 월에서의 폭동 이후 징벌의 강도는 약해졌고 우편물은 검열받지 않게 됐다. 하지만 죄수들의 하루 치 노동은 여전히 담배 반 갑 정도밖에 가치를 인정받지 못했으며 따라서 죄수복의 교체는 더 월에서의 폭동을 통해 성취한 가장 큰 결실이었던 것이다. 그렇다고 "우리의 형제들이 이것 때문에 죽어갔어"라고 말할 만큼 어리석은 사람은 아무도 없었다. 또 전국에 있는 모든 교도소의 죄수복 교체 이면에 도사린 어마어마한 탐욕을 모르는 사람 역시 아무도 없었다. 즉 죄수복 교체는 아주 저렴한 비용으로 이루어졌으며 그것은 소앤틸리스 제도로 날아가 잠수를 즐기거나 요트를 타거나, 뭐든 좋아하는 것을 할 수 있을 만큼 부자인 극소수에게 그만큼 이익이 돌아가는 것임을 알고 있었던 것이다. 죄수복의 교체에는 주목할 만한 엄숙함이 담겨 있었다.

죄수복 교체는 더 월에서의 폭동이 진압된 후 팔코너 교도소에 불어닥친 사면 분위기의 일환이었다. 마샤은 패러것이 훔쳤던 구리 선으로 화분을 다시 매달았지만 갈았던 글쇠는 어디에서도 발견되지 않았다. 새 죄수복 지급 다음은 옷 수선 순서였다. 대부분의 죄수들이 새로 지급받은 옷을 자기 몸에 맞게 자르거나 재봉하고 싶어했다. 나흘이나 지나서야 초록색 실 재고가 들어왔고, 그나마도 한 시간 만에 동이 났다. 제법 바느질에 능숙한 범포와 테니스는 용케 한 타래의 녹색 실을 얻었다. 각자 몸에 맞게 수선하는 데 일주일이 꼬박 걸렸다. "똑, 똑." 커콜드의 목소리가 들렸고, 패러것은 그를 들였다. 동료 죄수를 보고 싶지도 않고, 보고 싶어했던 적도 없었지만 그때는 텔레비전 소리가 아닌 사람의 목소리를 듣고 싶었고, 독방 안에 다른 사람, 즉 말동무의 존재가 필요했다. 커콜드는 그 절충안이었으며 다른 선택의 여지는 없었다. 그는 옷을 너무 딱 맞게 수선해서 움직일 때마다 불편해했다. 바지 엉덩이 부분은 마치 마구 달리는 경주용 자전거 안장에 앉은 것처럼 항문 껍질까지 벗겨댈 것이며 사타구니 쪽은 안 봐도 고통스러울 게 뻔했다. 왜냐하면 커콜드가 의자에 앉을 때 찔끔하며 놀랐기 때문이다. 그렇게 고통스러워하는 모습을 보면서도 패러것은 입맛 당기는 모습은 아니라고 냉정하게 생각했다. 커콜드에 대한 패러것의 평소 태도가 대체로 야박했다. 이윽고 자리에 앉아 아내 이야기를 꺼내려고 준비중인 커콜드의 모습을 보고 패러것은 커콜드에게는 정말 쉽게 부풀려지는 자만심이 있다고 생각했다. 이야기를 준비하는 커콜드의 동작이 흡사 자신의 몸에 가스를 주입하는 행위처럼 보였기 때문이다. 이어 패러것은 한껏 부풀어오른 커콜드의 자만이 곧 실제로 만질 수 있는 실체로 변해 책상에 있던 데카르트의 책을 떨어뜨리고, 책상을 쇠창살 쪽으로 밀어붙이고, 변기를 뽑아내고, 급기야는 누워 있던 침대까지 찌그러뜨리는 듯한 환영에 빠졌다. 그의 이야기가 보나마나 밥맛 떨어지는 종류일 거라는 걸 패러것은 알고 있었다. 하지만 그런 밥맛 없는 문제들에 어떤 중요성을 부여해야 할지는 잘 몰랐다. 그런 문제들은 엄연히 존재하고 피할 수도 없었지만 그런 문제들을 통해 얻게 되는 교훈은 그 명성에 비해 보잘것없었기 때문이다. 커콜드는 자신이 엄청난 이야깃거리를 가지고 있다고 주장하지만, 그런 이야기를 들어주는 패러것은 무지와 의심과 절망의 강도가 높아지는 것을 느낄 뿐이었다. 이게 다 패러것의 천성적인 기질 탓이었다. 어쩌면 수양이 필요할지 모르겠다고 패러것은 생각했다. 그러나 패러것은 성급한 판단과 충동적인 낙관론은 모두 경계해야 마땅하다고 생각했고 그래서 커클드가 헛기침과 함께 얘기를 늘어놓기 시작할 때도 굳이 말리지 않았다. "만약 자네가 결혼에 관해 내게 조언을 구한다면, 여자랑 씹질하는 걸 너무 중요하게 생각하진 말라고 말해주겠어. 물론 아내가 그걸 너무 잘했기 때문에 난 아내와 결혼했지—내 말은, 우리는 사이즈나 타이밍이 기가 막히게 잘 맞았다는 거지. 몇 년 동안은 정말 죽여주게 좋았지. 하지만 아내가 아무 남자하고나 놀아나는 걸 알고부터 난 어떡해야 할지 몰랐어. 교회에서는 어떤 조언도 들을 수 없었고 결국 법적인 조언이라고 들었던 게 내가 이혼해야 한다는 거였지. 하지만 아이들은? 엄마가 무슨 짓을 했는지 알면서도 아이들은 내가 떠나는 걸 바라지 않았어. 심지어 아내는 자신이 하고 다닌 짓에 대해 말하기까지 했어. 내가 왜 아무 남자와 놀아났냐고 화를 내니까 아내는 그 생활도 쉬운 건 아니라고 훈계 비슷하게 말하더군. 길거리의 아무 남자와 그 짓을 하는 것도 아주 외롭고 위험한 일이라는 거지. 용기가 필요한 일이라나 뭐라나. 정말 그렇게 말했어. 그렇게 훈계했다고. 아내 말에 따르면 영화나 책에서는 그게 아주 멋지고 쉬운 일로 보이지만 실제 부딪혀보면 문제점이 한두 가지가 아니라는 거야. 그러면서 한번은 내가 집을 나가고 없을 때 술집과 식당을 겸한 곳에 친구들과 식사하러 갔던 일을 예로 들더군. 노스다코타에는 술 마시는 곳과 식사하는 곳은 분리되어야 한다는 법이 있네. 아내 일행은 술을 마신 후 식사를 하려고 자리를 옮겼지. 그런데 거기서 바에 앉아 있던 아주, 그야말로 아주 멋진 남자를 보게 된 거야. 아내는 출입구에서 그놈한테 음탕한 시선을 보냈고 그놈 역시 즉각 답례 미소를 보냈다더군. 무슨 말 하는지 알겠지? 음탕한 시선을 말일세.

아내는 누구나 들을 수 있게 큰 소리로 자신은 디저트를 먹지 않고 비어 있는 집으로 당장 돌아가 책을 읽겠다고 친구들한테 말했대. 집에 남편이나 아이들이 없다는 걸 놈한테 알리고 싶었던 거지. 바텐더가 아내와 잘 아는 사이여서 놈한테 주소를 알려줬다는군. 집에 가서 가운으로 갈아입자마자 벨소리가 울렸는데 바로 그 녀석이었대. 녀석은 현관에서부터 아내에게 키스해대기 시작하더니 아내 손을 잡아 거시기를 잡게 하곤 바지까지 내렸다는구먼. 현관에서 말이야. 그제야 아내는 알았지. 놈은 아주 잘생기기도 했지만 아주 더럽기도 하다는 걸. 한 몇 달은 씻지 않은 것 같았다고 하더군. 하여간 그놈이 풍기는 악취에 섹스고 뭐고 생각이 싹 달아난 아내는 어떻게 하면 그놈을 씻게 만들까 궁리했대. 계속 키스해대던 놈이 옷을 벗기 시작하자 냄새는 더욱더 고약해졌고 그래서 일단 씻는 게 좋지 않겠느냐고 넌지시 말해봤다더군. 그랬더니 글쎄 그놈이 자기는 엄마가 아니라 여자를 찾아왔다면서 갑자기 화를 내더라는 거야. 씻으라는 말은 엄마나 하는 소리라면서 목욕하고 이발하고 이 닦으라는 잔소리나 들으려고 여자를 찾아 술집을 어슬렁거리는 게 아니라고 하더래. 그 말을 한 후 놈은 다시 옷을 입고 나가버렸지. 아내가 그러더군, 그러니 아무하고나 놀아나는 것도 보통 용기가 필요한 일이 아니라고.

하지만 나 역시 형편없는 짓을 하긴 했어. 어느 날 집에 돌아온 나는 아내한테 인사한 후 볼일을 보려고 위층 화장실에 올라갔지. 그런데 가만히 보니 변기 옆에 사냥과 낚시에 관한 잡지가 산더미처럼 쌓여 있지 뭔가. 난 서둘러 일을 끝내고 누가 변비 걸린 어부 자식과 잤느냐고 고래고래 고함을 쳤지. 계속 소릴 질러댔어. 낚시도 못하고 똥도 못 누는 멍청한 녀석을 데려오다니 그것도 참 용한 재주라고 말해줬지. 폭풍우 치는 북부 호수에서는 냄새나는 강꼬치를 어떻게 잡아야 하는지 빨개진 얼굴로 읽고 있는 놈의 모습이 눈에 선하다고 말이야. 그뿐인가. 넌 그런 놈과 참 잘 어울린다고, 넌 잡지로만 낚시하는데다 똥도 제대로 못 싸는 여드름 난 주유소 직원에게 당해도 싸다고 욕을 해댔어. 아내는 울고 또 울더군. 그런데 한 시간 정도 지나자 기억이 난 거야. 그 사냥과 낚시에 관한 잡지를 신청했던 장본인이 바로 나라는 걸. 미안하다고 사과했지만 그땐 아무렇지도 않아졌는지 전혀 신경도 안 쓰더군. 기분 정말 더러웠어." 패러것은 아무 말도 하지 않았다. 물론 평소에도 커콜드에게 거의 말하지 않는 편이긴 했지만. 이야기를 마친 커콜드는 곧 자기 방으로 돌아가 라디오를 켰다.

화요일 아침에 랜섬이 설사병에 걸렸고 수요일 오후쯤에는 스톤을 제외한 모든 죄수들이 설사를 했다. 치킨은 일주일 내내 먹었던 돼지고기 때문이라고 주장했다. 자기가 먹던 고기에서 파리가 나왔다면서 혹시 원하는 사람이 있으면 자기가 잡은 파리를 보여주겠다고 했지만 보고 싶어하는 사람은 아무도 없었다. 설사병에 걸린 죄수들이 줄줄이 의무실 진료를 신청했지만, 월턴이나 골드파브는 의무실 일이 너무 많아 열흘 안에는 의사든 간호사든 예약 불가라고 공지했다. 패러것 역시 설사를 했고 몸에 열까지 났다. 목요일 오전, 죄수들의 독방으로 상당한 양의 아편지사제가 지급됐고 덕분에 죄수들은 한 시간가량 헤어나는 듯하다가 금세 속수무책으로 다시 설사가 쏟아졌다. 금요일 오후에 다음과 같은 공고문이 붙었다. 북동부 도시 지역에 전염병 수준으로 퍼져 있는 독감을 예방하기 위해 재활센터 수감자들을 대상으로 오전 아홉시부터 오후 여섯시까지 백신을 주사할 예정임. 호출이 있을 때까지 감방에서 대기하기 바람. 예방접종은 의무이며 미신이나 종교적인 사유로 인한 거부는 용납 안 함.

"우릴 실험용 기니피그처럼 취급하는 거야." 치킨이 말했다. "우린 실험 쥐라고. 난 다 알아. 예전에 후두염에 걸린 녀석이 하나 있었지. 새로운 약을 그놈한테 쓰더군. 이틀인가 사흘인가 연속으로 주사를 놨어. 하지만 의무실로 데려가기도 전에 놈은 결국 죽어버렸지. 그다음에는 임질에 걸린 놈을 잡았어. 아주 약한 임질이었지. 녀석한테 몇 번 접종을 했는데 그놈 불알이 부풀어오르기 시작하더군. 나중엔 농구공만큼 커졌어. 커지고 커져서 결국 걸을 수도 없는 지경에까지 이르니까 할 수 없이 들것으로 데리고 나가더군. 그 큰 불알이 시트에 불룩 튀어나와 있더라니까. 뼈에 문제가 있는 놈도 있었어. 뼈에서 골수가 새는 바람에 힘을 전혀 쓰지 못했지. 그런데 그놈도 실험 대상이었는지 이상한 주사를 놓더군. 그러자 놈은 돌처럼 굳어버렸어. 돌로 변했다고. 타이니, 안 그래? 타이니, 골수가 흘러내려서 돌로 변한 그놈 얘기가 사실이라고 말해줘."

"타이니는 여기 없어." 월턴이 말했다. "토요일이나 돼야 올 거야."

"타이니가 오면 말해줄 거야. 정말이야, 돌로 변했어. 시멘트같이 딱딱하게. 타이니는 그놈 엉덩이에 자기 이니셜을 새기기까지 했어. 진짜야, 우리 눈앞에서 돌로 변했다니까. 그리고 미친놈들도. 그렇게 보이는 놈이 있으면 초록색 약을 주사하지. 노르스름하면서 푸른색이 감도는 주사약을. 그게 제대로 듣지 않으면 믿지 못할 만큼 심하게 미쳐버리는 거야. 발톱으로 국가를 연주할 수 있다고 떠들었던 미친놈이 하나 있었어. 온종일 그 말을 떠들어대니까 역시 실험 주사약을 놓더군. 그 놈은 처음엔 자기 귀를 찢더니, 어느 쪽 귀인지는 잊어버렸네, 하여튼 다음엔 손가락으로 찔러서 자기 눈을 멀게 하지 뭐야. 타이니, 정말이잖아, 안 그래? 그 미친놈들한테 푸른 주사약을 놨잖아, 응?"

"타이니는 여기 없다니까" 월턴이 말했다. "토요일이나 돼야 온다고. 정말 참기 힘든 놈들이군. 집에 있는 내 아내와 자식한테도 백신이 필요하지만 난 약을 못 구했어. 너희는 백만장자도 살 수 없는 약을 얻게 될 텐데 불평만 해대는군."

"빌어먹을." 치킨이 말했다. "공짜라면 나도 좋아해. 하지만 실험쥐는 사절이라고."

팔코너의 모든 죄수들이 토요일 오후에 백신 주사를 맞았다. 하지만 장소는 의무실이 아니라 '특대, 대, 중, 소'란 팻말이 붙어 있는 보급창고였다. 종교적 신념으로 접종을 거부했던 열다섯에서 스무 명의 죄수들은 중고 옷을 보관하는 장소에 별도로 감금됐다. 패러것은 외로움의 고통을 견딜 수 있는 종교적 신념이 있는지 자문해보았다. 하지만 정신적으로나 육체적으로나 그는 마약에 의존하는, 그래서 어쩌면 살인까지 할 수 있는 사람이었다. 그런데 그 순간에야 비로소 패러것은 폭동이 일어났던 삼 일 동안, 또 전염병이 돌았던 삼 일 동안 메타돈을 지급받지 못했다는 사실을 깨달았다. 그는 전혀 이해할 수 없었다. 주사를 놔주던 의무보조원 중 한 명이 메타돈을 지급하던 사람이었다. 주사를 맞기 위해 소매를 걷어 팔을 내밀면서 패러것이 그에게 물었다. "왜 메타돈을 주지 않았던 거죠? 이건 위법입니다. 내겐 메타돈을 공급받을 권리가 있다고 판결문에도 나와 있어요." "자네 정말 바보 천치군." 의무보조원이 친절하게 말했다. "우리도 자네가 언제 알아챌지 궁금했어. 자넨 거의 한 달 동안 가짜 약을 받았어. 이젠 깨끗해진 거야, 친구. 자넨 깨끗해졌어." 주사가 살을 파고들자 패러것은 이질적이고 낯선 고통에 몸을 꿈틀거렸다. 그리고 피를 타고 돌아다닐 백신을 상상했다. "그럴 리가 없어요." 패러것이 말했다. "그럴 리가 없다고요." "날짜를 세어 봐." 의무보조원이 말했다. "얼마나 됐는지. 자, 그만 나가." 패러것은 어리벙벙한 표정으로 그를 기다리고 있는 치킨을 향해 문 쪽으로 걸어갔다. 그는 속 좁게도 세 곳의 마약중독 치료 기관에서도 어쩌지 못했는데 교도소에서 치료를 해냈다는 사실에 분개했다. 교도소에서 날 고치다니 말도 안 돼. 패러것은 자신이 중독을 극복했다는 사실을 자축할 수 없었다. 전혀 의식하지 못하고 있었기 때문이다. 문득 그가 혐오했던 그의 태생, 즉 가족이 마음 한구석에서 어렴풋이 떠올랐다. 설마 그 기이한 가족들—보트에 열중했던 아버지, 야회복을 입고 펌프질하던 어머니, 위선적이었던 형—이 마약을 끊을 수 있는 순수하고 끈질긴 인내심을 선사해준 걸까? "이번에 큰 결심을 했어." 패러것의 팔을 잡으며 치킨이 말했다. "아주 큰 결심이지. 기타를 팔 거야." 간호사로부터 방금 들은 이야기 때문에 패러것은 치킨에게 관심을 쏟을 여유가 없었다. 하지만 그의 팔을 잡은 치킨의 손에서 필사적인 마음을 읽을 수 있었다. 치킨은 정말 약해졌고 또 나이들어 보였다. 패러것은 그에게 자신이 마약에서 해방됐다고 말할 수가 없었다. "왜 기타를 팔려고 하죠?" 패러것이 물었다. "왜 그러는 거예요?" "세 번 기회를 주지, 맞혀 봐." 패러것은 치킨이 터널 경사를 올라갈 수 있도록 팔로 부축하며 감방으로 돌아왔다.

사방이 고요했다. 패러것은 열에 들떠 마약의 축복을 떠올렸다. 이제 그만두겠다고 맹세한 것처럼 보이는 그 마약을. 그는 온몸에 힘이 쭉 빠졌다. 그러자 이상한 일이 일어났다. 말끔히 이발한 머리에 깨끗한 성직자 예복을 차려입고 손에 은으로 만든 성배와 성합을 들고 있는 한 젊은이가 감방 문 근처에 서 있었던 것이다. "성찬 의식을 거행하기 위해 왔습니다." 그가 말했다. 패러것은 침대에서 일어났다. 낯선 사람이 감방으로 들어왔다. 그에게서 청결한 냄새가 났다. 그가 다가오자 패러것이 물었다. "무릎을 꿇을까요?" "그래요." 패러것은 아주 오래된 닳고 닳은 시멘트 바닥에 무릎을 꿇었다. 혹시 이것이 그를 위해 마련된 마지막 예배일지도 모른다는 생각이 들었지만 패러것은 개의치 않았다. 그냥 아무런 생각도 나지 않았다. 그는 완전히 몰입하여 어린 시절에 외웠던 기도문을 중얼거리기 시작했다. "거룩하시다, 거룩하시다, 거룩하시다." 우렁차고 남자다운 목소리로 패러것이 외쳤다. "하늘과 땅에 가득한 그 영광. 찬미받으소서. 높으신 주 하느님." 이어 인간으로선 짐작하기 힘든 평화의 강복을 받고 난 후 패러것이 말했다. "감사합니다, 신부님." "하느님께서 당신을 강복해주셨습니다." 하지만 그 신부가 독방에서 떠나갔을 때 패러것은 이렇게 외치기 시작했다. "저 사람은 대체 누구죠? 월턴! 저 사람이 누구냐고요!"

"무슨 자선사업가라던데." 월턴이 말했다. "난 공부해야 해."

"하지만 어떻게 여길 들어온 거죠? 난 신부를 요청하지 않았어요. 다른 사람한텐 이런 적이 없었잖아요. 신부가 왜 날 찾아온 거죠?"

"여긴 도대체가 엉망진창이야." 월턴이 말했다. "폭동이 일어나는 것도 당연하지. 백과사전, 프라이팬, 진공청소기 장사꾼까지 개나 소나다 들여보내니 이거야 원."

"주지사한테 편지를 쓰겠어요." 패러것이 말했다. "우린 나가지도 못하게 해놓고 왜 아무나 들락거리게 하는지. 사진을 찍지 않나, 성찬 의식을 하지 않나. 어머니의 처녀 적 이름까지 물어보질 않나!"

그날 밤 패러것은 밤늦게 잠에서 깼다. 변기 소리 때문이었다. 굳이 시간을 확인하진 않았다. 패러것은 옷도 걸치지 않은 채 창가로 다가갔다. 도로를 달리는 차들의 헤드라이트가 번쩍거렸다. 정문 출입구 앞쪽에 시동이 걸린 스테이션왜건 한 대가 주차되어 있었는데 차 지붕에는 스키 캐리어가 장착되어 있었다. 잠시 후 하나같이 테니스화를 신은 두 명의 남자와 한 명의 여자가 계단을 걸어 내려가는 것이 보였다. 그들은 위쪽에 십자가가 그려진 구식 나무 관을 나르는 중이었다. 그 관은 넓고 처진 어깨에 홀쭉한 체형을 가진, 즉 비잔티움 시대의 전형적인 남자 체격에 딱 맞을 듯했다. 안에 무엇이 들어 있든 무게는 거의 나가지 않아 보였다. 세 사람은 가볍게 관을 들어올려 떨어지지 않도록 스키 캐리어에 단단히 고정한 다음 차를 몰고 가버렸다. 패러것은 다시 침대로 돌아와 잠을 청했다.

일요일 오후, 당직 근무중이던 타이니가 패러것에게 토마토 대여섯 개를 주며 치킨을 그의 감방으로 옮기게 해달라고 부탁했다. 늙은 치킨을 간호할 사람이 필요했던 것이다. 타이니의 말로는 의무실에 환자가 넘쳐 대기실과 사무실 그리고 복도에까지 병상을 설치했는데도 자리가 없었다. 패러것은 토마토를 먹은 후 알았노라고 대답했다. 그러고는 침상의 위층 칸에 자신의 잠자리를 만들었다. 그리고 타이니가 시트와 담요를 가져와 치킨을 위한 병상을 만들었다. 타이니가 치킨을 데리고 왔을 때 치킨은 반쯤 잠들어 있는 듯 보였고 몸에서 심한 악취가 풍겼다. "깨끗한 시트에 눕히기 전에 우선 씻겨야겠어요." "마음대로 해." 타이니가 말했다. "씻겨줄게요." 패러것이 치킨을 보고 말했다. "그럴 필요까진 없어." 치킨이 말했다. "그런데 욕실까지 걸을 수가 없군." "알아요, 알아." 패러것은 양동이에 물을 떠 오고 천을 준비한 다음에 치킨이 입고 있던 환자용 가운을 벗겼다.

마침내 뛰어난 밤손님 실력으로 번 돈을 다 쏟아부었다는 그 유명한 치킨의 문신이 드러났다. 마치 잘 짠 스웨터처럼 문신은 목에서부터 시작되고 있었다. 하지만 색깔이란 색깔은 모두 바래버려, 모든 문신의 시작이 되었을 첫 문신의 파란 잉크마저 회색으로 변해 있었다. 색이 바래기 전에는 얼마나 화려했을까! 치킨의 가슴과 윗배에는 '럭키 베스'라는 이름의 말이 그려져 있었다. 왼팔에는 칼과 방패와 독사 그림 그리고 '불명예보다는 죽음을'이라는 글이 새겨져 있었다. 그 아래에는 화환 그림에 둘러싸여 있는 '어머니'라는 글자가 보였다. 오른팔에는 음탕해 보이는 무용수 그림이 있었는데 아마 치킨이 알통을 씰룩거릴 때마다 살아 있는 사람처럼 움직였으리라. 그 무용수는 팔뚝을 덮고 있는 군중 그림의 바로 위쪽에 위치했다. 등 전체에는 떠오르는 태양과 함께 광활한 산을 그려놓았고 아래쪽에는 엉덩이의 곡선을 따라 서툴게 써놓은 희미한 고딕체 글씨가 눈에 띄었다. '여기에 들어오는 자들은 모든 희망을 포기하라.' 또 사타구니에서부터 시작된 뱀은 몸통으로 다리를 휘감아 내려와 그의 발에 날카로운 이를 올려놓고 있었다. 나머지는 온통 잎사귀 그림이었다. "치킨, 기타는 왜 팔았죠?" 패러것이 물었다. "멘톨 담배 두 보루가 필요했거든." "하지만 왜요?" "호기심이 너무 많으면 다치는 법이야." 치킨이 말했다. "지크, 왜 형을 죽였나?"

그 사고 혹은 세상 사람들이 살인이라고 부르는 그 사건이 일어난 것은 가족에 관한 기억을 떠올리거나 가족에 관한 꿈을 꿀 때마다 항상 가족의 등부터 보였기 때문이 아닐까 하고 패러것은 생각했다. 패러것네 가족은 항상 분노에 차서 콘서트 홀, 극장, 경기장, 레스토랑을 빠져나왔다. 그리고 패러것은 막내였으므로 항상 맨 뒤에서 가족을 따라갔다. "내가 저걸 들을 거라고 쿠세비츠키가 착각하나본데……" "그 심판은 매수당했어" "무슨 연극이 이렇게 형편없어" "웨이터가 그런 식으로 쳐다보다니 기분 나빠" "그 점원은 정말 무례해" 등등. 패러것네 가족은 만족을 몰랐다. 젖은 레인코트를 입고 출입구로 향하는 모습, 무슨 이유에서인지 몰라도 바로 그것이 패러것이 기억하는 가족의 모습이었다. 문득 패러것은 자신의 가족이 극심한 폐소공포증에 시달렸고 그런 약점을 들키지 않기 위해 일부러 분노한 게 아니었을까 하고 생각했다.

한편 패러것의 가족은 베푸는 일에는 아주 관대했는데 특히 여자들이 그러했다. 그들은 공동주택에 사는 빈민들에게 나눠줄 비쩍 마른 닭고기를 산다고 허구한 날 기금을 모은다거나 번번이 파산에 이르는 사립학교 설립에 나섰다. 분명 선행이었다. 하지만 패러것은 그들이 아량을 베푼답시고 하는 일들이 몹시 남부끄러웠고, 빈민가 사람들 중 일부는 그런 삐쩍 곯은 닭고기를 아주 질색한다는 것도 잘 알고 있었다. 패러것의 유일한 형제 에벤은 그러한 가족의 기질을 물려받은 사람이었다. 에벤은 바텐더나 점원은 모두 파렴치하다고 생각했고, 따라서 그와 레스토랑에서 점심식사를 한다는 것은 한바탕 난리를 각오해야 함을 뜻했다. 에벤은 닭고기를 선물하지는 않지만 토요일 오전이면 트윈 브룩스 요양원으로 가서 시각장애인들에게 책을 읽어준다고 했다. 어느 토요일 패러것과 마샤는 에벤과 캐리가 살고 있는 동네로 차를 몰았다. 마지막으로 만난 지 일 년이 넘었을 때였다. 오래간만에 만난 형은 뚱뚱하고 거대해 보이기까지 했다. 형에게는 두 명의 자식이 있었는데 그들의 삶은 비극적이었고, 패러것은 그런 비극은 그저 인생의 본질에 불과할 뿐이라는 식으로 말하는 에벤에게 분노하곤 했다. 패러것이 도착했을 때 에벤은 막 요양원으로 떠나려던 참이어서 그는 형을 따라나섰다.

트윈 브룩스 요양원은 단층 건물들로 이루어진 복합 단지로 주변에 보이는 강과 산의 경치가 그야말로 장관이었다. 패러것은 그런 풍경이 죽어가는 사람들에게 과연 위로가 될지 아니면 오히려 해가 될지 궁금했다. 건물 안으로 들어서자 질식할 것 같은 열기가 몰려왔다. 그리고 형을 따라 홀로 들어갔을 때 패러것은 과열된 공기 속에 향수가 과다하게 뿌려져 있음을 알아차렸다. 그의 긴 코로 하나하나 냄새를 맡아보니 봄의 신록이 느껴지게 하는 자극적인 인공 방향제였다. 화장실에서는 소나무 향기가 났다. 응접실에서는 장미와 등나무, 카네이션, 레몬 향기가 났다. 하지만 너무 조야하고 진한 인공 향이어서, 그것을 담은 병이나 깡통이 옷장 안의 선반에 놓여 있음을 누구든 쉽게 알아차릴 수 있었다.

죽어가는—이렇게 말할 수밖에 없었다—사람들은 몹시 수척했다.

"다들 정원 방에서 기다리고 있습니다." 남자 간호사가 에벤에게 말했다. 비록 얼굴은 누래도 머리칼만은 윤기가 흐르던 그 간호사는 마치 동성애자 같은 눈길로 패러것을 쳐다봤다. 방에는 '정원 방'이라는 팻

말이 붙어 있었는데 아마도 철제 가구가 초록색으로 도장되어 있어 정원을 연상케 하기 때문인 듯했다. 벽지에도 정원 풍경이 담겨 있었다. 환자는 모두 여덟 명이었는데, 보행보조기의 도움으로 걷는 한 명 외에는 모두 휠체어 신세였다. 그중 한 명은 눈이 멀었을 뿐 아니라 허벅지부터 다리가 절단된 상태였고, 눈이 먼 또 한 명의 여자는 볼에 요란한 화장을 하고 있었다. 양볼이 활활 타오르는 듯했다. 패러것은 전에도 그와 비슷하게 화장한 노부인을 본 적이 있었는데 나이가 들면 원래 그렇게 튀는 화장을 하게 되는지 문득 궁금해졌다. 물론 당사자는 앞이 보이지 않아 자신의 얼굴이 어떻게 보이는지 알 수 없겠지만 말이다.

"안녕하세요, 여러분." 에벤이 말했다. "동생 지크와 함께 왔습니다. 지난번에 이어 조지 엘리엇의 『로몰라』를 계속 읽어드리죠. 오늘은 5장입니다. '피렌체 역사에서 유명한 비아 데 바르디는 그 도시의 남쪽 제방이 있는 올트라르노 근방에 위치하고 있다. 범위는 폰테 베키오에서 폰테 알레 그라지에 초입에 있는 피아자 데 모치에까지 이른다. 오른쪽에 늘어서 있는 집과 벽 들은 15세기에 이른바 보골리 언덕으로 알려졌던 가파른 곳에 늘어서 있다. 보골리는 유명한 채석장으로 당시 피렌체는 대부분의 포석을 여기에서 채석했다. 하지만 강도가 매우 불안정해서 비가 오기라도 하면……'"

눈먼 환자들은 거의 신경도 쓰지 않는 듯했다. 볼화장을 한 여자는 조는 듯하더니 급기야 가볍게 코를 골기 시작했다. 다리가 절단되어 휠체어에 앉아 있던 여자는 한두 페이지만 듣고는 방에서 나가버렸다. 하지만 에벤은 죽은 것이나 마찬가지인 사람들에게, 사지가 절단된 사람들에게, 눈이 먼 사람들에게, 죽어가는 사람들에게 책을 계속 읽어주었다. 푸른 하늘이 몹시 보고 싶었던 패러것은 형이 경멸스럽기만 했다. 비록 형제는 쌍둥이로 오해받을 만큼 외모가 흡사하긴 했지만 말이다. 패러것은 형을 보고 싶지 않아 내내 시선을 바닥에 고정했다. 5장의 끝부분까지 읽고 나서야 에벤은 자리에서 일어섰다. 형과 함께 나오면서 패러것은 왜 『로몰라』를 선택했는지 물어봤다.

"그 사람들이 읽고 싶어했어."

"하지만 빨간 화장을 한 여자는 자고 있던데."

"자주 그래. 그 정도 나이든 사람한텐 누구도 탓을 안 하니까, 화를 내지 않지."

집으로 돌아가는 길에 패러것은 형과 가능한 한 떨어져 앉았다. 마샤가 문을 열었다. "오, 정말 죄송해요." 에벤을 보며 마샤가 말했다. "형님이 화가 아주 많이 나셨어요. 가족에 대해 얘기중이었는데 갑자기 뭔가가 생각나서 그런 건지 아니면 제 말 어디가 언짢았는지 우시지 뭐예요."

"항상 운답니다." 에벤이 말했다. "신경쓰지 마세요. 퍼레이드를 보고도 울고 록 음악을 듣고도 울어요. 작년엔 월드 시리즈 기간 내내 울더군요. 심각하게 생각하지 마세요. 마샤 탓이 아니에요. 어서 앉아요. 한 잔 갖다드리죠."

마샤의 얼굴은 창백했다. 아마도 패러것 자신보다 이 집의 비극적인 면모를 더 분명히 목격했기 때문이리라. 당시 에벤은 비쩍 마른 닭고기를 나눠주던 집안의 전통을 따라 한 자선 재단에서 이사로 근무중이었다. 정서적인 면과 성적인 면에서 극심한 알력을 겪고 있었으며 그토록 피상적이었던 에벤의 결혼생활은 거의 파탄 난 상태라고 말해도 좋을 정도였다. 에벤의 가정에서 고려해야 할 점은 두 자녀의 삶이었다. 에벤의 결혼생활이 붕괴되자 그 영향으로 자녀들의 삶 역시 파괴된 듯했다. 에벤의 외아들은 어떤 전쟁에 반대하는 평화 시위를 벌인 죄로 신시내티의 소년원에서 이 년을 복역중이었다. 딸 레이철은 세 번이나 자살을 기도했다. 패러것은 그에 대한 자세한 내용을 곧 잊어버렸으나 마샤가 잘 기억하고 있었다. 첫번째 자살 기도는 다락방에서 있었다. 레이철은 보드카 한 병과 스무 알의 세코날 그리고 질식사할 수도 있는 드라이클리닝 봉지를 갖고 다락방에 올라갔다. 하지만 개가 짖은 덕분에 레이철은 간신히 구조될 수 있었다. 이후 두번째로 레이철은 뉴멕시코에서 열린 파티가 끝난 후 갑자기 바비큐 화덕으로 돌진했다고 한다. 비록 몸이 상하긴 했지만 그때도 별일 없이 넘어갔다. 그로부터 한 달 뒤, 레이철은 자신의 얼굴에 9번 총알을 쓰는 16구경짜리 산탄총을 쐈다. 세번째 자살 기도에서도 구조된 레이철은 이후 자살 결심에 관한 열정적이고 흥분에 찬 편지 두 통을 패러것에게 보냈는데, 그 편지를 보고 패러것은 축복받을 만한 모범적인 전형, 훌륭한 제도 그리고 성공적으로 조직화된 사회가 얼마나 필요한지 절감할 수 있었다. 레이철은 그렇지 못한 일탈자였던 것이다. 하지만 패러것은 레이철의 아버지가 이미 그랬던 것처럼 이를 비밀에 부치고자 했다. 그 모든 비극의 진원지인 에벤의 집은 전통적인 태평함을 강하게 풍기는 곳이었다.

집부터가 아주아주 오래된데다 가구들 역시 마찬가지였다. 에벤은, 그야말로 아무런 자각도 없이, 그의 비참한 청춘을 떠올리게 한다고 주장했던 분위기로 집안을 다시 꾸몄다. 푸른색 도자기는 증조부가 항해선을 탈 당시 광둥에서 가져온 것이었다. 또 바닥에는 상형문자가 들어간 터키산 카펫이 깔려 있었다. 마샤와 패러것은 자리에 가만히 앉아 있었고 에벤은 칵테일을 만들기 위해 식료품 저장실로 갔다. 에벤의 아내 캐리는 부엌에 있었는데 의자에 앉아서 울기만 했다.

"떠나겠어요." 캐리가 흐느끼며 말했다. "떠날 거라고요. 당신의 그 멍청한 말들을 더이상 들을 순 없어요."

"제발 그만해." 에벤이 소리 질렀다. "입 좀 닥치라고. 제발, 제발. 내가 기억하기로 당신은 거의 매주, 아니 그보다 더 자주 집을 나가겠다고 했어. 나와 결혼하겠다고 말하기 전부터 떠나겠다는 말을 했지. 세상에! 이 동네엔 창고를 빌리지 않는 한 당신의 그 많은 옷들을 보관할 넓은 방이 없을걸. 그 정도 의상이면 메트로폴리탄 오페라단의 〈투란도트〉를 제작하고도 남겠다니까. 그 쓰레기들을 다 치우자면 이삿짐센터 직원들이 몇 주는 바쁘게 일해야 할걸. 드레스만 해도 수백 벌이나 되고, 거기에 모자와 모피 코트, 구두까지. 그러니 내 옷은 세탁실에 걸어둘 수밖에. 참, 피아노도 있군. 또 당신 할아버지가 물려줬다는 그 쓰레기 같은 책들하며 무게가 오백 파운드나 나간다는 호메로스의 흉상까지."

"떠날래요." 캐리는 계속 울었다. "떠나겠어요."

"그 소리 좀 그만하라니까." 에벤이 소리쳤다. "자기 자신한테도 거짓말하는 걸 즐기는 여자의 말을, 설사 언쟁이라고 해도, 내가 어떻게 진지하게 받아주겠어?"

에벤은 부엌문을 닫고 술을 건넸다.

"왜 그렇게 잔인해?" 패러것이 물었다.

"늘 그렇지만 난 잔인하지 않아." 에벤이 대꾸했다.

"아니 잔인해요." 마샤가 말했다.

"아내를 이해하기 위해 내 딴에도 얼마나 노력했는지 알아?" 에벤이 말했다. "예를 들어볼까? 부엌에도 텔레비전이 필요하다고 해서 아주 좋은 제품으로 하나 사줬지. 캐리는 아침에 일어나면 제일 먼저 하는 일이 아래층으로 내려가 텔레비전과 수다를 떠는 거야. 잘 때는 샤워캡 비슷한 모자를 쓰고 얼굴엔 젊어진다는 화장품을 잔뜩 바르지. 그렇게 이상한 모자를 쓰고 아침에 텔레비전 앞에 앉아서는 쉬지 않고 마구 떠들어대는 거야. 뉴스를 반박하거나 농담에 낄낄대기도 하면서 계속해서 얘기를 해대. 내가 출근해도 인사 따윈 안 해. 텔레비전이랑 대화하기도 바쁘니까. 퇴근해서 집에 오면 인사를 할 때도 있지만 그것도 아주 가끔이야. 뉴스 앵커들이랑 수다 떠느라 바쁘셔서 나한텐 신경쓸 겨를이 없는 거지. 그러다 여섯시 삼십분이 되면 이렇게 말해. '아, 식탁에 식사 차려줄게요.' 바로 그 말이 하루종일, 한 주, 아니 어떨 땐 그보다 더 긴 시간 동안 내가 들을 수 있는 유일한 말이야. 상을 차리고 나면 자기는 텔레비전이 있는 부엌으로 가서 자기 밥을 따로 챙겨 먹어. 뭐라더라, 〈시행착오〉라는 쇼를 보고 떠들거나 웃으면서 말이지. 그러다 내가 자러 가려고 하면 이번엔 옛날 영화에 말을 걸고 있어.

그래서 내가 어떻게 했는지 말해주지. 내게 포터라는 친구가 있어. 방송국에서 일하지. 가끔씩 시내로 나가는 기차를 같이 탈 때도 있어. 그 친구한테 〈시행착오〉 프로그램에 나가는 게 힘드냐고 물어봤더니 아니라고 하더군. 그러면서 나를 위해 손 좀 써보겠다나. 며칠 뒤에 연락이 왔어. 다음 쇼에 내가 출연할 수 있게 됐다고. 생방송이라 분장 등 사전 준비가 필요하니 다섯시까지 오라더군. 일종의 벌칙놀이를 하는 오락 프로그램이었는데, 내가 그날 밤 할 일은 줄을 타고 물탱크 위를 걷는 거라더군. 물에 빠질 경우에 대비해 전용 의상을 한 벌 받았고 방송에 관련된 각종 서류에도 일일이 서명해야 했어. 그렇게 전용 의상을 입고 나는 그 쇼의 1부에 출연했지. 카메라를 향해 계속 웃으면서 말이야. 사실 그 미소는 캐리를 향한 것이었어. 한 번이라도 내 웃는 얼굴을 볼 수 있을까 하고. 난 사다리를 타고 올라간 다음 줄을 타고 물탱크 위를 걸어갔지만 결국엔 빠져버렸지. 관객들이 거의 웃지 않아서 큰 웃음소리가 녹음된 테이프를 쓰더군. 나는 옷을 갈아입고 집으로 돌아와 이렇게 외쳤어. '여보, 내가 텔레비전에 나왔는데 봤어?' 아내는 커다란 텔레비전이 있는 거실의 소파에 누워 있었어. 그런데 울고 있더라고. 난 내가 잘못했구나 하고 생각했지. 물탱크에 빠진 내 모습이 너무 바보 같아서 우는 거라고 생각했던 거야. 계속 흐느끼길래 내가 물었어. '여보, 무슨 일 있어?' 그러자 하는 말이 '어미 북극곰을 쐈어. 어미 북극곰을 쐈다고!' 내가 잘못 알았던 거지. 아내가 보는 방송이 뭔지 몰랐던 거야. 하지만 내가 시도조차 하지 않았다고는 말하지 마."

에벤이 잔을 치우기 위해 일어섰고, 그 바람에 그가 앉아 있던 창가의 커튼이 젖혀지며 숨어 있던 빈 보드카 두 병이 모습을 드러냈다. 저것 때문에 형은 그렇게 둔감하고, 비틀거리며 걷고, 졸리는 목소리나 내고, 멍청할 정도로 침착했던 거야. 아내는 부엌에서 울고, 딸은 미쳤고, 아들은 감옥에 갇혀 있으니. 패러것이 물었다. "형, 왜 이러고 살아?"

"그야 내가 좋아서지." 에벤은 이렇게 대답하고 낡은 터키 카펫을 손으로 들어올려 축축한 입술로 키스했다.

"한 가지는 알아." 패러것이 외쳤다. "난 형의 동생이 되고 싶지 않아. 난 거리의 누구한테서도, 이 세상 어떤 사람에게서도 형과 닮았다는 말을 듣기 싫어. 형과 닮았다는 말을 듣느니 차라리 괴물이 되거나 마약에 중독되는 편이 나아. 카펫에 키스하느니 그편이 낫지."

"그럼 내 엉덩이에나 키스하지그래." 에벤이 말했다.

"그 훌륭한 유머 감각은 아버지한테서 물려받았나보지?" 패러것이 말했다.

"아버지는 네가 죽길 원했어." 에벤이 소리질렀다. "그건 몰랐지? 아버지는 나를 사랑했지만 넌 죽길 원하셨어. 엄마가 그렇게 말했어. 낙태 시술자까지 집에 데려왔대. 다른 사람도 아닌 바로 널 낳은 아버지가 네가 죽길 원했단 말이야!"

패러것은 난로의 쇠부지깽이를 집어 형을 내리쳤다. 캐리는 열여덟 번에서 스무 번이나 때렸다고 증언했지만 그건 거짓말이었다. 패러것은 그런 거짓말쟁이의 증언을 확인해준 의사도 경멸스럽기만 했다.

패러것이 생각할 때 사건 후에 있었던 재판은 썩어빠진 사법제도의 일반적인 모습이었다. 패러것은 마약중독자이자 성문란범으로 기소됐고 형제 살인죄로 실형을 언도받았다. "당신이 덜 운이 좋은 사람이었다면 형은 좀더 가벼웠을 겁니다." 판사가 말했다. "우리 사회는 당신을 위해 세금을 너무 많이 낭비한 셈이 됐습니다. 우린 교육받고 문명화된 인간의 표징이자 유용한 사회 구성원의 표징인 양심을 당신에게 가르치는 데 실패한 거죠." 마샤는 남편을 변호하는 말은 전혀 하지 않았다. 증언대에 섰을 때 그를 향해 미소를 짓긴 했지만, 아내와 하나뿐인 아들을 향한 사랑보다 마약을 확보하는 데 더 신경을 쓰는 중독자와 결혼하지 않았느냐는 모욕적인 발언에도 그를 향해 슬픈 미소를 지어 보이며 가만히 동의했다. 재판정을 떠올릴 때 기억나는 것은 곳곳에서 진동하던 퀴퀴한 냄새, 교실 창문에나 쓰일 것 같던 블라인드, 그리고 마치 가장 잔인하고 능숙한 고문기술자들이 조작이라도 한 듯 견딜 수 없을 만큼 괴로운 지겨움이었다. 아마도 가장 잔인하고 능숙한 고문자들이 그렇게 조작해놓았으리라. 세상에서 그가 마지막으로 보게 될 마지막 장소가 법정이라고 해도 패러것은 전혀 후회하지 않는다고 강변했다. 하지만 마룻바닥이든 침을 뱉는 통이든 낡아빠진 벤치든 그 무엇이라도 패러것은 붙잡고 매달렸을 것이다. 만약 그것이 그를 구원해줄 수만 있다면.

"난 죽어가고 있어, 지크. 죽어가고 있다고." 치킨 넘버 투가 말했다. "곧 죽을 것 같은 느낌이 들어. 그렇다고 머리까지 이상해진 건 아냐. 머리는 멀쩡해. 머리는 멀쩡해. 머리는 멀쩡해." 치킨은 다시 잠이 들었다.

패러것은 치킨 곁을 계속 지키며 라디오와 텔레비전에서 흘러나오는 소리를 들었다. 창가에는 아직 햇빛이 조금 남아 있었다. 치킨 넘버 투가 갑자기 잠에서 깨어나 이렇게 말했다. "이봐, 지크, 난 죽는 게 전혀 두렵지 않아. 거짓말이라고 생각하겠지. 어떤 사람들은 그러더군. 죽음과 비슷한 상태를 경험해봐서 죽는 게 무섭지 않다고. 난 그런 말 하는 놈들, 정말이지 형편없다고 생각해. 저급한 놈들이지. 거울을 들여다보면서 자기가 잘생겼다고 생각하는 것처럼 웃기는 일이야—죽음 앞에서 두렵지 않다고 지껄이다니, 죄다 허세지. 파티가 한창 파티

다울 때 파티장을 떠나는데 어떻게 두렵지 않다고 말할 수 있지? 설사 교도소라고 해도—배가 고프면 소시지에 밥만 있어도 꿀맛인데다, 쇠창살마저 부드럽게 느껴지고 잠도 솔솔 오는데 말이야. 비록 삼엄한 감시 아래에 있다 해도 파티는 파티인데 누가 파티장을 떠나 아무것도 아는 게 없는 그런 곳으로 가고 싶어하겠냐고. 그렇지 않다고 생각한다면 아주 형편없는 놈이야. 난 내 나이인 오십이 년보다 더 오래 산 듯한 느낌이 들어. 그보단 젊어 보인다고? 다들 그렇게 말하지. 하지만 난 정말 쉰두 살이야. 그런데 자넨 말이야, 날 위해 해준 게 아무것도 없어. 반대로 커콜드는 날 위해 뭐든 했지. 담배와 종이를 가져다줬고 사식도 주었어. 둘이 사이도 좋았고. 하지만 난 그 녀석을 좋아하지 않아. 내가 말하고 싶은 건 이거야. 난 내가 알고 있는 모든 걸 경험을 통해 배우진 않았다는 거지. 경험을 통해 배운 건 전혀 없어. 난 그냥 자네가 좋아. 난 그냥 커콜드가 싫어. 다 그런 식이라구. 아마도 내가 다른 생의 기억을 가지고 이 세상에 태어난 게 분명하다고 짐작하는 거지. 그러면 다음 세상에서도 내가 모르는 새로운 일들이 벌어질 거 아냐. 무슨 말인지 알겠나, 지크? 다음 세상이 어떨지 너무 궁금해죽겠단 말이야. 기다리기도 싫을 정도로. 난 품위라곤 전혀 없는 그런 놈들처럼 보이긴 싫어. 죽음을 겪어본 것처럼 까불면서 죽음이 무섭지 않다고, 전혀 무섭지 않다고 떠들어대는 형편없는 놈들과는 달라. 난 품위 있는 사람이거든. 만약 당장 총살형을 당한다 해도 난 웃을 거야. 비탄에 잠긴 웃음이나 상심에 찬 웃음이 아닌 진짜 웃음을 말이지. 내 발로 기꺼이 걸어가서 탭댄스라도 춰주겠어. 행운이 따라준다면 발기도 할 수 있을걸? 그러다 마침내 발사 명령이 떨어지면 팔을 크게 벌려줄 거야, 행여 총알 한 발이라도 낭비되지 않도록. 나한테 발사되는 총알은 기꺼이 다 맞아주겠어. 그렇게 모든 게 끝나고 나면 행복해지겠지. 왜냐하면 난 다음 세상에 아주 관심이 많은 사람이니까."

창가에는 아직도 약간의 햇빛이 남아 있었다. 랜섬의 라디오에서는 댄스 음악이 흘러나왔고 복도 끝에 설치된 텔레비전에서는 곤란한 지경에 빠진 사람들이 화면에 등장했다. 과거에 취해 헤어나지 못하는 노인, 미래를 생각하느라 여념이 없는 청년, 연인들과 갈등을 겪는 젊은 여자 그리고 술병들을 모자 상자와 냉장고와 책상 서랍에 숨기는 노파. 패러것은 화면 속에 보이는 그들의 머리와 어깨 너머로 마을 전경과 푸른 숲 그리고 하얀 해변으로 몰려와 부딪는 파도를 볼 수 있었다. 그들은 언제라도 산책 삼아 가게에 가거나 숲으로 소풍을 가거나 바다로 헤엄치러 갈 수 있는데 왜 그렇게 언쟁을 벌이며 한방에 틀어박혀 있는 걸까? 그 모든 일들을 다 할 수 있는 자유가 있는데 왜 실내에만 머물러 있을까? 왜 패러것처럼 그들을 부르는 파도 소리를 듣지 못하는 것일까? 왜 패러것처럼 그 파도 소리에 아름다운 조약돌을 넓게 펼쳐놓은 채 부서지는 깨끗한 바닷물을 상상하지 못하는 걸까? 치킨 넘버 투는 큰 소리로 코를 골았다. 아니 숨쉬기가 곤란해진 걸까? 혹시 죽음을 알리는 전주곡은 아닐까?

그 순간이 너무나 강렬해 마치 음모 같다는 기분이 들었다. 쫓길 수도 있겠지만 추격자들을 쉽게 뿌리칠 수 있을 것만 같았다. 교묘한 계책이 필요하며 자신에게 그럴 수 있는 능력과 유연함이 있다는 생각이 들었다. 패러것은 치킨 넘버 투 옆에 있는 의자에 앉아 치킨의 따뜻한 손을 잡았다. 패러것은 치킨 넘버 투의 존재로부터 마치 심오한 자유의 감각을 이끌어내는 듯했다. 치킨 넘버 투가 기꺼이 그에게 주고 싶어했던 무엇을 온몸에 흡수하는 듯했다. 갑자기 오른쪽 엉덩이에 통증이 느껴져 엉거주춤 일어나 살펴보니 의자에 치킨의 틀니가 놓여 있었다. "오 치킨" 패러것이 외쳤다. "내 엉덩이를 이런 식으로 물다니." 패러것의 웃음은 가장 깊은 애정에서 흘러나오는 웃음이었고 그것은 곧 흐느낌으로 변했다. 패러것은 경련하듯 오열하면서 눈물이 흐르는 대로 그냥 두었다. 이윽고 울음을 그친 패러것이 타이니를 불렀다. 타이니는 왜 불렀는지 묻지도 않고 그저 이렇게 말했다. "아무래도 의사를 불러야겠어." 이어 치킨의 팔에 그려져 있는 화려한, 하지만 이제는 바랜 문신을 쳐다보다 담담히 말했다. "문신에 이천은 썼다더니 그 정도는 아니군. 보아하니 많이 써봤자 이백 정도였겠어. 치킨은 노파를 목 졸라 죽였지. 그 노파네 설탕 그릇엔 팔십이 달러가 들어 있었고." 타이니가 독방에서 나갔다. 이제 창문을 비추던 햇빛은 사라지고 없었지만 음악 소리와 텔레비전 속의 불화는 그칠 줄을 몰랐다.

독방에 나타난 의사는 폭동 기간 중 성병을 검사하러 왔을 때와 똑같은 모자를 쓰고 있었다. 그는 여전히 더러웠다. "죽었어요. 천국에 연락해요." 의사의 말에 타이니가 말했다. "밤 열시가 되기 전까진 시체를 옮길 수 없습니다. 법으로 정해져 있어요." "그럼 나중에 불러요. 아마 썩진 않을 겁니다. 뼈밖에 안 남았으니까." 두 사람이 나간 후 간호사 베로니카와 다른 한 명이 경금속으로 된 카누 형태의 물건을 들고 오더니 안에 있던 긴 황갈색 자루를 꺼내 치킨을 그 안에 집어넣고 나갔다. 텔레비전과 랜섬의 라디오에서는 광고 방송이 나오고 있었다. 랜섬이 라디오 볼륨을 높였다, 고맙게도.

패러것은 곤혹스러웠다. 계책이 필요했다. 자신이 응당 있어야 할 장소라고 생각하는 곳으로 갈 수 있는 꾀와 용기가 필요했다. 그는 자루 지퍼를 열었다. 지퍼 여는 소리는 생각보다 단조로웠다—비행기에 오르기 전 여행 가방이나 세면백 혹은 옷 가방 지퍼를 닫을 때를 떠오르게 하는 소리였다. 팔과 어깨에 짊어지게 될 무게를 생각하며 몸을 굽히는 순간 패러것은 치킨 넘버 투가 거의 무게가 나가지 않는다는 걸 알았다. 자신의 침대에 치킨을 옮겨놓고 자루 속으로 들어가려던 패러것은 우연히도, 또 운좋게도 면도기 날을 빼서 가져가야겠다는 데 생각이 미쳤다. 잠시 후 패러것은 그의 수의가 될 자루 속으로 들어가 얼굴 위로 지퍼를 끌어올렸다. 매우 비좁긴 했지만 그의 무덤 냄새는 그저 평범한 캔버스 천, 즉 텐트에서 나는 냄새에 불과했다.

그를 데리러 온 운반자들은 고무창을 덧댄 신발을 신었음이 분명했다. 바닥에서 위로 들려 움직이는 기미가 있기 전까지도 그들이 들어오거나 움직이는 소리를 듣지 못했기 때문이다. 숨을 쉬자 입 부근의 천이 젖기 시작했고 머리도 아프기 시작했다. 패러것은 숨을 쉬기 위해 입을 아주 크게 벌렸다. 그는 자신이 내는 소리를 운반자들이 들을까 두려웠지만, 그보다는 그의 몸안에 있던 어리석은 동물적 본능이 공황상태에 빠져버리거나 혹은 발작적으로 소리지르며 꺼내달라고 외치는 사태가 생길까봐 더 두려웠다. 천이 젖자 고약한 고무 냄새가 더욱 심하게 났다. 얼굴은 땀에 흠뻑 젖었고 숨은 몹시 차올랐다. 하지만 시간이 흐르면서 공포는 차츰 사라졌다. 두 개의 문이 열렸다 닫히는 소리가 났고 몸이 기울어지는 것으로 보아 경사진 터널을 통과하는 듯했다. 그가 기억하기로 자신이 이런 식으로 운반된 적은 한 번도 없었다. (오래전에 죽은 그의 어머니가 필시 어딘가에서 다른 어딘가로 그를 안고 간 적이 있었겠지만 그의 기억에는 남아 있지 않았다.) 이렇게 누군가에게 들려 가고 있노라니 순수와 깨끗함이라는 낯선 느낌이 엄습하면서 패러것은 마치 과거로 돌아가는 듯한 기분에 젖어들었다. 이렇게 나이든 내가 누군가에게 실려 내가 지니고 있던 노골적인 정욕이나 경솔한 경멸, 원한에 찬 가식적인 웃음 따위는 결코 없을 것만 같은 알 수 없는 곳으로 가고 있다니 얼마나 이상한 일인가. 그런 곳에 갈 수 있다는 것은 사실이 아닌 그저 가능성에 불과했지만 그 경험만은 비록 높은 나뭇가지에 걸쳐 있는 오후 햇살처럼 유용하진 않아도 흥분되는 일이었다. 살아 있다는 것, 다 커서 이렇게 어딘가로 들려간다는 것은 얼마나 이상한 경험인가 말이다.

외부 물품 운반 출입구가 있는 터널 끝에 이르렀는지 자루는 수평 상태로 되돌아왔다. 잠시 후 8번 출입구를 지키는 경비병의 목소리가 들렸다. "인디언 한 명이 죽은 모양이군. 친척도 없고 아무 연고도 없는 시체는 어떻게 처리하지?" "그냥 화장해." 운반자들 중 한 명이 말했다. 교도소의 마지막 문이 열렸다 닫히는 소리가 들렸다. 길은 울퉁불퉁했다. "제발이지 떨어뜨리지 마." 첫번째 운반자가 말했다. "좀 조심하라고." "저 청승맞게 밝은 달 좀 보게나." 두번째 운반자가 말했다. "저 달 좀 쳐다보라니까." 두 운반자는 정문 출입구를 지나 어떤 문을 향해 가고 있는 듯했다. 둘은 마침내 패러것이 들어 있는 자루를 땅에 내려놓았다. "찰리는 어디 있지?" 첫번째 운반자가 물었다. "늦는다고 했어." 두번째 운반자가 대답했다. "아침에 장모님이 심장병 증세를 보였대. 찰리가 자기 차를 가져오기로 했는데 그의 아내가 먼저 병원에 차를 가져가야 한다더군." "영구차에 문제라도 생긴 거야?" "응, 윤활유도 갈고 오일도 교환해야 한대." "젠장." "진정해, 진정해." 두번째 운반자가 다독였다. "아직 시간은 충분해. 또 이 정도 무게는 아무것도 아니라고. 작년인가? 그러니까 피터가 미용실을 열기 전이었지. 그때 피터와 난 삼백 파운드나 나가는 시체를 운반해야 했네. 난 늘 백오십 파운드 정도는 문제없다고 생각했는데 말도 마, 그 연고도 없는 시체를 끌고 나가는 동안 열 번은 쉬어야 했어. 숨이 차서 혼났지. 여기서 기다려. 본관에 가서 찰리가 어디 있는지 전화하고 올게." "찰리의 차는 뭐지?" "왜건. 몇 년식인지는 몰라. 중고를 샀지. 그래서 펜더를 직접 붙였다더군. 배전기에도 문제가 있었고 말이야. 기다려, 알아보고 올 테니." "잠깐, 잠깐만." 첫번째 운반자가 말했다. "성냥 있어?" "응, 성냥 있다마다." 성냥을 긁는 소리가 들려왔다. "고마워." 두번째 운반자의 발소리가 점점 멀어졌다.

패러것은 문밖 아니면 어쨌든 문 근처에 있었다. 지금 이 시간이면 감시탑은 비무장 상태였다. 정작 걱정해야 할 것은 달빛이었다. 패러것의 운명은 달빛과 중고차에 달려 있었다. 배전기가 고장나고 카뷰레터가 고장나 기름이 새는 차를 그들이 함께 열심히 수리하는 동안 패러것은 도망칠 수 있을 것이다. 이어 또다른 목소리가 들렸다. "맥주 마실래?" "맥주가 있었어?" 첫번째 운반자가 심드렁하게 대꾸했다. 잠시 후 두 사람의 발소리는 점점 멀어졌다.

패러것은 어깨와 팔에 힘을 주면서 자루의 강도를 확인했다. 자루는 고무로 보강되어 있었다. 또 목인지 정수리 부분은 철사줄로 감겨 있었다. 패러것은 주머니에서 면도날을 꺼내 지퍼와 나란한 방향으로 자루를 가르기 시작했다. 자루를 뚫긴 했지만 진도는 더뎠다. 시간이 필요했으나 그렇다고 시간이나 다른 무엇을 위해 기도하지는 않을 작정이었다. 만약 그래야만 한다면 어쩐지 새로운 길의 시작으로 느껴졌던 사랑을 위해서만 기도할 생각이었다. 실수로 면도날이 손가락 사이에서 셔츠로 떨어졌고, 이어 공포에 질린데다 발작적으로 서투르게 움직이는 바람에 면도날이 자루 어디쯤으로 들어가버렸다. 패러것은 면도날을 찾아 황급히 손을 더듬다가 그만 손가락과 바지 그리고 허벅지를 베고 말았다. 허벅지를 만지자 피가 배어 나왔다. 하지만 패러것은 남의 일로만 여겼다. 패러것은 피에 젖은 면도날을 다시 움켜쥐고 그를 구속하고 있는 자루를 갈랐다. 일단 무릎이 자유로워지자 패러것은 무릎을 구부려 머리와 어깨를 아래로 수그린 채 무덤에서 빠져나왔다.

구름이 달빛을 가리고 있었다. 감시소의 창문으로 두 명의 남자가 보였고 그중 한 명은 캔 맥주를 마시는 중이었다. 그가 누워 있던 부근에는 돌들이 널려 있었다. 패러것은 어림짐작으로 자신의 무게만큼 돌들을 주워 자루를 불룩하게 채웠다. 얼마 후면 저 돌들이 그를 대신해 불속에 던져질 것이다. 패러것은 문밖으로 조용히 걸어 나와 근처의 거리로 향했다. 길은 좁았다. 아마도 여기에 사는 사람들은 거의가 가난할 것이다. 집들 대부분은 불이 꺼져 있어 어두웠다.

그는 한 발자국씩 앞을 향해 걸어갔다. 그가 해야 할 일이라고는 그것밖에 없었다. 거리에는 가로등이 환히 켜져 있었다. 그 당시는 가난한 자들이 사는 동네라도 성경의 작은 활자까지 쉽게 읽을 수 있을 만큼 가로등을 환히 켜놓았다. 그 세심한 불빛은 강간범과 강도 그리고 여든두 살의 노파를 목 조르려는 자들을 쫓아내고자 준비된 것이었다.

패러것은 환한 불빛과 그것으로 인해 생긴 그의 검은 그림자에 놀라지 않았다. 추적당해 잡힐지 모른다는 생각도 그를 두렵게 하지 못했다. 다만 혹시라도 그의 뇌가 발작 증세를 일으켜 꼼짝도 하지 못하는 사태가 일어나지나 않을지 그것만 두려울 뿐이었다. 그는 천천히 한 발짝씩 걸어갔다. 발은 피에 젖어 있었지만 패러것은 개의치 않았다. 고마울 정도로 집들은 한결같이 깜깜했다. 어디에고 불 켜진 집은 없었다. 몸이 아파서, 근심하느라 혹은 사랑 때문에 불을 켜둔 집은 보이지 않았다. 심지어 아이들을 위한 작은 불빛이라든가 어둠에 대한 공포를 몰아내기 위한 불빛조차 전혀 새어 나오지 않았다. 어디선가 피아노 소리가 들려왔다. 이렇게 늦은 시각이라면 아이는 아닐 것이었다. 게다가 연주 소리로 판단컨대 손가락의 흐름이 뻣뻣하고 어색하기만 해서 패러것은 아마도 연주자가 나이든 사람일 거라고 추측했다. 연주곡도 초보자용이었다. 간단한 미뉴에트 아니면 애도가로, 때가 묻거나 더러워진 낱장 악보일 것이었다. 하지만 피아노 연주자는 어둠 속에서도 악보를 읽을 수 있음이 분명했다. 피아노 소리가 흘러나오고 있는 집 역시 어두웠기 때문이다.

거리를 따라 늘어서 있던 벽들이 곧 사라지고 이번에는 공터 두 군데가 나타났다. 부서진 집들이 보였고 근처에는 '쓰레기 투척 금지'와 '매물'이라는 팻말이 붙어 있음에도 쓰레기들이 널려 있었다. 다리가 세 개인 세탁기와 차체만 남은 차가 한 대 보였다. 쓰레기 더미에 자신의 불안한 처지를 떠올렸는지 패러것의 반응은 깊고 본능적이었다. 이어 비록 꺼져버린 불에서 나는 시큼한 냄새에 불과했지만 그는 쓰레기장의 공기를 깊이 들이마셨다. 그러나 만약 그때 고개를 들어 하늘을 봤다면 틀림없이 패러것은 적이 당혹스러워했을 것이다. 거의 꽉 찬 보름달을 가리고 있던 구름이 빠른 속도로 이동하고 있었기 때문이다. 구름은 황급히 그리고 아주 재빨리 흘러가고 있어서 만약 패러것이 그 장면을 봤다면, 그의 기질로 보아, 떼를 지어 이동하는 유목민이 아니라 전진하는 부대를 떠올렸을 것이다. 전투로 더디게 나아가는 부대가 아니라 더 빨리 진군하는 부대 말이다. 하지만 패러것은 쓰러지지 않을까 하는 두려움에 오직 길바닥만 바라보며 걷고 있었으므로 하늘에서 무슨 일이 벌어지는지 전혀 알지 못했다. 그래봤자 길바닥에는 유용하게 쓸 만한 그 무엇도 눈에 띄지 않았지만.

잠시 후 저 멀리 오른쪽 전방에서 새하얀 직사각형 불빛이 쏟아져나왔다. 신발에 고인 피 때문에 질척거리는 소리가 났지만 거기까지 갈 수 있는 힘 정도는 자신에게 남아 있음을 패러것은 알고 있었다. 불빛의 진원지는 빨래방이었다. 안에는 연령과 인종이 제각각인 남자 셋과 여자 둘이 각자의 차례를 기다리고 있었다. 빨래방의 세탁기는 대부분 오븐처럼 문이 열려 있었다. 그 반대편 쪽에는 볼록한 창이 달린 건조기들이 놓여 있었는데, 그중 두 대에서 빨래들이 이리저리 뒤섞이며 떨어지고 있었다. 건조기 속 빨래들은 아무렇게나 떨어지고 떨어지기를 반복했다. 영혼이나 천사의 부주의한 추락이 있다면 바로 그 모습과 같으리라. 빨래가 깨끗이 세탁되기를 기다리는 낯선 사람들을 멍하니 바라보며 피 흘리는 탈옥수가 빨래방 창가에 서 있었다. 빨래방 안에 있던 한 여자가 그의 존재를 알아채고 자세히 살펴보기 위해 창가로 다가왔다. 여자가 그를 보고도 전혀 놀라지 않는 기색이어서 패러것은 기뻤다. 패러것이 자기 친구가 아님을 확인한 여자는 곧 몸을 돌려 세탁기 쪽으로 걸어갔다.

이번에는 저만치 떨어진 거리의 가로등 밑으로 한 남자가 보였다. 교도소에서 급파한 사람일 수도 있지만 지금까지의 행운으로 미루어 하늘에서 보내준 조력자일 수도 있었다. 남자의 머리 위로는 이런 간판이 보였다. 버스정류소, 주차금지. 남자에게서 위스키 냄새가 났고 발치에는 옷걸이 채로 옷들을 위에 걸쳐둔 여행 가방, 태양 형태의 황금색 공이 달린 전기 히터 그리고 하늘색 오토바이 헬멧이 놓여 있었다. 딱 봐도 크게 신경쓸 필요는 없는 사람 같았다. 너저분하게 늘어진 머리카락, 어딘지 모르게 엉성한 얼굴, 짜깁기한 듯 엉거주춤한 체구 그리고 숨쉴 때마다 풍기는 역한 술냄새. "안녕하시오." 남자가 인사를 건넸다. "지금 당신은 쫓겨난 사람을 보고 있는 거라오. 물론 이 물건들이 내가 가진 전부는 아니라오. 이번이 세번째 걸음이군. 새로 정착할 곳을 찾을 때까지 누이동생 집에 있을 거요. 지금은 너무 늦어서 갈 만한 곳이 별로 없지 않겠소? 돈을 안 내서 쫓겨난 게 아니오. 나도 돈은 있어요. 내가 걱정하지 않는 것 중 하나가 돈 문제라오. 아주 많으니까. 쫓겨난 이유는 다만 내가 인간이기 때문이오. 그게 이유지. 나도 인간이라서 좀 시끄럽게 굴었다 이거요. 문을 쾅 닫기도 하고, 밤에 가끔 기침도 하고, 종종 친구를 데려오기도 하고, 노래도 하고, 휘파람도 불고, 요가도 하고. 인간인 이상 그 정도 소음은 낼 수 있지 않겠소? 사람이라면 계단을 오르내릴 때 소리가 날 수밖에 없지. 그래서 쫓겨났어요. 소란죄 명목으로."

"그거 참 안됐군요." 패러것이 말했다.

"내 말이 그 말이오." 남자가 말했다. "안됐다마다. 집주인은 냄새나는 늙은 과부였소—부엌에서 같이 맥주를 마시는 남편이 있는데도 다들 과부라고 하더군—그런 사람 있잖소. 어떤 부류, 어떤 행색, 어떤 취향이든 숨이 붙어 있는 건 뭐든 그대로 못 보아넘기는 냄새나는 늙은 과부 말이오. 그래서 쫓겨났소. 내가 살아 있고 건강하기 때문에. 내 물건은 이게 다가 아니오, 결코. 텔레비전은 맨 처음에 옮겼거든. 아주 괜찮은 물건이야. 사 년 된 건데. 컬러고. 그런데 화면에 흰 줄이 가는 문제가 생겨서 수리공을 불렀더니 나더러 절대 새것과 바꾸지 말라더군. 그런 물건은 이젠 만들지도 않는다고. 흰 줄이 안 나오게 고친 다음 수리공이 내게 청구한 수리비는 단 이 달러였소. 수리공 말로는 그런 텔레비전을 보게 돼 기분이 좋았대나 어쨌대나. 지금은 저기 누이 집에 있지. 그런데 젠장, 나도 누이를 싫어하지만 누이가 날 더 싫어하지 뭐요. 그래도 내일 아침에 멋진 곳을 찾을 때까지는 신세를 져야 할밖에. 남쪽에 가면 멋진 곳들이 제법 있어요, 강도 보이고. 혹시 내가 정말 근사한 집을 구하면 나와 같이 지낼 생각은 없소?"

"글쎄요." 패러것이 대답했다.

"여기 내 명함 받아요. 내키면 언제든 전화하시오. 당신 관상이 맘에 드는군. 보아하니 유머 감각도 아주 좋을 것 같고. 열시부터 네시 사이에 전화해요. 늦게 출근하는 경우도 있지만 점심시간에도 사무실에 있으니까. 참, 누이 집엔 전화하지 마시오. 날 정말 싫어하거든. 어, 버스가 오는구먼."

불이 환히 켜진 버스에는 빨래방에서 보았던 똑같은 숫자와 똑같은 부류의 사람들이 타고 있었다—패러것이 아는 바로는 아마 같은 사람들이리라. 패러것이 전기 히터와 오토바이 헬멧을 들자 낯선 남자는 여행 가방과 옷을 집어들고는 앞장서서 걸어갔다. "버스는 내가 태워드리지." 패러것의 요금까지 지불하면서 남자가 어깨 너머로 말했다. 남자는 왼쪽 창가 세번째 자리에 앉더니 패러것에게 이렇게 말했다. "자리에 앉아요, 어서." 패러것은 자리에 앉았다. "그동안 희한한 사람들을 많이 만나봤겠죠, 안 그래요?" 남자가 말을 계속했다. "노래하고, 휘파람 불고, 또 밤에 계단을 오르내리며 시끄러운 소리 좀 냈다고 풍기문란자로 부르다니 한번 상상해봐요. 이해가 되오? 어, 비가 오네." 창가에 맺히는 투명한 빗방울을 가리키며 남자가 소리질렀다. "비가 오는데 당신은 코트도 없군그래. 하지만 여기 코트가 있소. 아마 당신에게 딱 맞을 거요. 잠깐만 기다려요." 남자는 옷 더미 속에서 코트를 하나 꺼냈다. "입어봐요." "당신은요?" "괜찮으니 입어요. 난 레인코트가 세 벌이나 되오. 늘 여기저기 돌아다니긴 해도 잃어버리지 않고 다 모아두고 있지. 보자, 누이 집에 한 벌 있고 엑시터 하우스 분실물 센터에도 한 벌 있고, 지금 내가 입고 있는 옷에 여기 또 한 벌이 더 있소. 음, 모두 네 벌이었군. 어서 입어요."

패러것은 먼저 팔부터 소매에 집어넣은 후 코트로 어깨를 감쌌다. "완벽해, 완벽해." 남자가 외쳤다. "딱 맞는군. 그거 아오? 그 코트를 입으니까 백만장자처럼 보여요. 방금 은행에 백만 달러를 예금하고 걸어나오는, 그것도 아주 천천히 걸어나오는 사람 같소. 미인에게 점심을 사주려고 은행에서 고급 레스토랑으로 걸어가는 백만장자 같아요. 완벽해."

"정말 감사합니다." 패러것이 감사를 표한 다음 자리에서 일어나 남자와 악수했다. "다음 정류장에서 내릴 겁니다."

"그래요, 알았소." 남자가 말했다. "명함에 있는 번호로 연락해요. 열시에서 네시 사이에. 좀더 늦게 나올 수도 있어요. 점심시간에는 사무실에 있을 거요. 누이 집엔 절대 전화하지 말 것."

패러것은 버스의 앞쪽으로 걸어가 다음 정류장에서 내렸다. 버스에서 인도로 발을 디딜 때 패러것은 추락에 대한 공포가, 또 그와 비슷한 다른 모든 두려움이 사라졌음을 느꼈다. 패러것은 머리를 높이 쳐들고 등을 꼿꼿이 편 다음 힘차게 걷기 시작했다. 기뻐하라. 패러것은 생각했다. 마음껏 기뻐하라.

죽음과 부활의 노래

『팔코너』는 어쩌면 '위대한 미국 소설'*일지 모른다. 적어도 지난 삼십 년 동안 출판된 작품들 중 가장 뛰어난 미국 소설일 것이다. 얼핏 생각하면 형제를 살해한 마약중독자의 이야기가 과연 미국인과 가족 그리고 결혼의 현실을 적나라하게 보여줄 수 있을지 의아하지만 『팔코너』는 이것을 그리 어렵지 않게 이루어내고 있으며, 더불어 미국이 인간의 가장 원초적이고 음란한 충동에 봉사하는 장場이 되어버렸다는

* 소위 '영문학'이라 통칭되는 분야에서 '영국' 문학을 염두에 둔 '미국' 문학계의 빼어난 걸작을 향한 염원을 담은 표현. 실제로 필립 로스는 이러한 분위기를 풍자하기라도 하듯 1973년 '위대한 미국 소설The Great American Novel'이라는 제목으로 작품을 발표하며 프랭크 노리스의 『소설가의 책임The Responsibilities of the Novelist』 중 한 구절("위대한 미국 소설은 도도새처럼 멸종한 것이 아니라, 히포그리프처럼 전설로 존재한다")을 작품의 도입부에 인용하기도 했다.

비애감과 일그러진 도덕적 관습을 훌륭히 포착해내고 있다.

1975년에 처음 출판됐음에도 결코 오래된 느낌을 주지 않는 이 소설은 마치 작가가 깊이 숨을 들이마시고 깃펜을 들어 역사적, 문화적, 문학적, 종교적 사고가 집합된 거대한 잉크통에 푹 적신 다음 잉크통에 담긴 모든 요소를 말 그대로 단번에 그리고 완벽하게 한 편의 이야기로 옮겨놓은 것 같다. 충격적인 동시에 출중한 작품인 『팔코너』는 인간에 관한 모든 이야기를 담고 있다.

새로 들어온 죄수들이 ('데이브레이크 하우스'라고도 불리는) 팔코너 교도소의 뜰을 빠르게 지나치자 누군가가 이렇게 말한다. "뭐야, 아주 착하게들 보이잖아!" 그만의 심오한 진리와 마주했을 때 치버는 그 부담감을 큰 웃음으로 떨쳐버리면서 이야기 전체에 걸쳐 희극적인 분위기와 비극적인 분위기를 교묘히 교차시킨다.

1장 끄트머리에서 동료 죄수 치킨 넘버 투는 패러것에게 이렇게 말한다. "모든 여행의 끝에는 반드시 좋은 뭔가가 있어야 하고, 그래서 모든 게 끔찍한 실수라는 걸 자네가 알았으면 하는 거야." 또 치킨 넘버 투는 아내를 포함해 많은 면회자들이 찾아올 거라며 이렇게 덧붙인다. "자네 아내가 자넬 보러 올 거야. 자네 아내는 자넬 보러 여기 와야만 할 거야. 자네가 서류에 서명하지 않는 한 이혼할 수 없을 테니까, 서류도 자기가 직접 가져와야 할 거고. 어쨌든 내가 무슨 말을 하려는지 이미 알아차렸겠지. 그거야, 모든 게 실수라는 것, 그것도 아주 끔찍한 실수."

존 치버는 일을 하기 위해 정장을 입는 것으로 하루를 시작했다고 한다. 멋지게 차려입고 중절모를 쓴 다음 각양각색의 이웃들과 함께 엘리베이터를 타고 1층으로 내려가서는 바깥으로 나가지 않고 자신이 사는 뉴욕 아파트 로비에서 계단을 통해 창문 하나 없는 지하 작업실로 출근했다. 그리고 거기서 모자는 물론 양복까지 벗은 다음 속옷 차림으로 점심시간이 될 때까지 타자기를 두드린 다음 다시 옷을 차려입고 지상으로 나왔다.

트루먼 카포티가 한때 '악마의 섬'으로 부르기도 했던 뉴욕 시의 스미더스 치료센터에서 몇 개월 동안 치료받은 후 써낸 『팔코너』는 아마 치버의 가장 위대한 작품이자 자서전에 가장 가까운 작품일 것이다. 수잔 치버는 가족에 대한 회고록 『홈 비포 다크*Home Before Dark*』에서 술에 취하지 않았을 때의 아버지는 그녀가 어릴 때 기억하던 유머러스하고 부드럽고 또 뭔가에 몰두하는 아버지로 다시 돌아온 것 같았다고 말했다. 스미더스에서 치료받은 후 치버는 결코 술을 입에 대지 않았다.

치버는 『팔코너』를 통해 개인적 경험을 그토록 심오한 공적 경험으로 변화시킬 수 있다는 탁월한 사례를 제시하는 동시에 광범위한 반향을 불러일으키면서, 알코올중독과 동성애라는 자신이 지니고 있던 가장 극심한 공포와 투쟁을 털어놓고 있다. 결국 『팔코너』는 자유에 관한 이야기, 즉 스스로를 해방하는 것에 관한 이야기다. 치버는 이 작품 이전에는 자신을, 보다 정확히 말하자면 작품에 나타난 그의 분신을 어느 순간 모든 것을 얻은 어설픈 한 시골 지주로 그렸다가 그다음에는 살면서 해야 할 일이란 '가장 아름다운 여자들을 소유하는 것'이라고 믿는 흡사 운동선수 타입의 인간, 가정적인 인간 그리고 신과 조국을 헌신적으로 사랑하는 인간으로 그렸다. 『팔코너』에서 치버는 교수 패러것을 그 이상의 인물로 묘사한다. 즉 패러것은 타락한 인간이자 범죄자인 동시에, 기대했던 만큼 잘해내지 못했다는 슬픔에 가득찬 중독자이기도 하다. 패러것 부부가 벌거벗은 채 브리 치즈가 내장에 미치는 효과를 놓고 욕실에서 토론을 벌이는 한 장면만으로, 치버는 결혼생활을 그 밑바닥까지 철저히 벗겨버린다.

치버는 계획된 이미지라 할 개인의 공적인 자아와, 개인이 자신을 어떻게 드러내고 또 경험하는가와 관련된 진실한 자아 사이에 매우 위험한 차이 혹은 분계分界가 존재함을 인정한다. 외양은 치버에게 있어 모든 것을 의미한다. 그의 주인공들은 성공적인 사람으로 보이길 원하며 이상적인 아내와 자녀, 직업을 갖길 원한다. 동시에 그들은 그들이 지닌 충동, 분노, 점점 나이들어가는 것, 그리고 문자 그대로의 의미인 동시에 비유적인 의미로 삶에 대한 발기의 상실을 두려워하기도 한다. 어떤 식으로든 실수를 하기 마련인 그들은 여전히 인간적이다. 너무나 인간적이다. 패러것은 홀로 고독하게 갇혀 있는 동안 풀 먹인 딱딱한 시트에 훔친 펜으로 주지사에게, 주교에게 그리고 그의 여자에게 편지를 쓴다. 그 편지들은 하나같이 믿을 수 없을 만큼 감동적이고 매력적이고 우아하며, 환상적일 만큼 격렬하고 인상적인 문장들로 가득차 있다.

주지사에게 보낸 편지에서 패러것은 자신이 백악관에 몇 차례 초대받았으며 십이 년 전에 만성적인 마약중독자로 판정받았다고 밝힌다. 주교에게 보낸 편지에서는 자신이 성인聖人의 길을 따랐다고 주장하면서 이렇게 덧붙인다. "주교님도 잘 아시다시피 인류의 가장 보편적인 이미지는 사랑이나 죽음이 아닙니다. 그것은 바로 심판의 날입니다." 그리고 여자에게 보낸 편지에서는 추억 속으로 깊이 빠져든다. "우리가 처음 만났을 때를 기억하오. 나는 오늘, 아니 영원히 남자의 통찰력에 대해 놀라게 될 것 같소. 어떻게 한번 힐끗 보는 것만으로 여자의 추억이 지닌 범위와 아름다움, 색깔과 음식과 기후와 언어에 대한 취향, 내장과 두개골과 생식기관의 정확한 임상적 치수 그리고 치아, 머리카락, 피부, 발톱, 시력, 기관지의 상태를 그렇게 짧은 순간에 그려볼 수 있는지, 남자는 사랑이라는 진단에 달아올라 그녀가 운명의 상대라는 걸, 또는 서로가 서로에게 운명의 상대라는 걸 포착할 수 있다오." 그리고 이렇게 편지를 끝맺는다. "나는 이 모든 것을 기억하며, 우리가 함께했던 요트 경주 역시 기억할 수 있소. 하지만 이제 너무 어두워지는구려. 더이상 글을 쓰기 힘들 만큼 많이 어두워졌소."

문자 그대로의 의미든 상징적인 의미든 어두움에 관한 의구심과는 상관없이 정성스레 다듬고 다듬은 끝에 어느 모로 봐도 아름다움이 느껴질 만큼 훌륭한 문장을 생산해내는 치버의 능력에는 의심의 여지가 없다. 치버는 『팔코너』에서 긍정과 부정 사이의 아슬아슬한 균형, 그리고 적절한 강약 조절을 통해 심연과 어둠 속에 갇혀 있으면서도 여전히 희망—상실에 굴하지 않는 희망, 결국에는 그 이상의 뭔가가 있으리라는 희망, 인간적인 희망, 삶에의 긍정—을 잃지 않는 한 남자의 이야기를 풀어낸다. 치버는 섬세한 작가이자 때로는 극도의 정밀성을 자랑하는 작가이기도 하다. 뉴욕에서 사십 마일 정도 떨어져 있으며 치버가 한때 고향이라 불렀던 곳, 또 치버가 글쓰기 과정을 가르치기도 했던 악명 높은 싱싱 교도소가 위치해 있는 오시닝의 치버를 우리는 상상할 수 있다. 가시 돋친 철사 울타리와 무장 경비병으로 둘러싸인, 불길한 바위 요새 같은 교도소의 존재는 그 어디를 가도 느낄 수 있다. 교도소만 아니었다면 목가적이었을 시가지의 언덕들에서도 교도소에 있는 사람들의 목소리가 들릴 것이다.

치버는 카인과 아벨의 이야기 같은 신화적이고 성서적인 요소를 동원해 『팔코너』의 주인공인 에제키엘(패러것)이 어떻게 형 에벤을 살해하게 됐는지 차근차근 이야기를 펼쳐간다. 사실 패러것이 죽기를 항상 원했던 사람은, 패러것의 아버지가 엄마의 배 속에 있던 패러것을 없애려고 낙태 시술자를 불렀다는 사실을 상기시켰던 사람은, 또 패러것을 죽이기 위해 그에게 위험한 물에서 수영하도록 치밀하게 시도했던 사람은 에벤이었다. 『팔코너』는 더 많은 것을 찾으려는(이것은 간단히 말해 아메리칸드림의 두번째 물결일 것이다) 영웅적인 인물에 대한 이야기이자 신화적인 탐구 여행이기도 하다. 나 역시 더 많은 것을 원한다.

시간과 역사와 기억을 넘나들다 마침내 주인공을 철창에 몰아넣었던 잔인한 순간에 이르기까지, 치버는 분노와 지성 그리고 날카로움이 넘치는 깊고 풍부한 글을 선보임으로써 이 책을 고통스러울 만큼 빛나는 존재로 만들었다. 『팔코너』는 죽음과 부활에 관한 책이다. 서정적이면서도 강력한 힘을 지닌 『팔코너』는 결국에는 독자들 역시 패러것처럼 '기뻐하라' 하고 외치게 만들 것이다. 『팔코너』는 미국 영혼의 발굴이다. 이 작품은 걸작이다.

A. M. 홈스

팔코너, 그 무거운 삶의 초상화

『팔코너』는 치버 말년의 작품이다. 치버는 1977년에 『팔코너』를, 그리고 70세가 되던 1982년에 마지막 작품인 『이 얼마나 천국 같은가』를 세상에 내놓았고 바로 그해에 암으로 세상을 떠났다. 이 두 작품은 노년에 이른 치버의 삶에 대한 단초와 그의 일생을 관통했던 경험 및 생각들이 곳곳에 녹아 있다는 점에서 공통적이라 할 수 있지만 『이 얼마나 천국 같은가』의 경우 치버의 마지막 작품이라는 점 외에는 그리 큰 주목을 받지 못했던 반면 『팔코너』는 두드러진 외설성, 주인공으로 대표되는 작가 자신의 치열한 삶의 고뇌 및 고백 그리고 범죄라는 인간의 불완전성에 대한 고찰 등으로 치버가 남긴 또하나의 걸작으로 자리 잡았다.

치버가 줄기차게 다뤘던 주요 테마는 인간의 본성이 지니고 있는 이

중성이다. 치버의 작품 속에서 이러한 이중성은 때로는 한 인간이 갖고 있는 이중적인 자아인 그럴듯한 사회적 자아와 타락한 내면적 자아 사이의 갈등으로, 때로는 완전히 상이한 (이를테면 형제 같은) 두 캐릭터의 대비를 통해 표현되고 있는데 『팔코너』에서도 이와 같은 고민을 여전히 드러내고 있는 한편 나아가 인간에 대한 초월적인 구원이 가능한가의 여부까지도 다루고 있다.

대학교수인 주인공 패러것은 형을 살해한 죄로 『팔코너』 교도소에 수감된다. 마약중독자이기도 한 패러것은 교도소라는 낯선 환경에서 구금이라는 고통을 겪으며 동료 죄수들과 함께 새로운 삶을 시작하고 이어 그를 『팔코너』에 갇히게 한 가족과의 불편한 관계 등 자신의 과거를 되돌아본다. 이런 환경 속에서 변화해가는 패러것을 통해 치버가 전달하려 한 주된 메시지 중 하나는 바로 구금이 인간에게 끼치는 영향이다. 여기서 말하는 구금은 한곳에 갇혀 있다는 물리적 의미의 구금뿐만 아니라 그 물리적인 구금 때문에 치러야 하는 정신적인 고통, 구체적으로 말하자면 타인으로부터의, 삶으로부터의, 심지어 본문의 다음 대목에서 알 수 있는 것처럼 자기 자신으로부터의 소외까지를 포함한다.

> (……) 바로 그 순간 자신이 누구이며 어디에 있는지 전혀 알 수가 없었다. 눈앞에 보이는 변기의 용도조차 불가사의했다. 손에 들고 있던 책의 글자도 전혀 이해할 수 없었다. 그는 자기 자신에 대해 알 수 없었다. 모국어가 무엇인지도 잊어버렸다. 갑작스레 여자와 노랫소리에 대한 추적을 중단했고 마침내 그것들이 사라지자 안도감에 휩싸였다. 그에게 가벼운 현기증만 남긴 채 꿈은 절대적인 소외의

경험도 함께 데리고 사라졌다. 상처받았다기보다 충격을 더 받았다. 책을 들어보니 그제야 글을 이해할 수 있었다. 변기란 무언가를 버리기 위한 장치이고 교도소의 이름은 팔코너였다. 그는 살인죄로 기소된 상태였다. 그렇게 자신을 둘러싼 세세한 사실들을 하나하나 끌어모았다. 특별히 달콤하다고는 할 수 없었지만 그래도 유용하고 오래 지속되는 현실들이었다.

자기 자신으로부터의 소외까지를 포함하는 이와 같은 극한적인 상황은 교도소, 간수 및 동료 죄수, 수감자를 만나러 온 면회객 그리고 현실과 무의식의 경계가 사라지는 순간에 관한 묘사 등을 통해 구체화되고 있는데 그중 가장 상징적인 대목은 주요 등장인물 중 하나인 치킨 넘버 투가 교도소에서 크리스마스 사진을 찍을 때 사진을 보낼 주소로 '북극, 고드름 가, 산타클로스 부부 앞'이라고 쓰는 장면일 것이다.

치킨은 자기 차례가 되자 손에 들고 있던 신청서를 내보였다. 거기에는 이렇게 쓰여 있었다. 북극, 고드름 가, 산타클로스 부부 앞. 사진사는 활짝 미소를 지으며 나머지 죄수들과 치킨의 농담을 공유하고 싶다는 듯 주위를 둘러보았다. 하지만 곧 장엄한 분위기까지 풍기는 치킨의 외로움을 알아차렸다. 치킨의 고통을 풀어놓은 그 문장 앞에서 웃는 사람은 아무도 없었다.

하지만 『팔코너』는 구금이 인간에게 미치는 영향을 고찰한 작품인 동시에 한편으로는 패러것을 감옥에까지 가게 만든 그의 인생과 사랑

또 그로 하여금 교도소를 탈출하게 만드는 인간과 신에 대한 사랑의 이야기이기도 하다. 먼저 패러것은 동료 죄수인 조디와 교도소에서 사랑에 빠지면서 자신이 느끼는 사랑의 의미에 대해 고민을 거듭한다.

만약 조디에 대한 사랑이 실은 자기 자신에 대한 사랑이었다고 한다면, 동시에 그것은 그가 잃어버린 청춘에 대한 집착일 수도 있었다. 패러것에 비해 조디는 달콤한 숨소리와 피부를 가진 청춘이었고, 그런 그를 안고 있을 때면 패러것도 잠시나마 푸른 젊음을 느낄 수 있었다. 친구나 연인을 그리워하는 것처럼, 젊은 시절 찾아갔던 아름다운 해변의 오두막집을 그리워하는 것처럼, 패러것은 그렇게 자신의 청춘을 그리워했다.

한편 조디에 대한 사랑을 죽음 혹은 죽음의 어두운 그림자와 친숙해지기 위한 시도로 생각해볼 여지도 있었다. 어쩌면 패러것은 조디의 몸을 부식과 부패라 생각하고 기꺼이 껴안았을지도 모른다. 남자의 목에 키스하거나 열정에 가득찬 눈으로 남자의 눈을 응시하는 것은 장례식장에서의 의식과 절차만큼이나 부자연스러운 일이었으니까. 어쩌면 패러것은 훗날 시신이 된 자신을 뒤덮을 잔디에 키스하는 마음으로 그 탄탄한 조디의 배에 키스했던 것은 아닐까.

패러것은 조디에 대한 사랑을 나르시시즘, 청춘, 심지어 죽음에까지 연결시키면서 사랑의 의미를 찾고자 애쓰지만 확실한 답을 얻지 못한다. 그러나 죽어가는 치킨 넘버 투를 씻기고 간호하는 동안 욕정으로만 가득한 개인의 이기적인 사랑에서 벗어나 그 외연이 인간과 신에 대한 사랑으로까지 확대됨을 경험한다. 즉 죽음을 앞둔 치킨의 몸을 씻기던 패러것은 치킨의 몸에 나 있는 문신을 유심히 관찰하는데 이는 정욕에 가득찬 시선이 아니라 인간에 대한 순수한 애정이 어려 있는 시선이며 그것은 다음에 이어지는 대목이 패러것이 형을 죽였던 상황을 회상하는 장면이라는 점에서 간접적으로 확인할 수 있다. 다시 말해 패러것은 치킨을 매개로 하여 형을 죽인 자기 자신을 돌아보게 되고 이에 결국 비통함과 속죄의 눈물을 흘렸던 것이다.

물리적, 정신적 구금의 폐해로 인해 죄수들은 조금씩 쇠잔해지고 결국 피할 수 없는 운명처럼 죽음을 맞이한다. 그러나 자신이 응당 있어야 할 곳이 교도소 밖이라고 확신하는 패러것은 조디의 탈출에서 영감을 얻고 치킨 넘버 투의 죽음을 계기로 마침내 탈옥에 성공한다. 그러나 탈옥에 성공한 뒤의 패러것의 운명은 본문에서 알 수 있듯 미지수로 남겨진다. 인간과 신에 대한 사랑이 일단은 패러것을 자유롭게 만들었지만 그가 다시 붙잡혀 재수감될지 아니면 원했던 삶을 자유롭게 누리며 살게 될지는 아무도 알 수 없다. 탈옥 후 패러것의 운명에 관한 이와 같은 상황은 다음과 같은 묘사를 통해 분명히 드러난다.

그러나 만약 그때 고개를 들어 하늘을 봤다면 틀림없이 패러것은 적이 당혹스러워했을 것이다. 거의 꽉 찬 보름달을 가리고 있던 구름이 빠른 속도로 이동하고 있었기 때문이다. 구름은 황급히 그리고 아주 재빨리 흘러가고 있어서 만약 패러것이 그 장면을 봤다면, 그의 기질로 보아, 떼를 지어 이동하는 유목민이 아니라 전진하는 부대를 떠올렸을 것이다. 전투로 더디게 나아가는 부대가 아니라 더 빨리 진군하는 부대 말이다. 하지만 패러것은 쓰러지지 않을까 하는 두려움에 오직 길바닥만 바라보며 걷고 있었으므로 하늘에서 무슨 일이 벌어지는지 전혀 알지 못했다.

패러것을 체포하고자 쫓아오는 경찰을 연상시키는 위의 대목은 패러것이 아직 완전한 자유를 획득했다고 말하기 어려운 불안한 상황에 처해 있음을 말해준다. 그런데 패러것이 물리적인 자유를 얻을 수 있을 것인가라는 문제에서 한 발 더 나아가 자유로운 삶에 대한 가능성을 죄에 빠진 인간에 대한 구원의 가능성으로까지 확대하여 가정해본다면, 치버는 그 최종적인 결말을 제시하는 대신에 이에 대한 고민을 패러것과 작가 자신 그리고 우리에게 열린 상태로 놓아둔 채 마무리하고 있으며 이와 같은 양면적인 결말의 가능성은 탈옥 후의 상황, 버스정류장에서 만난 정체 모를 남자, 세탁기에서 떨어져 내리는 세탁물을 통해서 암시되고 있다. 즉 치버는 패러것이 구원받은 영혼과 천사로 남을 수 있느냐의 여부는 독자가 판단해야 할 몫으로 남겨놓고 있다.

건조기 속의 빨래들은 아무렇게나 떨어지고 떨어지기를 반복했다. 영혼이나 천사의 부주의한 추락이 있다면 바로 그 모습과 같으리라.

『팔코너』는 소설 속 주인공인 패러것과 작가인 치버가 매우 닮았다는 점에서 독자의 집중력과 긴장을 유발하고 있기도 하다. 즉 둘 모두

양육되는 과정과 이후의 결혼생활에서 문제를 겪었으며 마약과 알코올중독에 시달렸고 양성애에 대한 혐오감도 지니고 있었다. 중독 증상에서 치유되긴 했지만 이후 과거의 중독 상태로 되돌아가버리고 말 것인가 아니면 구원받을 수 있을 것인가 하는 불안에 시달렸다는 점도 유사하다. 바로 이와 같은 주인공과 작가의 일치성이 『팔코너』를 더욱 풍부하게 만들어주는 요인으로 작용하고 있는 것이다.

비록 짧은 분량의 소설이긴 하나 결코 어느 한 문장도 소홀히 할 수 없는 『팔코너』는 마치 군더더기를 말끔히 생략한 추상화를 연상케 한다. 하지만 그 추상화는 삶의 무게가 너무나도 무겁게 느껴져 당장이라도 벗어버리고 싶은 충동을 일으키게 하는 어둡고 음울한 색조의 추상화다. 번역하는 내내 조금씩 지쳐가는 느낌을 받았던 이유는 형제 살해라는 엄청난 범죄, 교도소에서 벌어지는 폭력적인 일상, 거기에 주인공인 패러것의 고백처럼 정상적이 아니라 '기이'하게만 느껴지는 가족 관계 등 『팔코너』에는 범인凡人으로서는 견디기 힘든 현실들이 처음부터 끝까지 넘쳐나기 때문이었을 것이다. 그렇지만 『팔코너』는 자신의 죽음을 통해 결과적으로 패러것의 탈출에 큰 기여를 했던 치킨 넘버 투의 다음과 같은 대사처럼 행복한 결말이 기다리고 있을지도 모른다는 희망을 제시하는 구원의 메시지임을 결코 잊어서는 안 된다.

> 왜냐하면 어떤 여행이든, 심지어 바보들의 여행이라 해도 그 끝엔 황금 단지나 젊음의 샘, 이제까지 그 누구도 본 적이 없는 바다나 강, 아니면 최소한 구운 감자를 곁들인 대형 비프스테이크처럼 좋은 뭔가가 반드시 있기 때문이지. 모든 여행의 끝에는 반드시 좋은 뭔가

가 있어야 하고.

개인적으로 치버의 수작이라 할 『팔코너』를 번역할 수 있는 기회를 얻게 된 것은 기쁘기 그지없는 일이었지만 번역하는 과정은 정말이지 난관의 연속이었다. 치버는 사건을 전개하는 방식에 있어 전혀 친절하지 않았다. 즉 무뚝뚝하게도 이전 사건과 이후 사건을 연결해주는 의미심장한 고리들을 자주 간결(?)히 생략해버림으로써 당시의 시대적 상황 및 치버라는 작가 개인에 대한, 또 그의 작품에 대한 전반적인 지식 없이는 작품을 제대로 이해하기 어렵게 만들고 있기 때문이다. 번역하면서 『팔코너』에 녹아 있는 치버의 치열한 고민을 잘 담을 수 있도록 노력했지만 과연 그에 상응하는 성과를 거두었는지는 의문이다. 혹시 번역상에 오류가 있다면 이는 모두 부족한 역자의 역량 탓임을 밝힌다.

모쪼록 이 책이 치버의 작품 세계를 이해할 수 있는 소중한 기회가 될 수 있기를 진심으로 바라며, 더불어 2011년 초판에 이어 금번에 개정판이 나올 수 있도록 노고를 아끼지 않으신 문학동네 이현정 님을 비롯하여 문장 하나하나마다 꼼꼼히 신경써가며 수고해주신 여러 관계자 분들께도 머리 숙여 깊이 감사드린다.

박영원

1912년 1912년 5월 27일 매사추세츠 주 퀸시에서 프레더릭 링컨 치버와 메리 릴리 치버 사이에서 존 윌리엄 치버(이하 치버) 출생. 아버지가 신발 공장을 운영하는 성공한 사업가였기 때문에 치버는 울러스턴의 상류층 거주지에서 유복한 유년을 보냈다. 그러나 신발사업이 쇠락하기 시작하자, 아버지는 술을 마셔대기 시작했다. 어머니는 부채를 갚기 위해 퀸시의 번화가에서 선물 가게를 열었다. 어머니가 생계를 책임지는 모습에 어린 치버는 모욕감을 느낀다.

1926년 사립학교 세이어 아카데미에 입학하다. 그러나 답답한 분위기에 싫증을 느꼈고, 학업 성적도 좋지 않았다.

1928년 퀸시 고등학교로 전학하다.

1929년 〈보스턴 헤럴드〉가 후원하는 단편소설 공모에 입상하다. 세이어 아카데미에서 그를 특별한 재능을 지닌 학생으로 여기고 불러들이다. 그러나 성적은 여전히 좋지 않았고, 흡연과 교장이 내건 마지막 경고를 깨뜨려 퇴학당한다.

1930년 세이어 아카데미에서 제적당한 경험을 냉소적인 문체로 쓴 단편 「추방」을 〈뉴 리퍼블릭〉에 발표하다. 이즈음 가족의 경제적 어려움으로 대학을 중퇴하고 돌아온 형 프레드를 만나다. 치버는 이때를 가장 심각하고 고통스러운 시절로 회고했다.

1932년 아버지가 투자했던 회사의 부도로 가정형편이 더욱 어려워지자, 형 프레드와 보스턴 비컨힐의 한 아파트에서 함께 살다.

1933년 뉴욕의 새러토가스프링스의 예술인 마을 '야도'의 책임자 엘리자베스 암스에게 편지를 쓰다. 암스는 그해에는 부탁을 거절했지만, 이듬해 그에게 거처를 제공해준다. 그러자 치버는 형과의 애착관계를 끊기로 결심한다. 이런 결심은 훗날 그의 일기에서 발견된다.

1934년 예술인 마을 '야도'에서 여름을 보내다. 이후 몇 년간 그는 맨해튼, 새러토가, 레이크 조지, 퀸시 등을 오가며 낡은 자동차를 타고 거처 없이 떠돈다.

1935년 〈뉴요커〉의 편집자 캐서린 화이트가 치버의 단편 「버펄로」를 사다.

1938년 워싱턴 DC의 연방 작가 프로젝트에서 일을 시작하다. 루스벨트의 추진사업 중 하나였던 연방 작가 프로젝트의 목적은 문필가들로 하여금 지역의 역사 서술과 민담을 수집하고, 그 시대에 사라져가는 예전의 노예, 소작농, 방직업 노동자를 모두 인터뷰해서 기록으로 남기는 것이었다. 치버는 이것이 무익하다고 생각했다.

1941년 예일 의과대학 학장의 딸 메리 윈터니츠와 결혼하다. 이 결혼은 치버가 전 생애 동안 숱한 양성애 스캔들을 일으키는 와중에도 끝까지 지속된다.

1942년 2차대전중 육군에 자원입대하여 통신병과 포병으로 복무하다.

1943년 첫 작품집 『어떤 사람들이 사는 법』을 출간하다. 교외의 저소득층의 삶과 자신이 경험한 일을 소재로 한 이 단편집에 혹독한 비난과 상찬이 쏟아진다. 그러나 스스로는 만족하지 못했던 치버는 이후 평생에 걸쳐 이 책을 구하는 대로 없애버리려고 했다. 7월 31일, 딸 수전이 태어나다.

1946년 가족과 함께 서턴 플레이스 근교의 아파트로 이사하다. 이후 오 년 동안 매일 아침 정장을 차려입고 엘리베이터를 타고 지하실로 내려가 점심시간까지 글을 썼다. 참전 기간 동안 미뤄두었던 장편 『호랑가시나무』를 다시 시작하는 조건으로 랜덤하우스와 선불 계약하다.

1947년 5월에 단편 「기괴한 라디오」를 〈뉴요커〉에 게재하다. 이 작품으로 까다롭기로 소문난 편집자 해럴드 로스에게 극찬을 받다.

1948년 5월 4일, 아들 벤저민이 태어나다.

1949년 단편 「돼지가 우물에 빠졌던 날」의 초고를 완성하다. 그러나 치버는 이 작품을 1954년에야 발표한다.

1951년 빼어난 단편 「참담한 작별」을 발표하다. 원고 상태의 이 작품으로 구겐하임 펠로십을 수상한다. 5월 28일, 비치우드로 이사하다.

1953년 두번째 작품집 『기괴한 라디오 외』를 출간하다. 평가는 대부분 호의적이었으나, 평론가들이 평범한 수준이라고 여기는 잡지 〈뉴요커〉와 치버가 쌓은 관계 때문에 편견 어린 시선을 받았다. 또 비슷한 시기에 발간되어 인기를 모은 J. D. 샐린저의 작품집 『아홉 가지 이야기』 때문에 작가로서 자존심에 상처를 입었다. 한편 랜덤하우스는 치버에게 작품을 쓰든지, 선불금을 돌려달라고 재촉한다. 그러자 치버는 담당자에게 편지를 써서 "내 늙은 뼈를 경매에 부치겠소"라고 대꾸한다.

1956년 첫 장편 『왑샷 가문 연대기』를 탈고하다. 진 스태퍼드, 대니얼 푹스, 윌리엄 맥스웰과 함께 쓴 『단편들』을 출간하다.

1957년 『왑샷 가문 연대기』를 출간하다. 3월 9일, 이탈리아로 떠난 가족 휴가중에 아들 페데리코가 태어나다.

1958년 『왑샷 가문 연대기』로 전미도서상을 수상하다. 작품집 『셰이디 힐의 절도범 외』를 출간하다.

1961년 작품집 『나의 다음 소설에는 등장하지 않을 몇몇 사람, 장소, 사물들』을 출간하다.

1964년 『왑샷 가문 몰락기』를 출간하다. 이 작품은 치버의 삶에서 최고의 평가를 받았다. 그해 3월 〈타임〉의 표지인물이 되다. 작품집

『여단장과 골프 과부』를 출간하다. 문화 교환 프로그램의 일환으로 육 주간 러시아에 머물다.

1965년 『왑샷 가문 몰락기』로 윌리엄 딘 하우얼스 메달을 수상하다.

1969년 장편 『불릿파크』를 출간하다. 이즈음부터 알코올중독 증세를 보이다.

1973년 알코올중독 합병증으로 병원에 입원했다가 술을 끊겠다고 맹세하고 퇴원했으나, 다시 술을 마시기 시작하다. 아이오와 작가 워크숍에서 일 년 동안 강의를 하다. 강사로 온 레이먼드 카버를 만나 같이 술을 마시며 일 년을 보낸다.

1974년 대학 정규교육을 받아본 적이 없는 치버가 보스턴 대학교에서 제안한 문예창작 교수직을 받아들이다. 우울증과 알코올중독이 심해져 한 달간 재활센터에서 치료를 받다. 이때의 경험이 장편 『팔코너』의 곳곳에서 발견된다.

1975년 알코올중독에서 벗어나다. 이후 그는 술을 전혀 입에 대지 않았다.

1977년 『팔코너』를 출간하다. 1월에 유타 대학교에서 강의하는 동안 동료이자 비서, 연인이 된 맥스를 만나다. 두 달 뒤, '미국의 가장 위대한 소설 존 치버의 『팔코너』'라는 문구와 함께 〈뉴스위크〉 표지인물이 되다. 『팔코너』가 삼 주 동안 〈뉴욕타임스〉 베스트셀러 1위에 오르다.

1978년 『존 치버 단편선집』을 출간하다. 세계적인 명성을 얻은 이 작품집은 12만 5천 부가 팔려나갔다.

1979년 『존 치버 단편선집』으로 소설 부문 퓰리처상, 전미도서비평가협회상, 전미도서상(1981년)을 수상하다.

1981년 신장에서 종양을 발견하다. 11월에는 온몸으로 종양이 퍼져나가다.

1982년 3월에 마지막 장편 『이 얼마나 천국 같은가』를 출간하다. 4월

27일, 카네기홀에서 미국 예술아카데미로부터 문학 부문 국민 훈장을 받다. "훌륭한 작품의 한 페이지는 그 어느 것에도 비교할 수 없을 만큼 막강한 힘을 지닌다"고 말한 그의 수상 소감에 대해 존 업다이크는 "그의 신념을 듣고 그곳에 모인 작가들이 모두 숙연해졌다"고 회고했다. 6월 18일, 암으로 사망하여 매사추세츠 노웰에 잠들다.

문학동네 세계문학전집 발간에 부쳐

세계문학은 국민문학 혹은 지역문학을 떠나 존재하는 문학이 아니지만 그것들의 총합도 아니다. 세계문학이라는 용어에는 그 나름의 언어와 전통을 갖고 있는 국민문학이나 지역문학의 존재를 인정하면서 그것을 넘어서는 문학의 보편적 질서에 대한 관념이 새겨져 있다. 그 용어를 처음 고안한 19세기 유럽인들은 유럽문학을 중심으로 그 질서를 구축했지만 풍부한 국민문학의 전통을 가지고 있는 현대의 문학 강국들은 나름의 방식으로 세계문학을 이해하면서 정전(正典)의 목록을 작성하고 또 수정한다.

한국에서도 세계문학 관념은 우리 사회와 문화의 변화 속에서 거듭 수정돼왔다. 어느 시기에는 제국 일본의 교양주의를 반영한 세계문학 관념이, 어느 시기에는 제3세계 민족주의에 동조한 세계문학 관념이 출현했고, 그러한 관념을 실천한 전집물이 출판됐다. 21세기 한국에 새로운 세계문학전집이 필요하다는 것은 명백하다. 우리의 지성과 감성의 기준에 부합하는 세계문학을 다시 구상할 때가 되었다.

문학동네 세계문학전집은 범세계적으로 통용되는 고전에 대한 상식을 존중하면서도 지난 반세기 동안 해외 주요 언어권에서 창작과 연구의 진전에 따라 일어난 정전의 변동을 고려하여 편성되었다. 그래서 불멸의 명작은 물론 동시대 세계의 중요한 정치·문화적 실천에 영감을 준 새로운 작품들을 두루 포함시켰다.

창립 이후 지금까지 한국문학 및 번역문학 출판에서 가장 전문적이고 생산적인 그룹을 대표해온 문학동네가 그간 축적한 문학 출판 경험을 바탕으로 새로운 세계문학전집을 펴낸다. 인류가 무지와 몽매의 어둠 속을 방황하면서도 끝내 길을 잃지 않은 것은 세계문학사의 하늘에 떠 있는 빛나는 별들이 길잡이가 되어주었기 때문이다. 우리가 자부심과 사명감 속에서 그리게 될 이 새로운 별자리가 독자들의 관심과 애정에 힘입어 우리 모두의 뿌듯한 자산이 되기를 소망한다.

문학동네 세계문학전집 편집위원

민은경, 박유하, 변현태, 송병선, 이재룡, 홍길표, 남진우, 황종연

지은이 **존 치버**

20세기 영미문학의 거장. 1912년 매사추세츠 주 퀸시에서 태어났다. 열여덟 살 때, 세이어 아카데미에서 제적당한 경험을 소재로 한 단편 「추방」을 발표하면서 등단했다. 〈뉴요커〉를 비롯한 다양한 잡지에 글을 썼으며, 영화 시나리오 작가 및 대학교수로도 활동했다. 교외에 사는 저소득층과 자신의 경험을 녹여낸 첫 작품집 『어떤 사람들이 사는 법』(1943) 『기괴한 라디오』(1953) 『여단장과 골프 과부』(1964) 등을 펴내면서 작가로서의 지위를 확고히 했다. 1979년 『존 치버 단편선집』으로 퓰리처상과 전미비평가협회상, 전미도서상을 수상했고, 1982년 암으로 사망하기 6주 전 미국 예술아카데미로부터 문학부문 국민훈장을 받았다.

옮긴이 **박영원**

고려대학교 영어영문학과를 졸업하고 전문번역가로 활동하고 있다. 옮긴 책으로 『존치버의 일기』 『스포츠 라이터』 『달콤한 목요일』 『여유의 기술』 『늑대인간』 『마법살인』 등이 있다.

세계문학전집 061

팔코너

양장본 1판 1쇄 2011년 2월 25일
양장본 2판 1쇄 2017년 5월 8일

지은이 존 치버 | 옮긴이 박영원 | 펴낸이 염현숙

책임편집 이현정 | 편집 정소연 박인숙 | 독자모니터 구소영 | 모니터링 이희연
디자인 윤종윤 이주영 | 저작권 한문숙 김지영
마케팅 우영희 강하린 | 홍보 김희숙 김상만 이천희
제작 강신은 김동욱 임현식 | 제작처 영신사

펴낸곳 (주)문학동네
출판등록 1993년 10월 22일 제406-2003-000045호
주소 10881 경기도 파주시 회동길 210
전자우편 editor@munhak.com | 대표전화 031)955-8888 | 팩스 031)955-8855
문의전화 031)955-1927(마케팅), 031)955-2652(편집)
문학동네카페 http://cafe.naver.com/mhdn
문학동네트위터 http://twitter.com/munhakdongne

ISBN 978-89-546-1399-6 04840
978-89-546-0901-2 (세트)

www.munhak.com

문학동네 세계문학전집

1, 2, 3 안나 카레니나 레프 톨스토이 | 박형규 옮김
4 판탈레온과 특별봉사대 마리오 바르가스 요사 | 송병선 옮김
5 황금 물고기 르 클레지오 | 최수철 옮김
6 템페스트 윌리엄 셰익스피어 | 이경식 옮김
7 위대한 개츠비 F. 스콧 피츠제럴드 | 김영하 옮김
8 아름다운 애너벨 리 싸늘하게 죽다 오에 겐자부로 | 박유하 옮김
9, 10 파우스트 요한 볼프강 폰 괴테 | 이인웅 옮김
11 가면의 고백 미시마 유키오 | 양윤옥 옮김
12 킴 러디어드 키플링 | 하창수 옮김
13 나귀 가죽 오노레 드 발자크 | 이철의 옮김
14 피아노 치는 여자 엘프리데 옐리네크 | 이병애 옮김
15 1984 조지 오웰 | 김기혁 옮김
16 벤야멘타 하인학교 – 야콥 폰 군텐 이야기 로베르트 발저 | 홍길표 옮김
17, 18 적과 흑 스탕달 | 이규식 옮김
19, 20 휴먼 스테인 필립 로스 | 박범수 옮김
21 체스 이야기·낯선 여인의 편지 슈테판 츠바이크 | 김연수 옮김
22 왼손잡이 니콜라이 레스코프 | 이상훈 옮김
23 소송 프란츠 카프카 | 권혁준 옮김
24 마크롤 가비에로의 모험 알바로 무티스 | 송병선 옮김
25 파계 시마자키 도손 | 노영희 옮김
26 내 생명 앗아가주오 앙헬레스 마스트레타 | 강성식 옮김
27 여명 시도니가브리엘 콜레트 | 송기정 옮김
28 한때 흑인이었던 남자의 자서전 제임스 웰든 존슨 | 천승걸 옮김
29 슬픈 짐승 모니카 마론 | 김미선 옮김
30 피로 물든 방 앤절라 카터 | 이귀우 옮김
31 숨그네 헤르타 뮐러 | 박경희 옮김
32 우리 시대의 영웅 미하일 레르몬토프 | 김연경 옮김
33, 34 실낙원 존 밀턴 | 조신권 옮김
35 복낙원 존 밀턴 | 조신권 옮김
36 포로기 오오카 쇼헤이 | 허호 옮김
37 동물농장·파리와 런던의 따라지 인생 조지 오웰 | 김기혁 옮김
38 루이 랑베르 오노레 드 발자크 | 송기정 옮김
39 코틀로반 안드레이 플라토노프 | 김철균 옮김
40 어두운 상점들의 거리 파트릭 모디아노 | 김화영 옮김

41 순교자 김은국 | 도정일 옮김
42 젊은 베르테르의 슬픔 요한 볼프강 폰 괴테 | 안장혁 옮김
43 더블린 사람들 제임스 조이스 | 진선주 옮김
44 설득 제인 오스틴 | 원영선, 전신화 옮김
45 인공호흡 리카르도 피글리아 | 엄지영 옮김
46 정글북 러디어드 키플링 | 손향숙 옮김
47 외로운 남자 외젠 이오네스코 | 이재룡 옮김
48 에피 브리스트 테오도어 폰타네 | 한미희 옮김
49 둔황 이노우에 야스시 | 임용택 옮김
50 미크로메가스·캉디드 혹은 낙관주의 볼테르 | 이병애 옮김
51, 52 염소의 축제 마리오 바르가스 요사 | 송병선 옮김
53 고야산 스님·초롱불 노래 이즈미 교카 | 임태균 옮김
54 다니엘서 E. L. 닥터로 | 정상준 옮김
55 이날을 위한 우산 빌헬름 게나치노 | 박교진 옮김
56 톰 소여의 모험 마크 트웨인 | 강미경 옮김
57 카사노바의 귀향·꿈의 노벨레 아르투어 슈니츨러 | 모명숙 옮김
58 바보들을 위한 학교 사샤 소콜로프 | 권정임 옮김
59 어느 어릿광대의 견해 하인리히 뵐 | 신동도 옮김
60 웃는 늑대 쓰시마 유코 | 김훈아 옮김
61 팔코너 존 치버 | 박영원 옮김
62 한눈팔기 나쓰메 소세키 | 조영석 옮김
63, 64 톰 아저씨의 오두막 해리엇 비처 스토 | 이종인 옮김
65 아버지와 아들 이반 투르게네프 | 이항재 옮김
66 베니스의 상인 윌리엄 셰익스피어 | 이경식 옮김
67 해부학자 페데리코 안다아시 | 조구호 옮김
68 긴 이별을 위한 짧은 편지 페터 한트케 | 안장혁 옮김
69 호텔 뒤락 애니타 브루크너 | 김정 옮김
70 잔해 쥘리앵 그린 | 김종우 옮김
71 절망 블라디미르 나보코프 | 최종술 옮김
72 더버빌가의 테스 토머스 하디 | 유명숙 옮김
73 감상소설 미하일 조셴코 | 백용식 옮김
74 빙하와 어둠의 공포 크리스토프 란스마이어 | 진일상 옮김
75 쓰가루·석별·옛날이야기 다자이 오사무 | 서재곤 옮김
76 이인 알베르 카뮈 | 이기언 옮김

77 달려라, 토끼 존 업다이크 | 정영목 옮김

78 몰락하는 자 토마스 베른하르트 | 박인원 옮김

79, 80 한밤의 아이들 살만 루슈디 | 김진준 옮김

81 죽은 군대의 장군 이스마일 카다레 | 이창실 옮김

82 페레이라가 주장하다 안토니오 타부키 | 이승수 옮김

83, 84 목로주점 에밀 졸라 | 박명숙 옮김

85 아베 일족 모리 오가이 | 권태민 옮김

86 폭풍의 언덕 에밀리 브론테 | 김정아 옮김

87, 88 늦여름 아달베르트 슈티프터 | 박종대 옮김

89 클레브 공작부인 라파예트 부인 | 류재화 옮김

90 P세대 빅토르 펠레빈 | 박혜경 옮김

91 노인과 바다 어니스트 헤밍웨이 | 이인규 옮김

92 물방울 메도루마 슌 | 유은경 옮김

93 도깨비불 피에르 드리외라로셸 | 이재룡 옮김

94 프랑켄슈타인 메리 셸리 | 김선형 옮김

95 래그타임 E. L. 닥터로 | 최용준 옮김

96 캔터빌의 유령 오스카 와일드 | 김미나 옮김

97 만(卍)·시게모토 소장의 어머니 다니자키 준이치로 | 김춘미, 이호철 옮김

98 맨해튼 트랜스퍼 존 더스패서스 | 박경희 옮김

99 단순한 열정 아니 에르노 | 최정수 옮김

100 열세 걸음 모옌 | 임홍빈 옮김

101 데미안 헤르만 헤세 | 안인희 옮김

102 수레바퀴 아래서 헤르만 헤세 | 한미희 옮김

103 소리와 분노 윌리엄 포크너 | 공진호 옮김

104 곰 윌리엄 포크너 | 민은영 옮김

105 롤리타 블라디미르 나보코프 | 김진준 옮김

106, 107 부활 레프 톨스토이 | 백승무 옮김

108, 109 모래그릇 마쓰모토 세이초 | 이병진 옮김

110 은둔자 막심 고리키 | 이강은 옮김

111 불타버린 지도 아베 고보 | 이영미 옮김

112 말라볼리아가의 사람들 조반니 베르가 | 김운찬 옮김

113 디어 라이프 앨리스 먼로 | 정연희 옮김

114 돈 카를로스 프리드리히 실러 | 안인희 옮김

115 인간 짐승 에밀 졸라 | 이철의 옮김

116 빌러비드 토니 모리슨 | 최인자 옮김

117, 118 미국의 목가 필립 로스 | 정영목 옮김

119 대성당 레이먼드 카버 | 김연수 옮김

120 나나 에밀 졸라 | 김치수 옮김

121, 122 제르미날 에밀 졸라 | 박명숙 옮김

123 현기증. 감정들 W. G. 제발트 | 배수아 옮김

124 강 동쪽의 기담 나가이 가후 | 정병호 옮김

125 붉은 밤의 도시들 윌리엄 버로스 | 박인찬 옮김

126 수고양이 무어의 인생관 E. T. A. 호프만 | 박은경 옮김

127 맘브루 R. H. 모레노 두란 | 송병선 옮김

128 익사 오에 겐자부로 | 박유하 옮김

129 땅의 혜택 크누트 함순 | 안미란 옮김

130 불안의 책 페르난두 페소아 | 오진영 옮김

131, 132 사랑과 어둠의 이야기 아모스 오즈 | 최창모 옮김

133 페스트 알베르 카뮈 | 유호식 옮김

134 다마세누 몬테이루의 잃어버린 머리 안토니오 타부키 | 이현경 옮김

135 작은 것들의 신 아룬다티 로이 | 박찬원 옮김

136 시스터 캐리 시어도어 드라이저 | 송은주 옮김

137 고독한 산책자의 몽상 장자크 루소 | 문경자 옮김

138 용의자의 야간열차 다와다 요코 | 이영미 옮김

139 세기아의 고백 알프레드 드 뮈세 | 김미성 옮김

140 햄릿 윌리엄 셰익스피어 | 이경식 옮김

141 카산드라 크리스타 볼프 | 한미희 옮김

142 이 글을 읽는 사람에게 영원한 저주를 마누엘 푸익 | 송병선 옮김

143 마음 나쓰메 소세키 | 유은경 옮김

144 바다 존 밴빌 | 정영목 옮김

145 전쟁과 평화 1 레프 톨스토이 | 박형규 옮김

146 전쟁과 평화 2 레프 톨스토이 | 박형규 옮김

147, 148 전쟁과 평화 3, 4 레프 톨스토이 | 박형규 옮김 (근간)

149 세 가지 이야기 귀스타브 플로베르 | 고봉만 옮김

150 제5도살장 커트 보니것 | 정영목 옮김

151 알렉시·은총의 일격 마르그리트 유르스나르 | 윤진 옮김

● 문학동네 세계문학전집은 계속 출간됩니다